特別感謝FENDI（台灣凡迪股份有限公司）提供圖片

華麗的偷竊——

其實流行是「偷」來的

伊茉琴・愛德華・瓊斯等人著

嚴洋洋譯

目次

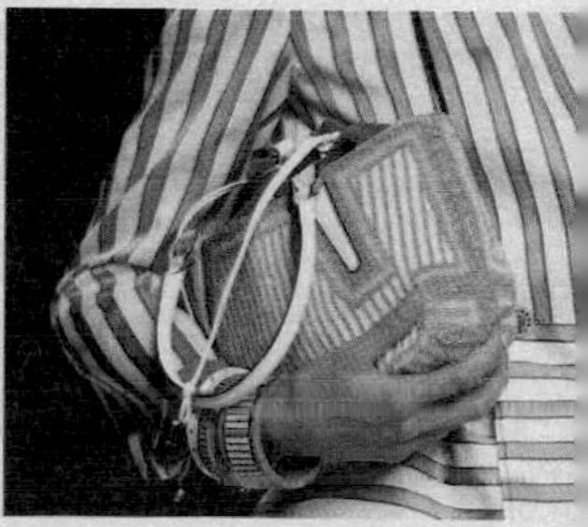

01 時尚評論的殺傷力

一陣混沌過後的清晨。我看著亞歷山大的鼻子，再靠近一點就可以看到他鼻孔裡結了層霜，像是瑪格麗特酒杯邊的鹽圈。這陣子他忙壞了，應該說我們倆都是。漫長累人的倫敦時尚周終於結束，若沒有放在Chloè鎖頭包裡那一丁點白粉，我還真不知道要怎樣活下去。

現在我們終於可以解脫了：他衣服沒換，不省人事地躺平在我旁邊。手放在胸口上緊抓著一個空酒瓶，看起來連講話都有點困難，更別說像平常一樣耍嘴皮講八卦了。

現在的我，一樣的邋遢。

昨晚是我的第六場服裝秀。

現在，我正躺在床上，盯著這用來開慶功宴的超貴套房天花板，回憶整個情況為何會脫序得如此離譜。

其實跟服裝秀本身絲毫無關。我是說，除了缺乏金主的支援、時間不足、最後關頭還走了兩個縫製師外，這場發表會還算不賴。

我靠我的縫製技術出道，沒錯！那正是我的特色，我以精密的剪裁聞名，我愛死我自己了。如果要挑剔縫線的瑕疵，我可以將一大票設計師踢出局。

我設計的夾克短窄合身、裙子修飾腰臀、寬腳褲和羊腿袖襯衫，符合航海休閒風：條紋服飾加上水手帽，還有很多白色的印象。其中有一套純白參雜銀色的款式，顏色配搭的效果超正，比例恰到好處，極致奢華。

我可不像某個設計一系列藏青服飾的設計師那麼背，衣服沒掛好，一堆皺巴巴藍色布料堆在地上，完全無法展示，最後他失態地衝到伸展台前，放聲大哭地說：他再也不設計衣服了。

我的衣服被照顧得很好，準時抵達後台，模特兒也是。雖然她們事前在別場秀結束後喝了不少香檳，不過走走直線還可以；就算連直線都走不好，地上也有畫好的線可以看。但是那個驕縱的名模卻走得顛顛倒倒，嘴邊還掛著咒罵，差點把我的秀搞砸。為了名譽起見，其實理應請她回家吃自己，不過我緊咬牙關忍住，對這些失職的丫頭和媒體，報以言不由衷，或者說是齜牙咧嘴的微笑。

整場秀看來似乎沒什麼問題：每個人都完成任務好好地走回來了，沒有像娜歐蜜·坎貝爾（Naomi Campell）那樣摔成狗吃屎（娜歐蜜穿著恨天高鞋在

Vivienne Westwood的新裝發表會上一摔成了時尚經典）。回到後台，她們擠在鏡前補妝換裝，重新打扮。等這場秀一結束，通通殺到酒吧徹底解放，飲酒狂歡。我們也一樣。

想想問題出在我之前的兩場秀，佳評如潮，夠嗆、夠辣，引領潮流。特別是去年的秋冬新款。老天爺！連安娜．溫杜爾（Anna Wintour，美國版《Vogue》總編輯）都對我肯定有加。當然她本人是不會親自蒞臨現場的，她一向略過倫敦時尚周。我們這種毫不起眼又無足輕重的獨立品牌，沒有廣告宣傳，自然也就不會有重量級人物來看展。只是總聽說下一季她會大駕光臨，或者謠傳她在前往米蘭跟巴黎的途中，會順道經過一下倫敦。就像總是傳說瑪丹娜將會出現在某場秀或慶功宴的道理一樣，傳言溫杜爾女神總是：四處參加發表會，接受款待，事實上卻從未出席。

總之，我接到來自那隻美國《Vogue》工蜂的好評。

能被媒體評定有資格在美國《Vogue》有全開頁的曝光機會，我還是很樂。他們還選了幾件我的褲裝及外套上專欄：《Elle》有專文介紹，《Marie Claire》邀約採訪，《Harper's Bazaar》拍了幾張照，《標準晚報》（Evening Standard）有對開兩頁的報導，還說我是未來的羅蘭．莫瑞特（Roland Mouret，英國名設計師）。還

Christian Dior 2012 春夏系列 攝影師麥羨雲

有個《每日電訊報》（Telegraph）來的臥底編輯，偷偷地出現在我的慶功宴……照這情勢看來，就算stlye.com（時尚型網，最新、最流行時尚訊息的來源）也嚇不倒我。坦白說，這網站的報導對我算是好的了。

但這對流行時尚可一點都不好。

昨晚發生的事都不讓人意外，但我甚至忙亂到不能確定，我上台後到底有沒有講了謝辭。英國流行委員會今年總算有點人性，給了我指定的時段：星期四晚上六點半。那可是第一場秀呢！每年他們都問你想要的時段，我每年都說星期四晚上，最後他們都還是給了我周二早上九點半，不太熱門的時段。

誰會在一周的開始來看秀啊！沒半個美國買家會在紐約時尚周結束後，特地越過新大陸趕來。他們搞不清楚，根本沒人會在一大早，還沒嚥下低脂拿鐵就開始喝香檳！

但這次我拿到最好的時間加上最好的演出日期，而且還被安排在貝蒂·傑克森（Betty Jackson，英國名設計師）之後，所以人人都會來，前排會坐滿，後排也有滿滿的人潮。

我似乎嗅到一股名流的味道：阿波頓合唱團（an Appleton）那個「X factor」（英國類似電視新秀爭霸戰的節目）出身的新人坐在觀眾席上，他們還說維多莉亞（貝克漢之妻）會來，只是亞歷山大不太相信。

「她總是一身黝黑加上激凸兼接髮。」他的聲音輕到像擔心她的經紀人會跟我們要前排門票似的：「她根本算不上是時尚人士！」

「可是她一身Cavalli。」我說。

「拜託！」他一臉不屑：「那個老傢伙！他的款式氾濫到滿街都是。」

亞歷山大總有一堆驚人內幕，通常我會覺得那些都純屬虛構。他最愛講這個情節作為開場白：

「幾年前當湯姆．福特（Tom Ford）還在Gucci時，曾經通知倫敦的公關，要求維多莉亞不要穿他的設計，這公關應該是這麼回答的：『沒辦法！那位小姐可是個大人物。』而湯姆聽了後咆哮：『那該怎麼阻止她？』」

「所以，既然她被湯姆唾棄，」亞歷山大聳肩：「那麼我們也不要她穿上我們的衣服。」

現在，亞歷山大在我旁邊咳嗽，那種乾咳彷彿可以聽到肺臟跟腫瘤通通化成一團肉糜般，使得整張床都在晃動。他終於大大的咳了一聲清醒地坐起身，丟下手中空瓶，讓它從床上滾到地毯上。

「媽的，」他睜開雙眼，雙手用力磨擦蒼白的臉。順手梳理鼠毛般服貼滑順的頭髮：「我快死了！」他又咳了一聲：「有菸嗎？」

我朝桌邊看去。

自從上個世紀我們不知不覺走在一起，我每年和亞歷山大作愛兩次。我必須說，他大白天剛睡起來的模樣真是醜斃了。

「老天！」他搔搔鼻子，一副找尋靈感的樣子：「這裡是發生什麼事了，亂得可以！」

他說的沒錯：到處都是酒杯、空瓶和菸頭，有的杯裡還有沒喝完的酒，有的杯裡有酒還有菸蒂，還有一個髒兮兮的CD塑膠殼擺在桌子中央。有人把浴袍穿過丟在地上，免費的拖鞋也散亂四處，還有人遺落了一只白金色的皮包。

「喂！」亞歷山大站起來托著頭，一身黑西裝白襯衫，看起來像是出任務的私家偵探，小心意翼翼地一步步走過混亂的災難現場：「這看起來挺讚的。」他邊說邊拿起那個手袋，嗅了外皮一下：「在派對順手摸來的？」

「像Tanner Krolle（1856年創始於英國倫敦，以訂製精品皮件起家的皮件名牌）出產的。」我還是坐在床上。

「妳猜對了。」他鬆手讓袋子直直地掉回地上：「我覺得自己跟這空皮包一樣虛脫。」

他在絨布沙發上坐下，開始搜尋在桌上散亂的幾個空菸盒，直到找到一根香菸，他順手點燃開始吞雲吐霧，又一陣的嗆咳，直到他一口嚥下喉裡的濃痰才停止：「好多了。嘿！你看，」他高興得很：「好用的卡。」他從口袋裡掏出卡片，高高地秀給我看。「上面還有我的名字。」說著用那張卡輕敲著CD塑膠殼，讓上面剩餘的白粉聚集成一條細線。他翻遍全身才在口袋找到一張髒兮兮的五元鈔票，看來那原本是要給計程車司機的小費。

他把鈔票捲好後，泰然自若地將白粉吸進鼻子。像忽然記起自己中產階級該有的禮儀，還有私立學校的生活教育：「來一點？」他對我說。

「不，謝了。」

「好吧！」他享受了好一會兒：「好極了。」他拍淨雙手把汗抹在Dior的褲子上：「你現在怎麼樣？」

「超沒自信。」我說。

這絕非違心之論。我想吐，而且怕得要死。

我一點信心都沒有，現在對任何一個時尚設計師而言，都是關鍵時刻：傾全力準備新裝發表會，忙得人仰馬翻，好幾個禮拜沒睡覺，除了幾粒甘貝熊軟糖，跟幾罐甜度正常的可樂以外，好幾天沒吃東西。

現在這嚴酷的考驗還沒告一段落，秀展結束後要看時尚評論家的心得，他們可以造就你，也可以在另一個早晨再度抨擊你，還能讓你的店關門大吉，保證沒有半個人會下訂單。大筆一揮讓你徹底失敗，成為時尚界之恥。

我的心臟跳得飛快，喉嚨乾得想吐，幾乎喘不過氣來。

因為有過兩場眾星雲集的發表會——那一季的設計很成功，現在正有一群人大排長龍正等著擊倒我。倫敦服裝秀的慣例是他們喜歡新面孔，要夠年輕，還要窮得離譜。他們就可以發掘你，送你出道，他們就愛這麼做。譬如伊莎貝拉·布羅（Isabella Blow，英國版《Vogue》總編輯），伸出鷹爪，一網打盡買走所有你的設計作品（她曾一口氣包下亞歷山大·麥克昆（Alexander McQueen）的碩士畢業作品，讓他一夕成名）；或是像凱特·摩斯（Kate Moss，英國超級名模）順手牽羊，把某品牌衣服通通帶走。倘若你的表現中規中矩，作品已經進駐高檔店鋪，例如在Harvey Nichols的架上販賣，或是已經接到幾張訂單正在生產中，你沒話題性他們也就沒新聞可寫。

他們想要的是下一個特立獨行的時尚鬼才：穿著人造有機酯類的連身裙和羽毛燈籠褲，怪到足以放在頭條新聞的程度。如果你只是不上不下，就算拿過英國時尚設計新銳獎，像我去年那樣，那麼除了退步之外也就沒啥好提的了。

「要我幫你去看看那些報導嗎？」他問：「還是一起去？」

「我需要空氣，去街角的網咖吧！」我建議。我想看看 style.com 對在我之前的任何一個設計師的評論，畢竟那是好壞瞬間就傳遍全球的媒體。

「OK！穿上裙子，我們面對現實去。」他看看手上那隻在薩丁尼亞海灘買的名牌仿冒錶：「十點剛過。」

十點十五分。在付了四百三十八英鎊的飯店帳單後，我們穿過蘇活區搜尋網咖，九月上旬天氣超級晴朗，天空如此明亮清徹，亞歷山大戴著一副復古的太陽眼鏡遮住宿醉的雙眼，加上 Dior 的套裝和 Gucci 的皮鞋，他看起來真是詭異。街道上的人群還是穿著春夏季末的服裝款式：憂鬱的長裙，叮叮噹噹的皮帶，吉普賽上衣。亞歷山大已經率先進入秋冬款，我則穿著筆直貼身的灰色直筒褲，合身緊繃的襯衫，屬於明年二月秋冬新裝絕不出錯的造型。

剛走過沃多街（Wardour Street），我看到一間提供咖啡、酒精飲料，並滿是外國學生在查看郵件的網咖。

「在回到辦公室應付那響個不停的電話之前，我最好現在就看。」

他點點頭：「我去弄咖啡。跟平常一樣？」

「嗯，謝謝。」我應該是時尚界中唯一會在拿鐵裡加全脂牛奶的人。

亞歷山大走向網咖附屬的吧檯。我開機上線，幾秒鐘就看到 style.com 的畫面，可是我實在沒勇氣看答案。

伏特加、可樂、壓力、幾天下來只睡了三小時，這些都讓人想把電腦、鍵盤整個砸掉。我在搜尋欄位鍵入自己的名字，那個自大模特兒的照片直接映入眼簾：她搖曳生姿地朝鏡頭走去，一身美美的白色大翻領無袖上衣配上白色裙子。我深呼吸數次後，開始閱讀整篇報導：「綜觀昨晚的服裝秀演出，只有一句：乏善可陳……。」

「對於一個我們寄予厚望，憑她極佳的裁製技術，作品應該更上一層樓的設計師來說，這一系列的作品不算盡全力……。」

當期待自己的努力受到稱讚，作品受到肯定時，這樣的判決簡直就是晴天霹靂。

「我們期盼她的天份，以及設計才華能令我們驚豔，但這些款式太像抄襲而來，了無新意，褲子也不太吸引人……。」之類的評語一波接一波。

我的點子不好玩，設計太匠氣，鞋子太沈重，很難看……結論是：

「希望這只是技術上的小凸槌……。」

我不敢置信地望著螢幕上的評論：「去你的！」

「哦！親愛的。」亞歷山大自牙縫中吸著氣，他伏低身子越過我的肩膀望向螢幕，坐下來把馬克杯放在桌上。

「我們或許可以試試變裝癖的女鞋市場。」

「什麼？」我茫然若失。

「像 Vivienne。」他繼續說。

「Westwood？」

「當然。」他眼睛轉啊轉的：「她的女鞋在美國賣翻天，都是大巨人的尺寸，橫掃好萊塢西部的女同性戀圈。」

「老實說，別在意 style.com。」他大大地喝了一口咖啡：「誰看啊？」

「誰不看啊？」

我頹然跌坐。用湯匙攪動咖啡，嘆了口氣。我的世界塌了！經營六年的事業即將告終：跟其他沒落的時裝設計師一樣，如煙火般碰地散開，只剩一片煙霧和一堆要命的帳單。

「加點巧克力粉？」

亞歷山大真的很了解我。他是我的朋友、我靈感的來源，也是個好伴侶，無庸置疑，我指的是事業不是性愛。

八年前我們在蘇活區的一間酒吧相遇，他搞製圖，剛從一間三流的學校輟學，而我也在聖馬丁設計學院混了一陣子，當時我幫《Face》雜誌（八〇年代時尚聖經地位的流行雜誌）做造型，剛動手設計了幾款服裝。我們喝著淡啤酒，一起抽了四包萬寶路淡菸，發現彼此興趣相合：同樣對胡辛・恰拉揚（Hussein Chalayan）的木裙設計著迷，咬著耳朵討論 Vivienne Westwood 的小道消息，周日一起去V&A博物館（以藝術與設計作品為主要館藏和展出宗旨的維多利亞與艾伯特博物館）看展覽。他說有個朋友在貝克利街上有間多餘的工作室，那就是我們現在辦公室的所在地。

冥冥之中，我們發覺我倆真是天作之合，默契絕佳。

他對我痛恨的事情格外拿手：他有很好的金錢觀，喜歡周旋在人群之中。他很上道，話題切合潮流，知道該拍誰的馬屁，愛到處跑接洽生意，對於應付那些領導時尚的冰山美人們也頗能樂在其中。

不過，他也被工作搞瘋過一次，那是幾季前的發表會，為了要編排秀場的前排位置。當時我們有充裕的時間，計畫著這次要辦得公平民主，所以把伸展台設計得很長，幾乎把場地改頭換面。沿著天橋兩旁放置椅子，幾乎每個座位都是前排。但沒人喜歡這樣坐！真的沒半個。那些時尚編輯們和秀導並肩而坐，後者一下對助理吼叫、一下跟學生爭吵。沒人搞得清楚哪個位置是上位，也沒人因此看得比較清楚。

絕對不要低估這些時尚人物的自我意識；Vivienne Westwood的員工就有一次搞錯巴黎秀展的門票，超賣座位，造成一場大混亂。

「給你。」亞歷山大帶著一杯灑著巧克力粉的拿鐵回來了。

「謝謝。」我用湯匙攪散了巧克力粉，然後一飲而盡。

下一關是舒茲．孟吉斯（Suzy Menkes）。

舒茲．孟吉斯從有流行開始就在《國際前鋒論壇報》（*International Herald Tribune*）寫專欄；遊走於波希米亞風格，它的標誌是一頭前捲式髮型，也是舉世聞名的作家。她以熱愛時尚聞名，文筆流暢，不但公正，準確度也高。舒茲的評價可以讓整個時裝秀的等級全然改觀。

「要到明天才會出來，甚至後天。」亞歷山大說。

「我只想看看英國的媒體怎麼說。」我有點緊張。

亞歷山大點點頭。

「我們大概玩不下去了。」我低聲說。

「還不一定，」他搓搓手：「《每日電訊報》（*Telegraph*）還有消息可登，他們挺喜歡妳的。」

「也是，不過我們需要的是《泰晤士報》（*The Times*）、《標準報》（*Standard*）……喔，天啊還有……《泰晤士報周日版》（*Sunday Times*，風格保守拘謹）。」

亞歷山大和我互看一眼後大笑，不是開心，而是歇斯底里、宿醉，還加上聽天由命、無奈的笑。

「別期待囉。」亞歷山大笑得可開心了：「他們不會喜歡你的東西，你不是他們的類型。」

「我知道。」

「那麼你覺得這次會例外嗎？」

「我知道！」

聲音是如此高亢，那些外國學生紛紛轉過頭來，以為我們瘋了，其實也差不多了……。

「回辦公室吧！」亞歷山大說：「在我們還沒被自己擊倒之前。」

回到位在貝利克街上倒閉賭場隔壁的辦公室。看起來像被闖過空門那樣：東西散落一地，建築物三層樓的每間辦公室都遭到搗毀破壞；一樓有個看起來像櫃檯的地方，有桌子、紫色天鵝絨沙發，還有一個堆滿布疋的試衣間。布疋上佈滿碎紙、紙版，還有各種碎布料、鈕扣、副料的飾條；到處都是用大頭針釘住的便條紙，還有縫衣針。深粉紅色的地毯上有不成雙的鞋子、手鐲、項鍊和飾品，丟得滿地都是。二樓有我的辦公桌還有心情留言版，亞歷山大的辦公室也在這裡。這邊稍微整齊一點，但是地板上還是有一捲殘破的布料，四處還有不用的印花薄布。

三樓，打版師跟裁縫師的工作室更糟：彷彿一張裝飾亮片的地毯在這裡炸彈開花；我的設計幾乎用不著亮片，只有兩件晚禮服的邊飾用了一些，但是整個頂樓的地板上還是遍布著碎亮片和一條條銀色的絲線。那是銀色派克大衣上的剩餘布料，幾個星期前我在馬克．賈考伯斯（Marc Jacobs）的秀場看過類似的設計，忽然靈機一動加了這款。跟隨紐約時尚的腳步走有個好處，是你可以看到其他知名設計師的當季最新設計：你不該錯過的有馬克．賈考伯斯、安娜．蘇（Anna Sui），麥可．卡爾斯（Michael Kors）、卡文．克萊（Calvin Klein）、拉夫．勞倫（Ralph Lauren）還有圖蕾（Tuleh）；為了應景，也可以順便看看奧斯卡．德．拉．倫塔（Oscar de la Renta）——只是要確認我們沒開潮流倒車。獨立品牌的小公司如我們，生產一些時尚信徒會夾道歡迎的當季熱賣商品是很重要的：俄羅斯傳統花裙、復古襯衫、一件夠讚的夾克或一件銀色的外套。如果紅色正當道，你卻堅持土耳其藍，那麼季末報導裡就沒你的份兒。

那些用來陪襯頭條八卦的專欄，如：「秋冬服裝必要元素」，對我們這些新進設計師而言是不可或缺的。所以當我一設計新款，馬上叫崔西——那個有十七年工作經驗的工讀生，去貝利克市場買一些閃亮的灰色布料回來。

亞歷山大兇巴巴地交代她，沒買到之前不准回來，還有，不要忘了請款的收據！我對她頗感歉疚，但是亞歷山則說大可不必，她會拿到來回東區住處的交通津貼，一天補助十英鎊。

崔西很苗條，對流行也夠敏感。總是戴著最新的香奈兒太陽眼鏡，繫著**Balenciaga**的皮帶。那些都是她在各個流行雜誌工作的朋友，從樣品展示區摸來的，其他通常是她自己胡亂搭的，不然就是高檔名牌**Logo**大剌剌秀在外面之類的東西。

無論如何她還是回來了，差不多是我抽完十五根菸，加上在街角咖啡廳喝了幾杯咖啡的時間。

接著便是要命的趕工製作，我聽到車間傳出很多波蘭語跟葡萄牙文的咒罵和吼叫聲，日本籍的排版師發出幾聲嘆息。整晚煙霧繚繞，汗流浹背，和堆得跟小山般高的提神飲料：他們生產出三件大方得體、鑲銀絲的防水連帽外套，有著寬大的帽子和淺粉紅色的內襯。

不過這些作品並沒有展出。只因為我的造型師咪咪說她無法對這些款式有感覺。

事實上，站在這裡，技巧嫻熟、一身汗濕的師傅散發的菸味，燻得我有點作嘔。我可以想見那件外套就掛在我辦公椅後面，看起來質地輕柔又優雅高貴。或許我應該把這款列入展示品中，或是放進季末的樣品特賣。

「哎呀！」樓梯口傳出一聲驚呼。

「早，崔西！」

「嗨，亞歷山大。」她的口吻有點心虛。

「妳在讀書嗎？」

「我已經畢業了。」

「妳來早了。」我走下樓梯來到一樓的櫃檯。

「我睡在這兒。」

「什麼？」

「是真的。」她用下巴指了指櫃檯的紫色沙發：「我錯過夜車回不了家，有朋友建議我去她家睡，只是我不想那麼累，不如在這裡窩一晚；那件上一季的粉紅長毛外套很暖和呢。」

「你從上一季就一直睡這兒？」亞歷山大糗她。

「對啊。」她笑地得意：「我翻來覆去睡不好，擔心毀了這件鉅作。不過，我想沒人會發現。」穿著一件深灰色高腰家居服褲子搭配黑色T恤，頭上卡著香奈兒的白色大眼鏡。崔西對時尚真的很著迷，不是開玩笑的。她寧可凍死也不穿過季的款式。我笑著說：「這小妞真是夠了。」

「你看過跟秀有關的報導了嗎？」我問。

「不是所有的報導都出來了，不過我看了《標準報》。」

「然後？」

「還不錯！」她聳肩：「他們挑了一些喜歡的款式做評論。」

「一些？」亞歷山大半信半疑。

「該念給你聽嗎？」崔西說。

「好。」她打開報紙，我可以感覺手心冒出汗來。

「很勇敢。」亞歷山大對著我說。

「我念囉。」

Valentino 2012 春夏系列 攝影師麥羨雲

亞歷山大和我一起點頭。

她開始唸，並把不重要的省略：「前面已經提到，如果你摒棄那些僵硬的款式，這些實穿的新穎設計毫無疑問地還是可以獲得職業婦女的青睞……。」

「實穿？」亞歷山大問。

「是這樣寫的。」崔西的嘴嘟得高高的。

「誰要什麼實穿的款式？我的天！」他說著猛跌在紫色沙發裡：「他們難道寫不出別的話嗎？去你的實穿！該死的屁話，下一次，他們會說這件裙子很討喜、那件褲子也很優。實穿？」他忽然發怒的提高聲調：「沒有人會想要在時裝秀看到實穿的設計！」

「也對。」崔西同意地擠了一下鼻子，「那代表沒創意！」

「其實也不盡然。」亞歷山大說。

「是嗎？可是每個人都討厭商業化。」

「我可以看一下那篇報導嗎？」我朝崔西走去。

「當然。」她把報紙遞過來。

我打開第三版，手都軟了。接著把報紙秀給亞歷山大看。

「泰德．尼可斯（Ted Nicholls）重新坐上時尚寶座」亞歷山大盯著報紙讀：「靠！這正是我們現在最需要的。」
「你只不過在下面佔了個小小的篇幅。」崔西補充說道。
「我看到了，謝謝。」我說。
「他們死而復生了。」亞歷山大說：「這是怎麼回事？」

02 小公司的悲哀

接下來幾天，其他的評論紛紛刊出，大部份是讓人洩氣的負面報導，講的都一樣。我的泡泡破了，比馬桶沖不下去更糟糕。不再是媒體寵兒的事實，讓我極端沮喪。

六個月辛苦的工作，輕而易舉就被全盤否定了。

舒茲．孟吉斯（Suzy Menkes）人確實不錯，上帝保佑她。她提到我正遇到瓶頸，設計偏實驗性。她喜歡那款布料緊實的裙子、還有合身的襯衫。但是現在這一切都太晚了，其他傳媒都持否定的態度：《每日電訊報》（*Telegraph*）寫了長篇大論，當他們不欣賞某人時才會這麼作。我們還在等《泰晤士報周日版》的評論，不過不管怎麼寫，傷害都已經造成。這一系列新裝肯定跟「發燒貨」三字絕緣。

亞歷山大很不甘心，他不斷抽著菸在兩間辦公室走來走去，嘴裡不斷喃喃叨念著：為何泰德．尼可斯（Ted Nicholls）會有東山再起的可能。

「要不是那個可笑的時尚女王破產了，哪輪得到他啊！」他邊走邊咳，咬著唇一臉不悅：「他媽的假 Gay！如果他真的有實力定期辦展，媒體才不會寫那麼多好話，就因為他曾經得意過，又跌倒過，重新崛起才有話題。這太老套了，時尚界就喜歡偶爾來這麼一下。」

我和泰德．尼克斯曾在聖馬丁設計學院交往過，我們同一屆。本來想在畢業後一起自創品牌來玩玩，但後來他甩了我，決定改變性向做 Gay，然後搬到豪斯頓區（Hoxton，原本是殘敗破舊、治安不佳的老舊社區，如今重生為倫敦新興的「蘇活」文藝區）去了。

他現在在凱蒂．葛倫（Katie Grand，時尚名人。1994年畢業於聖馬丁設計學院，1992年與朋友創辦非常叛逆的流行雜誌《Dazed & Confused》，擔任時裝總監。）那裡工作，我們幾乎斷了聯絡。

凱蒂在學校一向獨佔鰲頭，和她同掛的人裡不會有像我這樣的人物。

老實說吧！她從未跟我講過半句話，她那擁抱流行時尚的雜誌《Public》不曾

FENDI 2012 春夏系列
立體手工毛海黑色小禮服

報導過我的設計，我想她寧死也不會穿上我設計的任何一款衣服。不過，她的宮殿這幾天應該會擠得水洩不通：亞力山大．麥克昆、羅蘭．莫瑞特、吉爾．迪肯，露拉．巴特萊（Luella Bartley），DJ理查．貝帝（Richard Batty），Mulberry 新總監斯圖亞特．費弗斯（Stuart Vevers）……等等。

我知道泰德在哈克尼路上的George and Dragon 喝酒，去年夏天花很多時間在 Golf Sale 混，那是豪斯頓廣場辦派對的地方。薩姆．泰勒．伍德（Sam Taylor Wood，新生代藝術家）和葛列格里．威爾金茲（Gregory Wilkins，畫家）曾是那邊的DJ，這些時尚新貴成天酗酒。凱特．摩斯（Kate Moss）也來過幾次，甚至宣稱要來當DJ——當然，那只是說說罷了。

這群人裡面沒半個是活得有生氣的，倒不是說要像嗑藥一樣High；但對於泰德會變成那樣，我一點也不意外。上次遇到他是在六月中旬一個悶熱的周一早上，他戴著一頂便宜的帽子、穿著夾腳拖鞋，看來通宵沒睡。他在老街（Old Street）一個有私酒交易的酒窖待了一晚，那裡是年輕人花錢買醉的樂土。他看起來像得了重感冒，後面跟著幾個打洞狂一樣的跟班。

「親愛的，」他叫道：「妳好不好？」他用力嚼著口香糖。

「我很好。」我努力壓抑自己不要出口成髒。

Cacharel 2012 春夏系列 攝影師麥羨雲

「文斯！」他對其中一個穿洞狂人作手勢：「這是我唯一睡過的女人。」

我保持微笑，任由他們從頭到腳將我打量了一番，然後以一陣爆笑結束我們的相遇。

所以當我看到他光鮮亮麗地重回時尚界，我是真他媽的高興。

時運不濟，對泰德來說：Golf Sale 關門大吉。大環境不景氣，大家都一樣。我是不知道他最近在瞎忙什麼，不外乎試著在伊斯林頓（Islington）的夏日聯誼會跟珊曼莎．摩頓（Samantha Morton，英國著名女演員，2004年以《前進天堂》入圍奧斯卡影后）搭上線，或是在普林羅斯山（Primrose Hill）跟莎蒂．福斯特（Sadie Frost，女演員兼裘德洛的前妻）搭訕之類的事。

泰德對擠進名流圈很積極，只要可以攀上關係，他可以做任何事。雖說不到朱利安．麥克唐納（Julien Macdonald）和凱莉．布魯克（Kelly Brook）那樣的地步，不過也差不遠了。

亞歷山大和我也沒有多餘的時間去思考泰德復出的消息，那會大傷元氣。在打包好所有走秀服裝動身去巴黎之前，我們還有很多的銷售會議要開。

像我們這樣的小公司沒有代理商，我們必須親自向買主推銷產品。通常在倫敦時尚周結束之後幾天，亞歷山大和我就會訂下市中心某一間飯店的套房，好應付來自全世界的買家。不斷提供酒類、燻雞沙拉、還有大小適口的披薩，一一把他們餵飽，再雇用幾個討人厭的模特兒，在這些買主面前展示新裝。最後雙手合十，祈禱他們能看中意之後立刻下訂單。這是一個累人的過程。

長期坐著保持笑臉，我要靠施打肉毒桿菌，還有不時幾管的白粉，來確保在展期結束時我看起來還像個正常人。亞歷山大大部份的時間都不停地咬緊牙根，以便讓自己看起來笑臉迎人。

其實我們大可以找個代理商以便減輕負擔，只要把當季商品還有其他設計成品通通丟給他們去賣就好了，只是如果他們抽走5％到10％的佣金，那麼我們辛苦一整年的利潤也就跟著一起被帶走了。

獨立品牌與其他被大企業買下的設計師品牌，譬如說全球最大的奢侈品集團路易威登集團（LVMH），操作的方式大不相同。他們靠在大城市常設的展示間和大型零售店來做銷售動作，在倫敦、紐約、巴黎跟米蘭的時尚周結束後五天，來自高檔店舖，例如：夏菲尼高百貨（Harvey Nichols）、哈洛斯百貨（Harrods）、薩克斯第五大道百貨（Saks Fifth Avenue）、朵柏．古德曼百貨（Bergdorf Goodman）、妮夢．瑪珂絲百貨（Neiman Marcus）的買家都會出現，分別聚集到美侖美奐的倉庫去選貨下單。所有古馳集團（Gucci Group）的衣服都集中在常設性的零售店，所以Stella McCartney、Alexander McQueen、Yves Saint Laurent、Bottega Veneta、Balenciaga、Sergio Rossi等，都擁有專業的銷售人員和場地。LVMH集團當然也是，像Chloè、Pucci、Louis Vuitton、Celine、Marc Jacobs、Fendi、Givenchy，還有Donna Karen都一樣，2005上半年就創下上兆歐元的利潤，他們的業務公關工作可就繁重了。就算小一點的企業集團像新加坡Club 21擁有Luella Bartley跟Mulberry，在全世界的流行市場也都有常設性的零售店。

攸關金額龐大的業務量，這些展示間和大型零售店的設置必須絕對專業，由十五到二十位專員來管理運作，買家僅在分配好的時段才會現身：他們帶著記事本在展示間四處走動，拿著代表特定對象的麥克筆和光碟片，不同買家選定的商品，一眼就可以辨認。買家到達時，是由專門的銷售業務引領進場，買家登入後電腦會立刻跳出上次採購的訂單明細。每家採購預算是事先告知並且被核准接受的，譬如說上一季買了五千英鎊的商品，他們會被詢問本季是否會有同樣的預算，或是想要增加10%到15%之類的話術。

相較於我跟亞歷山大，必須為了銷售到處卑躬屈膝，才會有一點點進帳；交易成功就高興得尖叫相比，我不免洩氣。他們的利潤和預算金額大到你無法想像，所以買不買隨你，他們對採購方面的事情一向是如此進行。

有時候買主會想看衣服被模特兒穿起來的樣子，像夏菲尼高百貨在下單之前想看Marc Jacob設計的裙子之類的，在後台就有一群骨瘦如柴的女孩們，微笑地等候上場。或許她們長得不漂亮，但都具備完美的身材比例。瘦削的臉頰上都掛著鼓勵購買的笑容。

今年為了讓顧客熟悉我們的品牌，我們決定不訂飯店的房間，而是邀請他們直接到工作室來。這是亞歷山大的點子，他說這是培養顧客的好方法，讓他們產生同理心，這樣一來，或許最後他們會被半強迫地採購點什麼。

隨著大部份服飾店的行銷專員及採購都在往米蘭的路上（或是已經抵達了），亞歷山大建議，與其花錢請個不怎樣的模特兒，請咪咪暫時頂著可能也是個不錯的點子。

奇怪的是，咪咪不像預料中的推三阻四，很爽快地便答應了。大概像大部份的造型師一樣，她一直有著做模特兒的夢想，但也有可能是她根本沒事好做。總之在電話打完後半小時她就出現了，或許是善意的謊言說她絕對適任，她才飛也似地衝了過來吧。時髦、亮眼又迷人，咪咪有一頭捲得亂七八糟的紅髮，身高六呎，一身瘦排骨。

她曾經上過設計的基礎課程，還在紐卡素大學（University Of Newcastle）上過一年紡織課程。但是由於路程實在太遠，她很快就放棄了。她絕對是時尚潮流的忠誠追隨者：夏日在法國南部渡假，跟時尚雜誌圈的每個人都很熟。

她不僅為我工作，同時也幫無數的雜誌和廣告片做造型，如果她不是那麼散漫、懶得動又菸癮奇大的話，其實她可以賺得荷包飽飽的。她還兼職幫名人做造型，大部分是來作新片宣傳的美國女星。對於修飾這些名人的經驗咪咪太豐富了，可以輕鬆分辨誰的衛生習慣不好，誰有個大屁股，誰動過刀整型……等等。

「嗨、嗨、嗨！」她如微風般輕盈地飄進辦公室——黑色貼身煙管褲，還有一個特大的反光太陽眼鏡，造型極像隻蒼蠅。她背著一個超大的皮包，拿著手機、拿鐵、一支雨傘、三個塑膠袋還有一個特大號的Gucci購物袋。

「達令！」她對我說：「亞歷山大！」她補充。

「你們通通給我過來！」她把手中一堆東西一股腦地丟在地上，自購物袋裡掏出一個蘋果綠的皮包，「你看！」她聞聞袋子，幾乎流下口水輕撫著：「本季新貨到！」

她得意地露齒笑著。「美得讓人難以置信。」她興奮地頻頻尖叫，高舉著皮包。
亞歷山大走過去摸摸袋子：「很不錯，你覺得呢？」
「我覺得很棒。」我說。
「真的嗎？」咪咪喜不自勝。
當我們圍繞著那堆山也似的商品時，有個東西跳了出來：
「媽啊！」亞歷山大驚嚇地叫了出來，後退撞到牆。他的膽子小得很。
「那是啥鬼東西？」
「嘿！好心一點嘛。」她彎下腰在沙發下找：「這是小迷你。」
「迷你啥？」亞歷山大問。
「是小迷你啦！」咪咪抱起一隻小黑狗。
「她是迷你品的玩具貴賓。」
「我以為養狗是去年的流行。」我說。
「不，去年是生育潮，流行生寶寶。」咪咪回答。
「我以為今年流行的是針織布。」亞歷山大說。
「是啊！針織跟狗。席娜．蓋蘿莉（Sienna Guillory，英國女星，時尚名人）就養了兩隻，波吉和貝絲。」

「那我們最好也來養一隻。」亞歷山大說。

咪咪把狗抱近嘴邊，讓狗舔著她的嘴唇：「親媽咪一下，親親！」

「哇哩咧！別這樣！」亞歷山大說：「很噁心耶！她才剛舔過自己的屁屁！」

「人家才沒有！」咪咪辯著。

「當然沒有。牠連屎都不拉！」

「我覺得挺可愛的啊！」我摸摸狗頭，瞪了亞歷山大一眼，畢竟咪咪是來幫忙的：「只要別在地毯上撒尿就好了。」

「她家教很好的。」咪咪對狗說：「去玩吧！寶貝。」小狗舔了她的手指一下就乖乖跳進購物袋裡：「你們看。」

亞歷山大陪著咪咪和小迷你到隔壁房間準備，給她幾罐可口可樂，一個煙灰缸、一個手機充電座、幾本《Heat》、《Grazia》雜誌和過期的《Vogue》，讓她剩下的時間有事可忙。同時崔西上樓去挑選、整理秀服，我則忙著整頓櫃檯，把紫絨沙發用吸塵器吸過一遍，將雜誌翻起來的首頁復原折好，確認有足夠的香檳、水果和飲料。

銷售的階級組織，以及形成的文化是這樣的：越是舉足輕重的對象，你的會面時間就越長，約見時段也會越好，也越有可能會有好的招待。艾塞克斯（Essex）來的芙蘿西（Flossy）擁有老公開的店，每次只買二千英鎊以下的貨物，那就只給水和脆片點心，通常都約在五點半，六點鐘響就被請出門；NAP（Netaporter，著名的英國購物網）的莎芙蓉（Saffron）則是想待多久都可以，這是完全不同的例子；我們最少也會招待她一杯香檳，甚至午間餐點——如果她要求的話。事實上我們對莎姐是有求必應的，像是款式要加小暗扣、加銅牌，或是要很多絨毛的領子等等，都沒問題。NAP是我們大客戶當中的一個，他們的下單金額從三年前的五千英鎊，成長到目前突破兩萬五千英鎊，都是因為銷售成功，客層不斷擴充。記得我們營業額超過兩萬英鎊時，我跟亞歷山大去伊芙餐廳（Ivy，倫敦西區的高級餐廳，用餐要六周前預約）吃飯慶祝，上等香檳喝得酩酊大醉。那真是美好的回憶。

如果在NAP網站榜上沒沒無名的話，那就表示你跟時尚二字根本沾不上邊。跟他們生意往來良好，表示我們站對邊了。他們可精明得很，嗅得出當季最好賣的衣服和包包，精良的銷售團隊，總是神經緊繃、反應靈敏，對商品瞭若指掌。

只要貨物進貨幾天，馬上可以預估什麼將是本季最熱賣的商品，Roland

Mouret的Galaxy dress，Luella Bartley的吉賽兒包，Stella McCartney的過膝塑膠靴等，那裡一定都有貨，而且會一直大量上架。這些時尚靚包隨便一下午就可以在網站上被搶購一空。最可怕的是，NAP可以隨時登入，去查看廠商的貨品銷售情形。跟流行音樂排行榜一樣，還有周末的熱賣商品一周榜，你可以鍵入密碼，看看同行競爭的激烈情況。

我看過亞歷山大上網去檢視無數次，每隔十到十五分就登入一次，看存貨是否已經出清。

NAP不是我們唯一的大客戶。夏菲尼高、斯爾福吉（Selfridges）、哈洛斯百貨都會跟我們下一定數量的訂單，希望今年可以順利在哈洛斯百貨裡面設櫃。他們從未讓真正時尚流行的廠商駐點，因為他們一向被認為具有濃厚的阿拉伯色彩，傳統而中規中矩。不過近年來已經有很大的改變，他們開始可以容得下專櫃的流行文化，像是新的Bergdorf Goodman。而D&G也都在這裡設點，Prada和Gucci也是。這類似規模較小的零售店，店面陳設是徹頭徹尾的品牌一致化，以便更有效率地賣出服飾，而不是牆面上幾個簡單的層架而已。

我一直夢想能擁有一個溫馨的角落來銷售我設計的衣服：有兩面主題色的牆，純粹的黑與黃，上面有木頭層架跟衣夾，吊掛著我們的衣服和皮包。動機是反覆地強化品牌的特色，給消費者錯覺，讓他們想試穿。如果你有個舒適的空間，類似三面牆的小店，或是在世界各地百貨公司都有分店，跟Stella McCartney一樣，或角落或店或設點，都有一樣粉紅色羽毛奶油色牆面的裝潢，無論在春天百貨還是朵柏．古德曼百貨都一樣。就像Marni有一樣的誇張鐵軌、衣架還有金屬鳥籠，風格一貫。無論是在紐約或亞洲，這些都和自己的設計理念與格調一致。

風格一貫、不因地域而有所不同的小店，是每個設計師的夢想，也是我和亞歷山大追求的目標，那省了不少麻煩。

在斯隆街（Sloane Street）或是龐德街（Bond Street）上沒什麼好的店面，而且每平方英呎高達四百英鎊的租金，當然要確定裝潢風格不能走調！但聽說吉兒．珊德（Jil Sander）的店收起來了、麥克昆和麥卡尼的店就算是在周末午後，也都門可羅雀的時候，你很難不去想：這樣做值得嗎？

但時尚產業就是撒錢的行業，要賺錢就是要擁有自己的直營店，你的現金流動率會變快；店面設計師的衣服售價比進價高2.9倍，例如：一件進價成本一百英鎊的裙子，架上的標價是二百九十，所以店鋪的利潤比設計師好多了！我花三十元的成本作這件裙子，如果賣二百九十，產銷費用不算，我實賺二百六十鎊，比起原本賣給店家的七十鎊好太多了。按這個法則你可以了解為什麼破產的設計師那麼多，還有為何大家都想要擁有自己開的店。

再說B級品賣到美國去，賣價還比進價高3.1倍，利潤更好。原因是美國商家要冒高風險，所以賺得多。不過我是看不出來，一個成熟的品牌去美國賣衣服會有啥風險，又不是賣仿冒品。如果說，新面孔的設計師想試賣這些衣服，要談定退貨的條件（存貨退回），那麼我給他們的忠告是：快跟這些買主簽約吧！你的公司很快就會因為這樣的交易條件而倒閉。

本周我們遇到的買主不是那種遇到新人就慷慨大方，也不是準備下大單的金主。訂單非常小，遠遠超過我們的預期；拿朵柏．古德曼百貨這一年平均跟我們下了四萬英鎊訂單的重要客人來說，在這樣的規則裡，他們必須賣出65%的商品，才能確保不虧損。假設是成本價值九萬英鎊的商品（賣價是3.1倍，所以總營業額是二十七萬九千英鎊）銷售員要設法達成十八萬一千三百五十英鎊的目標，才能證明他們的地位和睿智的採購選擇，也才能應付每天早上的檢討大會。不過銷售情況如果不佳，我們也接不到更大的訂單。

此外，大約會有三分之一的貨品會在運送的途中被順手摸走。在美國各地都有銷售過季商品的大賣場，通常有中央倉庫用以存放配送前的貨物，平常在櫥窗陳列的高貴衣服，現在唾手可得，這個誘惑對員工而言確實難以抗拒。我已經不記得有多少次，寄出一箱三十件的衣服，最後到收貨人手上只剩下二十四件。這樣的情況，你除了笑著把自己的舌頭咬掉、再多補幾件之外，還能怎樣呢？

亞歷山大忙得像隻小蜜蜂般不可開交，兩個NAP的女孩看來很有意要下訂單，她們手上都端著杯冒泡的飲料，邊走邊吃著高檔的小可頌：那是崔西自維萊莉麵包店（Valerie，蘇活區的經典麵包店）買來的，放在我看都沒看過的金色餐盤上。亞歷山大給她們一份明細表和幾本附著雜誌報導照片的型錄。

明細表是一份商品目錄，上面有全部的款式圖，加上現有存貨的數量、尺寸，還有單價。直接看彩頁型錄是最簡單明瞭不過的事，照片是模特兒穿著一系列四十件在時裝秀展出的作品，以硬紙固定裝訂成冊。如同流行產業一貫的規定，在下單之前還是要仔細看過彩頁型錄來做比對。這些精美的目錄製作成本很高，因此只有重要客戶才有資格拿到。其他次要的客戶，只要給明細表和訂購單參考即可。

我試著保持銷售的步驟不出岔子，但是那實在很難。我覺得我會把客戶都嚇跑了，因為當設計師就坐在你旁邊，要否決任何一件裙子或襯衫絕非易事。

相同的，要我在聽到亞歷山大說謊的同時，坦然面對客戶，更是一件不可能的任務。

「這款已經省掉累贅的袖子，」他微笑解釋：「綺拉．奈特莉（Keira Knightley）已經要求下次首映會要穿了。卡麥蓉．狄亞茲（Cameron Diez）的助理也打電話來下單。」

我不曉得有多少人會相信這些鬼扯，不過他真的有夠會蓋，實在比我厲害多了。

往年每每拖著那些精緻美麗、手工裁製、一針一線縫製而成的衣服，開著小廂型車跑完所有店家，做完所有我能想到的事，然後啜著拿鐵上樓回到辦公室，我真的感謝上帝，這場戰鬥終於結束了。

午餐時間，應付NAP兩個小時之後，亞歷山大依然帶著笑臉神情愉悅：「我想她們很喜歡。」我們坐在試衣間的樓梯吃壽司，亞歷山大說：「你知道我一般都能感應到她們在想什麼，她們很開心。」

「最好是，」咪咪癱在地毯上面：「我現在知道為什麼我做不成模特兒了。」她像貓咪般的伸展身體後點了根菸：「每個人都問，但我就是知道自己不想。」

「我朋友麗迪雅倒是樂在其中。」我嘴裡塞滿了飯說。

「她很有名。」咪咪自鼻子吐出菸來。

「她不只有名，她是超級名模。」

「隨便妳，現在也不流行這些了。」亞歷山大說：「卡司也已經不再重要了。」

「跟你們說，」咪咪說：「就在上周發生的事。我在幫一個他媽的婊子做造型，她就這種態度。我想有沒有搞錯，妳才十二歲，不知道是從西伯利亞還是什麼鬼地方來的。只不過Gucci、Prada還是管它什麼牌子用了妳，然後史蒂芬·梅瑟爾（Steven Meisel，當今時尚界風頭最健的時裝攝影師之一）給妳拍了幾張照片，妳就跩成這樣？」

「喔，她啊！」亞歷山大說：「我朋友在紐約展用她秀過幾次，連個台步都不會走，每個人都只敢讓她出現一次，再對外宣稱他們有用她來走秀。除此之外，她一無是處，一下伸展台就毫無價值。連擺個姿勢都不會，多慘啊！」

「是很慘。」咪咪同意。一邊拿筷子夾鮭魚壽司餵小迷你。

「妳確定狗喜歡吃那個嗎？」我問，擔心地看著小迷你在每平方英呎價值四十五英鎊的粉紅地毯上咀嚼米飯。

「狗喜歡魚。」咪咪說。

「那是貓吧。」

「是唷。真的嗎？」咪咪說。

我們繼續用餐，我把食物一掃而空，就像我是靠這壽司延續生命似的，而咪咪把她的份都餵給了狗，亞歷山大則不怎麼吃。

他正在進行另一個流行的減肥計畫，類似F計畫，研究食物的GI值（指的是食物的升糖指數），靠著吃甘藍菜、石榴、非小麥製品等等的瘦身方法。每個禮拜他都會對某些新的食物過敏，有某些食物要完全忌口，或是新發現某些海鮮可以讓他遠離令他擔憂的病症。像他這樣毫無節制地服用化學合成藥物，還會在馬桶蓋上，或是髒兮兮的廁所地板上壓碎毒品來吸食的人，在這方面他是不合理的吹毛求疵。只要是生機食物、快樂的、品種良好的……換句話說，要被高規格對待的動、植物，他才肯吞下肚去。

「下午約了誰？」我自塞滿的雙頰裡吐出問句。

「噢。」亞歷山大應著，邊剔掉筷子上的飯粒：「名單從妳上次看過後有所更新：Match，Ko Samui 都約了；然後，無恥的奧爾德利埃奇（Alderley Edge）的採購朵拉總是不確定到底來不來。」

「那不是柯琳・羅尼（Colleen Rooney，英國足球隊員韋恩・羅尼（Wayne Rooney）之妻）愛去的店嗎？」我說。

「喔！拜託！」咪咪皺著臉，像聞到有人放臭屁似的：「她們那票人穿的衣服真的有夠難看！」

「她倒是挺喜歡這家店的衣服。」亞歷山大看著預約單咕噥著說：「朵拉可是你作品的超級粉絲。」

「她還挑款式哩！她只愛那些我抄襲自她在後台看到的名人穿的款式。」我吃進另外一塊壽司：「我來設計一款史嘉蕾・嬌韓森（Scarlett Johansson，英國女星）的千鳥格合身直筒裙，保證她會下雙倍量的訂單。」

「那就來吧，兩倍訂單耶！」亞歷山大自齒縫中吐著氣。

「別鬧了，累死人了。那得過好幾個月非人的生活。」

「那倒真的是血汗錢。」他喃喃地低聲抱怨：「偏偏約在最後一天，想取消都不行。」

下樓時已經晚上八點多了，我已經看了一天模特兒的部落格、Style.com，還有我們在NAP的銷售成績。從她一開始走進樓梯間，我就聽見奧爾德利埃奇的朵拉那平板的聲調大聲講著手機，夾雜著薄荷菸的氣味。亞歷山大聽起來更是草率隨便；我走進辦公室，看到亞歷山大鐵灰著臉，樣品間一團亂：桌上堆滿了菸蒂、散亂的馬克杯。咪咪穿著價值二千英鎊的洋裝無力地靠在牆上。

「反正啊！我就直接對吉米·雷德那普（Jamie Redknapp，英國足球隊員，娶了英國有國民美少女之稱的歌手Louise）說啦，你老婆穿這套朱利安·麥克唐納（Julien Macdonald）的衣服美極了！你乾脆兩件都買下來，一件是一千八百英鎊。結果你猜他說什麼？」

「什麼？」亞歷山大嗤之以鼻，他的敷衍再明顯不過了。

「他一口答應！」

「那真好。」他說：「聽著：很抱歉！你已經待了超過兩小時，而我們快出門了。」

「喔！抱歉。」朵拉收拾著自己的東西：「這個你們帶著看，省點郵票。」她把訂購單遞上；我遠遠看，那紙背面是空白的，但正面底部有貨款暫時賒欠的註記。

亞歷山大微笑地接過看了一眼。他皺起眉頭，向後退了一步，試著搞清楚她究竟做了什麼。他低頭仔細看，臉頰激動地漲紅：「這算什麼？」他咆哮：「妳這也敢拿出來啊！這算訂單嗎？」

朵拉顯然被嚇到了，亞歷山大半推半送地把她請出門，她邊喘氣、邊咒罵地抗議抱怨著。而他則不客氣地把她推出門，一邊撣著Dior褲子的灰邊走回來。

「息怒。」咪咪點燃香菸：「有人幫你報仇了。」

「我剛看到小迷你吐在她的包包裡。」

03 華麗炫奇的背後

亞歷山大與我，和其他時尚追隨者坐在歐洲之星的二等車廂中前往巴黎。只有總編輯和名模會坐頭等艙。至於在公司營運上已有太多開銷的我們，只好忍受坐次級車廂並與水準低落的乘客為伍。

一部份的秀服用層疊而成的塑膠袋和隔紙放在行李間，剩下的另外寄到巴黎布里斯托（**Bristol**）飯店。我們將在那裡展開五天密集的銷售活動。

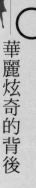

我們鎖定那些忙到沒空去倫敦時尚周的採購人員、那些騰不出時間另外和我們碰面的客人，還有管他是誰的買家，只要人在巴黎就行了。巴黎到處都是有錢人。這裡有最大的設計師、最大的廣告商，還有帶著最大本支票簿的時尚買家。

另一方面，倫敦對真正時髦的名流而言並不太方便。部份人會強迫自己離開昔日榮華，或是舊有審美觀念，來這裡找尋流行事物，作為寫書題材，或是買東西來填滿店鋪貨架。不過大部份的人，會等到潮流回到巴黎時，再來這裡採購當季新品。

紐約有自己代表的設計師品牌：Marc Jacobs、Michael Kors，還有廣告爆炸的Ralph Lauren、Calvin Klein等。同樣的道理：在米蘭有Prada、Versace和D&G等。不過巴黎才是以下時尚品牌的源頭：Chanel、Dior、Galliano、Valentino、Balenciaga、Lacroix、YSL、Louis Vuitton、Ungaro、Givenchy、McQueen……等等。

當紐約有成千的觀眾大排長龍要進場去看Marc Jacobs時，在巴黎則有雙倍的人在Dior時裝秀場外摩肩擦踵，用手肘擠向前去；英國時尚學院努力將這三天的時尚周辦得精彩，每次都邀請最受歡迎的設計師品牌，像McQueen和Burberry來參展。不過，最後都還是以巴黎馬首是瞻。

身為設計師，在巴黎展出是個遙不可及的夢想。這裡的每個人都當你是號人物，在皇宮展示作品是稀鬆平常的事。這裡有的是歷史文化，而你的設計就是藝術。

只是競爭實在太激烈，除非有像麥克昆那樣雄厚的財力背景，可以承受第一場秀就花掉一百二十萬英鎊的預算；不然就是夠前衛新潮，像胡辛・恰拉揚（Hussein Chalayan）或蘇菲亞・可可莎拉奇（Sophia Kokosalaki）那樣獨樹一格的設計鬼才，才能引起人們的注目。否則你就像個屁，風吹過去，一下子就散了，不留半點痕跡。

所以，難怪大部份設計師想拓展英國以外的市場，都選擇去紐約。就算已經出名的人物，像露拉（Luella）、馬修・威廉森（Matthew Williamson）和艾莉絲・譚佩里（Alice Temperley）在巴黎都很難出風頭。

我們一群人前仆後繼地擠到巴黎來，行頭一定要準備得夠充分。亞歷山大和我開始討論要去看的時裝秀，還有想要參加的派對。他想看Dior，我想看Chanel。達成共識的是，我們都願意不惜代價，只為了加里安諾（John Galliano）秀展的前三排座位。亞歷山大甚至想要殺人放火，如果那樣可以讓他看到Viktor & Rolf秀的話。而我是超想看麥克昆和恰拉揚，也想瞄一下Balenciaga，說不定可以看到下一季潮流盲從者會穿什麼。

「我們應該去薇薇安・魏斯伍德的慶功宴，那邊總有些模特兒供人賞玩。」「我們一定要去看加里安諾。」他強調，同時敲了我的膝蓋幾下。「他總是有條紋和金絲鑲邊，你不是最喜歡嗎？大家都愛死了！」他笑著：「我好愛看他！」還作了一個昏倒的表情：「強尼身材真好！皮膚又黑。他好像睡在健身房曬黑燈下面一樣。」

「如果你喜歡黑皮膚，范倫鐵諾（Valentino）也不錯。」

「拜託！那種風乾福橘皮我才不要咧，他近看一定很恐怖！」

我靠著椅背：「到了再視情況來看行程怎麼走，好嗎？先看看麗迪雅的安排。」

「OK。」他有點負氣似的怏怏不樂。「噓！」他忽然倚靠在座椅上用電報遮住臉：「那個女人是Top Shop（英國平價流行服飾店）的？」

我抬頭看到一個戴著紅色假髮，穿著一件爆肥牛仔褲的女人消失在走道盡頭，我聳聳肩。

「真不知道有多少服裝業的老巫婆在這班火車上，真可怕！」

巴黎時尚周和世界上最大的布展之一Premiere Vision同時舉行。後者在一個市郊的展覽館，全球最棒、最知名的布商都會群聚在那邊，把待價而沽的商品一字排開來作展示。

印度的絲綢、瑞典的棉布、英格蘭的斜紋布、蕾絲、雨衣布和上千種萊卡彈性布等等都在這屋頂下交易。街頭的流行風和時尚的高檔設計，在這兒昇華融合：所有最新一季的布料也都在這裡展示，像杯奇特的雞尾酒。

我和亞歷山大現在對這一點興趣也沒有，因為那代表我們下一季的繁重工作即將開始。

當火車進入法國的隧道，手機響了，是麗迪雅。

「親愛的，你們好嗎？」

「還不錯。我和亞歷山大一起，等著和妳碰面。」

原來麗迪雅今晚有幾個試衣排程，要到十點以後才有空。她建議我們直接約在飯店，喝點香檳，討論一下晚上去哪兒好。她有票、地址、手機號碼，還有名單可供選擇，不夠讚的派對不去。那正是我們去Premiere Vision展之前需要的娛樂。

「現在我們需要的是，」亞歷山大搓著手：「來點白粉。」

「她不來這套！」

「我知道，」他眼睛轉動：「問題是，我需要。」

「我保證你等一下可以找到一些能滿足你的同好。」

我很想念麗迪雅，我們已經認識好一陣子，她算模特兒界裡瀕臨絕種的國寶，守規矩到不行，不完全合乎時尚名模的標準。

她在卡姆登（Camden）土生土長，一頭長到胸口的筆直金髮，碧藍雙眸，棉花般柔軟的嘴唇，還有可以在菜市場人牆中喊出一條路的肺活量。談話時她的音調低沈穩定，不過幾杯黃湯下肚，她的豪邁不羈會證明她不折不扣是來自北倫敦。

十五歲時她在表姐的地攤賣衣服時被發掘，十九歲才真正自立。那些年她被《Just 17》（英國青少年流行雜誌）拒絕過九次，沒有半毛通告費的收入，一直住在模特兒宿舍裡，還欠下模特兒經紀三萬多英鎊。我記得問過她吃住是否免費提供，她的回答是天下沒有白吃的午餐，沒錢就沒電話用、沒電視看、沒試鏡機會，連張電話卡都沒有。他們會讓你賒帳，不過所有開銷日後都要付清。或許這就是她這麼努力的原因。她吃了不少苦頭才有今天的地位，成功不是一蹴可及，然而，現在大部份忽然冒出頭的年輕模特兒，都無法體會。

我們是在聖馬丁設計學院變成朋友的。有個下午我看到她在校園裡閒晃，我說服她在我的畢業展中走秀。她免費提供寶貴的時間和完美的身材，而我則以衣服作為謝禮。之後我就一直用她當我的秀模。她最愛Marc Jacob、Azzedine Alaia和Lanvin，跟城市裡其他新潮亮眼的女孩一樣。

不過比起其他名牌，她最常穿我的設計，而她也是我的繆斯女神、靈感的來源。她總在我每場秀開始前，自世界各地飛回來看我整系列的設計。我們也說好，無論多晚，她的婚紗將由我來設計。然而在這由同性戀和超級紙片人當家的行業中，她的婚期卻遙遙無期。好男人不會在公關活動或廣告中跟女人搭訕，但我清楚她始終很想結婚。

到飯店有筆小生意可以先做：謝赫・梅傑・奧薩巴（Sheikh Majed al-Sabah）要來看衣服，在會面半小時前，我們必須先到那昂貴的小套房做準備。香檳、柳丁汁以及讓他心滿意足的美食要準備好。

目前公司的銷售範圍可以分為：英國35%，美國22%，歐洲24%，剩下的都在遠東區——中東和澳洲。謝赫・梅傑的採購幾乎佔整個中東的量，現在他和來自俄羅斯的凱雅（Katya X）一樣，採購預算是最高的，可說是我們最重要的外國客戶。

身為知名的謝赫家族一員，謝赫・梅傑是科威特阿拉伯王子的外甥，在杜拜和卡達擁有超大型的購物中心Villa Moda。他最近才在科威特市郊開了一家佔地十萬平方英呎大的商場，並計劃在孟買跟新加坡開分店，算得上是有品味、眼光好、資金雄厚的好客人。去年才開始跟我們有生意往來。他總是帶伊莎貝拉・布羅（Isabella Blow，英國時尚名人，以愛戴戲劇性造型的帽子聞名）一起來，出現時總有幾個戴著菲力普・崔西（Philip Treacy，英國著名帽飾設計師）帽的女子一塊兒現身，我看今天也不例外。

亞歷山大有奧運短跑選手般的衝勁，他招待他們坐好、問候、奉上酒水，請出俄羅斯來的十六歲模特兒在高級的波斯地毯上做展示。我則是被伊莎貝拉·布羅血紅的唇膏嚇到了，只好偽善地微笑著。她的臉蛋大半被那頂帽子給遮住了。她們低聲討論，像跟鬼魂說話似的。謝赫·梅傑沒在意，他跟往常一樣怡然自得，說這次的設計很不錯，每件都美。離去時承諾會下張大單子；亞歷山大非常高興，順便解決了喝剩的香檳。

接下來的會議有：遠東區的連卡佛（Lane Crawford）和香港的夏菲尼高。我們已經配合一陣子了，他們很有潛力繼續成長為我們的最大買主，如果上帝保祐的話。

綜觀遠東區，俄羅斯和中國是目前最具潛力的市場。儘管每個人都看好印度，不過中國才是不容小覷的睡獅。大中國地區已經蓋好數量眾多的大型購物中心，等著Prada、Louis Vuitton等大品牌進駐。

俄羅斯的情況則是證明了：詭異但賺錢的市場仍然是存在的。

此地以水銀集團（Mercury）獨大，擁有列昂尼德·費里德蘭（Leonid Friedland）和列昂尼德·史尼楚（Leonid Strunin）兩家公司，一年營業額有三十億英鎊。他們有一間荒廢、鮮有人潮的購物廣場：Tretryakov Projezd。未來計畫要轉型成莫斯科的地標和最豪華、高檔商場的代名詞。目前Armani、Prada和Gucci都已經進駐。雖然奢侈品市場在那裡只值七十二億美金，但商機是不可預測的；即使一整個星期店舖都乏人問津，但只要當某位政商夫人的座車忽然間來到，在半小時內砸下五十萬血拼，也就削爆了。難怪亞歷山大還計劃明天凱雅來的時候，要好好幫她準備魚子醬。

「我覺得今天成果豐碩，」我們準備去飯店跟麗迪雅碰面，亞歷山大在計程車上說：「每個人反應都不錯。」

「沒人會對時尚採負面態度。」我嘆氣：「誰會進來坐下，喝了我們準備的香檳和餐點，然後說你的設計爛透了？」

「等著看，這一季就算不熱銷，也不會差到哪兒去。」

飯店的大廳人滿為患，這就是巴黎時尚周的實況。模特兒擠滿了每一吋可以站立的空間，每人都是一手香檳一手菸，聲音大得吵翻天，各式各樣的語言，把這大廳變成了一個聯合國。亞歷山大和我，就像一對傻瓜般站在大廳入口，在人群裡試圖找尋麗迪雅。

在這樣光鮮亮麗的人群裡，像我們這樣邋遢是不智之舉。我開始希望自己把太陽眼鏡戴出來，一群時尚客佔據大廳，又叫又笑的忙著打招呼，越過一張張桌椅，千萬不要叫到我。

「你看到她嗎？」我問。

「沒有，你呢？」

「沒有。」我含糊的自嘴角吐出話來：「有看到可以坐的地方嗎？」

「沒有。」

「喂！你們兩個傢伙是聾了還是怎樣？」這音調平板急促，「我在那邊又叫又揮手的，像隻雞快淹死似的！喂！你們，在這邊！在這邊！」

我們看到六呎高的麗迪雅，菸和香檳在手，一邊吞雲吐霧。她看來美得令人讚嘆，光芒四射。近身一看，她完美得不像人類，是老天爺賞飯吃的那種美女，我們這些人跟她相比，真是平凡得可以。她身體的任何部份比起我的基因庫能生產出來的，都要長些、高些、瘦些，也更完美得不像真實的人體。就算她隨便戴一頂便帽，看起來也都像是特意造型過，其他人戴起來可能就像顆白煮蛋。

「香檳，要嗎？」她輪流問。我們都點頭。「Oi！garçon，deuz coops！」她用怪腔怪調的法語對服務生叫喊。

「坐下、坐下！」她繼續站著用力地在褲襠抓癢。「真要命！不好意思。

我被前幾天試穿的秀服感染了黴菌，很難治好，我已經在那邊擦夠多藥膏了。你們知道嘛！就是那種緊身衣，我忘了用護墊。一天不知給多少人穿過，越貴的衣服越容易染上病，模特兒之間傳來傳去。要是讓我知道是誰傳染給我，我肯定給她一巴掌，該死的髒鬼！不管了，你們好嗎？」

「還好，發表會一切順利。」

我們三個討論了一番，她發表了評語，還說她很樂意下一季幫我走秀，我正想聽聽她對下一季流行趨勢的看法，因為她常跑攝影工作室，應該有些概念。

此時有人輕拍我的肩：「喂。」我轉身看到馬克斯．戴維斯（Max Davies），剛好用食指點了我兩下：「嘿！美人兒，一切都好吧？」

他順勢問候亞歷山大和麗迪雅。馬克斯是一個以穿皮褲和毒癮出名的攝影師，雖然生活頹廢，但難得的是他技術算是不錯的。麗迪雅堅稱他是個愛吹牛的爛人，老是說自己是大情聖，讓模特兒們都很不自在。

「不錯。」亞歷山大說：「你呢？」

「唷！我啊，」馬克斯刻意講著美國俚語，雖然我們都知道他是從索立哈爾（Solihull）來的。「我也有蛋蛋的毛病耶！」他把手放在重要部位前：「我整天都被蒼蠅襲擊，煩死人！該換地方了。」他當眾把自己的蛋從褲襠左邊拖拉到右邊。

「你住這裡？」亞歷山大問。

「廢話！誰不是？」

「不一定吧，」麗迪雅說：「安娜．溫杜爾就住麗池飯店。」

「干我何事。美人兒，我要走啦！」

他對我拋了個媚眼，一副女人都該為他著迷的樣子，真是個自命風流的傢伙！馬克斯轉到隔壁桌和幾個時髦的男孩聊天，而他們不自知地輪流親吻他剛摸過蛋蛋的手。

「說真的，我的肝臟有毛病。」她一口飲盡手中的香檳：「其實不該喝酒。我上個月去檢查，醫生說我肝的狀況像五十歲酒精中毒者。」

「是喝太多吧！」亞歷山大輕敲著杯子。

「不！那是戰痘救星害的。」

「那是什麼？」

「我經紀人給的暗瘡藥，以前痘子長很多。」

「你痘子長太多？」亞歷山大靠近檢查她的臉。

「現在沒吃了。記得我去年吃的藥——百憂解嗎？就是吃太多口服A酸，讓我得了憂鬱症。」

「是嗎？」

「沒錯！那是害死人的毒藥。每隔四星期我們必須簽同意書，表示因為正在吃這種藥，我們都得避孕，免得造成胎兒畸形。那種藥會造成荷爾蒙失調，他們卻給油脂分泌旺盛的年輕女孩們吃。其實她們需要的只是時間，青春期過了就好了。頻繁的廣告雜誌通告，害她們要靠吃藥來保持皮膚光滑美麗。這種藥物會讓身體徹頭徹尾乾涸，眼睛、鼻子、嘴，甚至陰唇都會變硬而且乾裂。」

「老天爺！」亞歷山大說：「還好我是個同性戀。我並不想了解你的陰唇，或其他相關部位。」

「閉嘴！」我罵。

「我知道，」麗迪雅繼續說：「無論如何，那種藥出自一個紐約來的醫師，一劑要六百美金，根本無人控管。在我發現服用六個禮拜就足夠時，我已經按時吃了一年。」

「該死！」我又罵。

「我的肝和腎都毀了。之前還得去洗腎以幫助排出毒素。現在一天至少要喝三公升的水來幫助新陳代謝，那真是我的夢魘。」

「聽起來真可怕。」

「可怕吧？大家都說凱特．摩斯吸毒不對，如果他們知道我們為了皮膚問題，吃了這樣的藥物，豈不是更嚴重嗎？」

「我同意。」

「不管怎樣，我現在絕不隨便吞藥了。我去吧台那邊一下。」

麗迪雅朝吧台走去，一路最少和六、七個人寒暄打屁。我和亞歷山大則是坐在原位，看著這裡的人來人往，好不精彩。我偷看到幾個《Vogue》助理在吧檯比較Chloè的包包，角落有個造型師，她的髮型讓人忍俊不止；有個惡名昭彰的德國金髮男模，大步走過混亂大廳邊講行動電話，現場的型男靚女比你自《Glamour》倒出來的還多。

「老天！」麗迪雅深吸口氣，放了三杯香檳在桌上：「看我的腳！」她穿著平底芭蕾包鞋的腳幾乎踢到我臉上。以一個美女來說，麗迪雅有一雙大得離譜的龍船腳，其實大部份的模特兒都是，反正她們拍照之前可以享受手腳美容，所以在非工作期間，她們幾乎任手腳重返最原始的狀態。當有專業美體師免費隨時候傳，你又何必親自去保養呢？

「你們看到沒？我腳上那個紅腫的包？」

我們湊近了看，果真有個腳印。

「那邊幾個變裝癖的變態黑人，以為我要侵入他們的領域。為什麼我總是招惹到這類的人？難道因為我有六呎高，他們就以為我是同類嗎？」

「是她們，變裝癖都是些女孩。」亞歷山大插嘴。

「不是口頭警告而已，而是罵我是妓女之後，再用力地踩我一腳。」

「看起來很痛。」

「痛死了！她們知不知道我的腳值多少錢啊？」

「至少五千吧。」亞歷山大酸得很。

「其實，還要再多一點。我上星期在米蘭賺了十萬六千英鎊。」她笑起來更正，光聽那個數目就足以讓亞歷山大閉嘴。「光Prada一場就賺進一萬六千英鎊，不過那真的很累人。」

「妳是說在台上走會累？」他聽起來一點同情心都沒有。

「如果你可以穿丁字褲和高跟鞋走伸展台，忍受和其他五十個女孩一起任由台下一群同性戀打量著你，看你哪兒出錯，那就來吧！」

「一次五十個？」

「對啊，我的設計師超忙。」

「我聽過更過份的，」亞歷山大說：「有個設計師把模特兒全剝光，要她們一起試同一條褲子，這條褲子一整天下來被三、四十人穿過，撐得不成褲型。不過男模好像比較不在意，我知道所有男裝設計師都要32號的小伙子擠進28號的褲子裡。上回有個美國伊利諾州來的男孩，從試衣間衝出來罵著說褲子太小。那設計師還說：你的屁股夠緊嗎？轉個身讓我們看更清楚點！」亞歷山大笑得樂不可支：「我知道，很誇張吧。不過你們女生一樣過份。還記得那個跟凱特．摩斯有關的八卦嗎？她第一場在巴黎Vivienne Westwood的服裝秀？」

我點頭：「你是說全身脫光排成一列那場嗎？」

「對！凱特是唯一毛毛都在的，其他的不是剃成機場跑道，就是毛毛剛發稀疏得像魔鬼粘的鉤鉤。」

「不過下一場秀她不是就跟其他人一樣被刮掉了嗎？」

「那個下午真是好玩，」他笑：「那時她應該有十六歲囉！」

我們坐下來啜飲香檳，麗迪雅過來提供更多關於哪場秀很成功，誰又掛了之類的小道消息。她說，經紀公司有兩個俄羅斯來的女孩闖了禍被痛打一頓：

「你們知道的嘛，」她在腹部做了個肚子大了的手勢：「每一季末都會發生，一連四個禮拜酗酒、奔波、離家工作，她們才十七歲，連自己睡在哪兒都不知道。香緹兒把安排給她的工作取消了。」

香緹兒是麗迪雅的經紀人，抽取20%的佣金。她不只幫她接通告、訂旅館和計程車、注意美膚保養等等，現在看來她連墮胎都要負責了。

「對了！你知道舒茲．孟吉斯（Suzy Menkes）在麥克昆的秀場，昏倒在安娜．溫杜爾身上的事嗎？」

「真的！那可嚴重了！」亞歷山大驚呼。

「可能是音樂太吵，空氣太悶熱，她就這麼暈了過去。安娜扶她出場，連秀都不看了。」

「老天！那誰來寫時尚評論呢？秀中斷了嗎？」

「沒有！怎麼可能中斷？雖然後台亂成一團。每個人都急得像無頭蒼蠅，該怎麼辦？秀還是要繼續啊！」

「當然是這樣，一向都是如此。」

「看！那是狄笛！我第一次到倫敦來的室友。」麗迪雅瞇著眼。

「是睡你下鋪，跟剛認識的男服務生回來亂搞，鬧翻天的那個嗎？」

Chloe 2012 春夏系列 攝影師麥羡雲

「就是她，艾塞克斯（Essex）來的黛博拉；現在改名叫倫敦來的狄笛！」

她朝遠處揮手，狄笛也回應著她。

「哇！她看起來真邋遢。難怪她沒拿到那個街頭時尚的活動，真丟臉！會贏才有鬼。」

亞歷山大咯咯地笑。

「我們該走了吧？」

「也好，太多派對要去，你們要先去哪一場？薇薇安．魏斯伍德還是史黛拉．麥卡尼？」

我們互看一眼，不約而同一起說：「Westwood！」

「是那個愛喝香檳，然後看模特兒拿假皮鞭互抽的設計師嗎？」麗迪雅俏皮地問。

英國最知名的哈洛斯百貨

04 割喉角力戰

我和亞歷山大約在巴黎雙叟咖啡廳（Les Deux Mgots）碰面，準備喝咖啡、吃可頌當早餐。

我們決定搭郊區火車去看Premiere Vision布展，這也被稱為「布展巫婆特快車」。出發前最好補充一點咖啡因，沒有比這些紡織業的女巫更加兇惡的了，除非她是宿醉兼脫水，還把應該分兩天看完的秀，濃縮成五小時，她的戰鬥力才會稍微減弱。

亞歷山大遲到了。他昨晚在Westwood的派對上勾搭了幾個男孩，丟下我一個人和幾個醜態百出的毒蟲跑掉了。我熬夜熬到接近三點才睡。這對一個應該衝刺事業的人來說，是很不負責任的行為。不過麗迪雅是無法拒絕的，當她堅持吹牛老爹（Puff Daddy）在巴黎有名的夜總會「澡堂」（Les Bains Douches）有個派對，會有一狗票明星在那邊之後，認為我一定要去拓展人脈。結果我靠著牆站在角落，站在紅色隔離帶圈起的範圍之外，什麼也聽不見。我看到一個矮個子，應該就是吹牛老爹之類的人。麗迪雅幫我引見一個為時尚周活動而來，長得像關．史蒂芬妮（Gwen Stefani）的美國歌手，不過我對她沒興趣。

我跟幾個認識的模特兒點頭，喝了很多免費的香檳，蒐集到一個珍貴情報：莎朗．史東明晚要去小皇宮（Le Petit Palais）參加Louis Vuitton的時尚秀。

明天是巴黎時尚周的最後一天，也是這一季的收尾，那將是由最大的公司所主辦的壓軸秀，現場會有無限供應的香檳、魚子醬和鈔票數不完的金錢交易。大家都會瘋狂一整夜，安娜．溫杜爾一定會來，到她十點就寢前才離開，女王五點要上健身房，七點要做造型梳整頭髮，每天都得早早上床是可以理解的。

我看著亞歷山大踏著濺起的水花，衣衫不整地一路走來。我不禁希望他能效法溫杜爾女皇的作息，壞脾氣的皇后已經夠可怕了，如果是兇巴巴又蓬頭垢面，還沒有抹上髮膠的同性戀者將更是嚇人。

「你相信嗎？」他整個人癱坐在我旁邊：「我昨晚搭上一個現場唯一的Gay，他的浴室卻連一瓶髮雕都沒有，你看我這鳥頭！」他用手梳理頭髮，有部份像鴨屁股般翹了起來。「當你清理倉庫時，就會這樣怒髮衝冠。哪個Gay沒有整套髮型造型產品放在浴室裡啊！他還是個髮型設計師咧！」

「或許這就像大廚回家也不開伙一樣的道理吧！」

「管他的！又不會再見面！」他喝完我剩下的半杯拿鐵，還有可頌麵包。

「我現在需要好好整理一下。」

一個小時後一個衣著整齊、香氣撲鼻的全新亞歷山大，跟我一起坐在前往展覽現場的郊區快車上。我們分別用不同的刊物遮住臉，避免跟任何人有眼神的交會，不過我們靈敏的八卦雷達耳，立刻搜尋到前排的兩個女孩正在咬耳朵。

「你聽說昨晚美國版《Vogue》的事嗎？」

「怎樣？」

「一群人大排長龍要看Dior秀，人山人海的。英國版《Vogue》、義大利版《Vogue》、日本版《Vogue》等，還有很多買家，然後美國《Vogue》忽然出現了，橫衝直撞地就在我們前面公然插隊，現場的公關人員就這樣放行，任他們排在我們之前。」

「他們以為自己是誰啊！」

「真差勁！而且英國《Vogue》就站在那裡呢！」

「真是難堪。」

她們聊了好一會兒，把法國麵包往嘴裡塞。

「聽說你的前男友，那個攝影師也有來。」

「幹嘛？」聲音透過麵包發了出來。

「他要求公關人員要用黑或深藍色兼駝色內裝的BMW，載他去秀場」

「什麼？」

「非駝色內裝不要。」

「他神經病！」

「那輛車停在麗池飯店一整個星期，他碰也沒碰過。」

「美國人，唉！」

亞歷山大和我很快就把注意力移開。每年我都會後悔來看布展，每年我都覺得自己的層級跟財力都該夠送助理來就好，但是光想到崔西一個人，在這充滿誘惑的會場，拿著公司的信用卡簽帳採購，就足以讓我失眠，我寧願自己搭火車來。

亞歷山大是不需要來這趟的。但他還是禮貌性的現身，對我表達精神上的支持。如果他敢放我一個人來的話，他知道我會殺了他……。

我們一起工作夠久，他了解我的品牌意義，還有我們的消費客層，不是那種年輕、清新、完全女性化，作品上帶著蕾絲裝飾的設計。而是剪裁合身，款式精緻的高檔品牌，針對的是成熟、有品味的市場。以Roland Mouret和Chloè來做比擬，更接近前者。我著重造型線條多於細節和副料，所以布料採購是針對高品質，但極簡風格的布種。這方面要倚重亞歷山大選布的眼光，他可以在二十步之內看到不錯的針織布，所以當我漫不經心、優柔寡斷時，他在我身邊會很有用處。

我們排隊等著在參觀證上填寫資料，入場後必須把證件掛在脖子上。就算是賣布，也有階級制度之分。有的攤位不接受某些客戶。譬如說如果你的品牌是屬於街頭流行，有的廠商就不讓你接近他們的攤位，你必須跳過安全人員、對保鑣微笑、在簽到簿上留下大名、秀出你的參觀證、再自我介紹一番，才得以摸到架上的布料。香港有家尼龍布的廠商，曾哀求Top Shop來看新布料，但其他供應商根本不讓Top Shop進場。其他的品牌像Primark、Mark One、Morgan都有過像這樣的差別待遇。身為一個獨立品牌的設計師，我遇過各種情況，公司或工廠越龐大，組織與人力越多的條件下，他們對我的少量訂單有時也會興趣缺缺。

除了這樣的壓力之外，我缺乏看展的動機。昨晚輾轉反側地擔心明年的春夏新款，那是我最最不想面對的壓力。現在不過十月，我已經要開始構思明年秋季的穿著。那可是一整年之後的事情，明年此時女人該穿什麼上街，我又該設計什麼樣的色系和布料材質呢？

那可是門大學問，在這個有五個足球場面積大的會館，中庭的舞台有一連串

Chloe 2012 春夏系列 攝影師麥羨雲

表演，預告明年的流行走向、顏色和布料。

黑色是專業絕不出錯的顏色，每年夏天幾乎都是黃色與綠色的天下，土耳其藍偶爾也會入選。但是對秋冬來說，都是棕色、暗綠或深藍當道。晚裝都是金銀兩色的天下。然後針對聖誕節的市場來個點綴的紅色，但我總覺得任何人穿紫色都好看，無論怎樣，對於舞台上的預告，最好當沒看到。畢竟誰想穿得跟Mark One一樣呢？

「你對明年的秋天會有什麼想法？」亞歷山大的聲音聽起來疲憊不堪。

「我想是奢華、墮落、頹靡，然後加上一點點性感。」

「喔！」他裝做很感動：「不要太沈重或悲觀是嗎？」

「不。」我說：「我們不要任何波希米亞的風格。」

「對！就算是席娜．米勒（Sienna Miller）也剪短頭髮回歸六〇年代了，妳的風格差太多了。誰聽過波希米亞風是剪裁合身的。」

「完全正確！」我點頭。

「買些黑色、紫色的絨布如何？」

「好主意。來一點絲綢，一些格子布，很久沒做印花圖案了。應該改變一下極簡的抽象風格，多一點柔軟知性。我喜歡格子花樣！」

「好！去喝咖啡吧。」

我們坐在會場裡簡陋的臨時攤位，咖啡煮得並不怎麼樣。當我們要離開時，亞歷山大瞄到一個Gucci的設計師跟我們參觀的方向相同，所以就順理成章地跟在她身後。我們隨著她的腳步走遍整個展覽館，看一樣的布料找尋相同產品。我們走過立陶宛的麻布廠商Siulas、一家法國針織布的供應商Berlaine在第五館的攤位、在第六館Idealtex前停下腳步，那是家專門販賣頂級絲綢的義大利廠商。在這之前，我們一起看了一家手工製作和式印花布的日本廠商Hokkoh Co.，然後走到一家義大利針織布的供應商Jackytex嗅嗅最新的布料。一開始的跟蹤並非刻意，但當第六次我們又停在同一個攤位看著一樣美麗的印度紫色絲綢時，她開始查覺有異了。亞歷山大也覺得再跟下去很丟臉，因為我們的舉動實在太明顯了，而我已經從中獲得不少靈感。她喝了杯拿鐵後徹底擺脫我們，我則是咬牙忍住也來一杯的慾望。

在回巴黎市中心之前得把事情辦完，下午還有幾個銷售會議要開。我也想看看有沒有英國廠商，願意幫我在黑格布裡織入亮粉紅色的格紋。我想做的是一款緊身外套，調性是傳統而英氣十足，像是紳士私人的聯誼社和雪茄吧。夾雜粉紅色會添加幾分對比和流行感，這正是我想要的。

我們花了兩小時才說服這家廠商幫忙。不過最少訂購量要二百英呎，我痛恨這種情況，這就是像我們這樣的小設計師會垮的原因，我明明只要六十英呎，卻得買足二百英呎；有時他們會妥協退讓到只要一百英呎布就好，但做二十件外套只需要六十英呎，剩下來四十英呎的布料該怎麼辦？

我想爭取到一百五十英呎，亞歷山大認為我瘋了，這太難了。或許吧！我累得要死。講了半天還是不得不屈服於二百英呎的訂量限制。該趕回去了，這展覽館的強光還有鮭魚紅的牆，真令人反胃。這黑與粉紅夾雜的格子布，將是我下一季的主要色系。希望這個決定沒有做錯。

坐上列車，我渾身是汗。

「你覺得我錯了嗎？」我問。

「這個冬天有得忙了。」他笑。

我開始下意識地抓手背，那是我在極度焦慮時候的習慣動作，該死！該死！

「那創意很可愛。」亞歷山大開始按摩我的大腿。「蘇格蘭風被遺忘很久了。自從《英雄本色》（Brave Heart）之後……那是幾年前的事啊？希望是二十年前的事了。」

或十八、十九年前都好，那樣就沒問題了，這是二十年循環定理的演進實例。我靠著椅背十指交叉，希望那部電影是十八世紀的產物。流行趨勢是繞圈子似的一再循環，一趟路程差不多是二十年的時間。所以當你的思路枯竭時，就去翻翻二十年前的《Vogue》，不會差太遠的。最近人人都在腰線上下功夫：合身、緊身、收馬甲……，想想羅伯．帕默（Robert Palmer）的電影，還有重新開始流行的墊肩、彩色絲襪等，每個人都設計得越來越像凡賽斯，除了凡賽斯自己。

天哪！梅爾．吉伯遜是幾時把臉塗成藍色的呢？誰會想得到？

我們準時回到飯店，第一場會議取消了，買主是從雪梨來的某家精品店的老闆，上次只買了兩件夾克、幾件裙子。我們不太在意這個客戶，她打電話來說感冒不舒服。我想她可能是因為宿醉的原因，或是懶得來了。時尚界人士一向如此：行為不檢點、討厭的試穿、所有心情不好跟鬧情緒……感冒是標準的缺席藉口。

不然就是剛作完人工授精。四星期前《Elle》的小編跟我要上一季設計的一條粉紅裙子，當我說那條裙子已經斷貨，現在正在進行新一季的設計時，她忽然放聲大哭，跟我說她上一次取卵的所有細節，電話掛不掉，她至少說了四十五分鐘。難道因為我是少數的女性設計師，就該對這事兒感興趣嗎？

「所以凱莉，還是什麼名字的，取消約會就是了。」我躺在床上點了根菸。

「是。」亞歷山大說：「連改約時間都省了。」

「叫她去死吧。」

「我同意！」

他起身自迷你吧拿出可樂，我一邊抽菸一邊擔心，那凱莉什麼的不來，是打算採購其他品牌的產品，而不是因為喝醉或者是荷爾蒙出了問題。從聖彼得堡來的愛蓮娜——亞歷山大找來的試衣模特兒，只穿著膚色內褲和銀色高跟鞋，無所事事地在我旁邊的沙發上坐下，她要了根菸。

「還好吧！」我遞過粉紅塑膠菸盒：「要吃點什麼嗎？」就算身為模特兒，她也太瘦了。

「不，謝了！我寧可抽菸。吃東西浪費錢。」她順了一下棕色頭髮。

「對！」我們一起坐著抽菸：「你喜歡巴黎嗎？」

她深吸一口：「比米蘭好多了。那裡是人肉市場。」

「那裡的仲介有皮條客專門找年輕的俄國女孩去賣淫，」她搖搖頭：「多可怕！都是十四、五歲波蘭或俄羅斯來的年輕女孩。他們覺得我們好欺負，不過，美國人也是，甚至毫不羞愧地把自己的女兒送到國外去賣。」

「只為了要付拖車屋的費用。我認識一個女孩，她媽一天到晚打越洋電話，又罵又叫的。她自己要買新拖車，沒錢付。她賺的錢總是來不及給她媽媽

Chanel 2012 春夏系列 攝影師麥羨雲

付帳單，所以晚上還去酒店兼差，她媽媽還很高興呢。」她又吸了一口菸：「巴黎算是不錯了。」

「你自己喜歡這個工作嗎？」

她點頭：「在米蘭，你會覺得自己是按小時被僱用的童工，他們總是用義大利文罵你，很沒禮貌。我在聖彼得堡大學讀英國文學，我不是蠢蛋，我知道他們在幹什麼。無論他們付你多少錢，你的尊嚴都已經喪失了，啥都不是。我很早就學到這個道理了，我不喜歡和其他女人一起脫光走秀。」

「沒人喜歡。」

「到處都是黑手黨。他們控制模特兒經紀，我們要到秀結束之後的九到十個月才領得到錢，而且少得可憐。他們都說他們沒錢，還說下一次會加倍給妳，不過通告再也沒來。這些抽佣金的人總是扣著支票不給，我的經紀人不聽他們的。」

「然後？」亞歷山大豎起耳朵，他喜歡這類的話題。

「她就收過郵包炸彈、還有威脅要殺她全家的恐嚇電話……但是她極力抗爭不屈服。我來自這種弱肉強食的社會，我了解那種生活在恐懼中的滋味。」

「我想也是。」

「我欣賞她。我不喜歡米蘭！」

「我了解。」

「那裡有設計師會給秀場前排觀眾幾瓶古柯鹼，就放在秀服裡。」

「我聽說過這事。」亞歷山大說：「一件衣服一瓶，真是好……。」

「……好齷齪的事。」他很快更正自己。「你相信嗎？」

「我真不敢相信她們會做這些事。」我說。

「如果她們是同掛的，應該也有油水好拿。我想前排這幾天應該都滿座了吧。」

門鈴響了，下一場的客戶到了。完全不像時尚人士地早到了，愛蓮娜很快熄掉菸，衝進浴室準備第一款造型；我很快地開窗讓菸味散掉，不讓這一系列新裝沾上一點菸味。雖說時尚界哪個人不抽菸？但這是個形象至上的產業，就算厭食、酗酒、有腎臟病、肝像五十歲的酒精中毒者，只要你在伸展台上看起來手采迷人，誰管你這麼多？

亞歷山大跟我在下午時段的銷售會議中，徹底出賣靈魂：我們對德國漢堡來的客人微笑，因為她說將在店裡多展示我們的衣服；對俄羅斯來的凱雅（Katya X）端上最高級的香檳，她也不過喝了兩口；對義大利來的客戶鞠躬作揖，他們說這些衣服充滿英倫風格，會在羅馬大賣特賣；就算法國的春天百貨也準時現身，看得心滿意足。愛蓮娜進進出出總共換了十幾套衣服才結束。

「成績比上一季好，我們該高興。」亞歷山大說。還提議到麗池飯店跟麗迪雅會合，點一頓肥死人的晚餐來慶祝。

「就算我們還不到名牌的程度，也要有個樣子。」他一副理所當然的模樣。麗迪雅看起來修長迷人，我們看到她坐在吧台的高腳椅上，濃妝豔抹，頭髮挽成正式精緻的髮髻。

「你美呆了。」我本想坐在她旁邊，不過發現那個想法是個錯誤。誰想坐在頂尖名模旁邊，那只會讓你自慚形穢，所以我把亞歷山大推了過去。

「今天去Valentino試衣，」她說著，喝了一口覆盆子馬丁尼。

他一邊移動椅子以便坐在她旁邊，一邊說：「難怪那麼隆重。」

「那是一定的。Valentino只用盛裝的模特兒：髮型正式、華麗珠寶上身。可憐的男人！他這輩子大概沒見過真實的女人。他最愛我們排排站，讓他閱兵似地欣賞自己的傑作。」

「他的確有許多珍貴的創作，是不容破壞的經典！」亞歷山大說。

「當然，一場秀我可以拿九千到一萬二英鎊，儘管痛苦地節食兩個星期，但也沒什麼好計較的。」我們一致點頭同意。

我和亞歷山大想著該如何不著痕跡地偷窺大廳的名人們：愛娃．赫茲高娃（Eva Herzigova）趾高氣揚地走過去，安娜．溫杜爾優雅地通過大廳，高帝耶（Jean Paul Gaultier）在角落聽取報告，娜歐蜜看起來豔光四射，她一定是Valentino開閉幕的專屬模特兒。

模特兒世界不僅分成超級與一般等級，還按工作性質，分成需要飛到世界各地宣傳促銷，譬如：Chanel、Valentino；還有那些不必到處跑的。前者負責拍攝許多廣告，出席時尚周的時候都變成脫韁的野馬，有些行為乖張，和一些不良份子走得很近。還有一些乖乖牌，不遲到早退，專心賺錢。她們不熬夜飲酒作樂，而是熬夜試著各種衣服的造型。工作到凌晨兩點，早上六點起床，這些人可以賺飽荷包，不過卻賺不到報章雜誌的版面。

「這禮拜看到凱特．摩斯了嗎？」

「還沒，你知道她討厭走秀吧？她不必靠走秀吃飯，擺弄一下性感魅力就夠了。我跟你說過去年那場馬可．賈考伯斯的秀嗎？」

「我想我記得。」

「他們說我的手臂和腳擺動幅度太大，破壞了一致性。我們全都是相同的髮型和化妝造型，跟機械人一樣。他們要的是複製人的感覺，而我卻太突出。」她聳肩：「不過他紅啊，很久沒走他的秀了。他不用知名的模特兒，那會讓他的設計遜色。事實上，走他的秀待遇超低。你知道，有的名設計師是以上一季的衣服作為報酬，居然還有人要接他的工作！」

「這些小氣鬼！」亞歷山大說著，用吸管喝Banana daiquiri雞尾酒。

「我們請不起妳們這些名模！」我帶點酸味指出：「一場兩百英鎊的酬勞！」

「妳又不是世界知名的品牌。」

「我有自知之名。」

「妳知道我不是在貶損妳的設計！」她發現自己的失言。

「我知道。」

「我喜歡你的作品。」麗迪雅給我一個安慰的微笑。

「注意後方，」亞歷山大身子向前傾：「我剛看到兩個土氣的母豬穿著你上一季的衣服走過去。」

我們三個一起放下飲料盯著她們看，這兩個雜誌從業人員正朝吧台走來，像相撲選手般擠進我的緊身的夾克，和合身剪裁的裙子裡。「她們看起來又熱又煩躁，跟綁香腸一樣。」我笑了起來。

對這兩個肥女人而言，努力穿出流行追隨潮流，都必定讓她們滿足而樂在其中。正常情況下，看到這麼負面的個案我沒啥感觸，只是今晚這兩個胖女人穿著我的大作讓人極為不爽。

「晚安！」我舉起杯子向她們致意。

「嗨！」她們皺著眉頭努力回想著她們是否寫過任何跟我有關的報導，極其用力地在腦海中搜尋。那助理的妝還算合格，而那個編輯卻笑得像個不折不扣的神經病。她還搞不清楚狀況，說不定連我是誰也認不出來！

「很開心見到你們。」我對她們笑，她們也微笑回應我。

「玩得開心嗎？」我問。

「很好啊！」編輯說：「有很多很棒的東西。」

「很好！」助理重覆著。

「有什麼特別感興趣的嗎？」我問。

「喔。」編輯說。

「喔。」助理說。

「都超棒的，對吧？」

「對。」編輯說。

「對。」助理說。

「那是葛蓮妲．貝利（Glenda Bailey，《Harper's Bazaar》雜誌的總編輯），我一定要過去跟她打招呼。」編輯說。

「是葛蓮妲。」助理說。

「有機會一起吃飯，有機會的話。」編輯一邊說，一邊跟著助理轉身離去。

「我不知道你為什麼不直接叫她們滾開。」麗迪雅轉身背對她們：「真受不了這兩個白癡，她們的雜誌爛透了！」

「我不想讓人家以為我在乎，反正難看的人是她們。」

離開吧台後的編輯和助理兩人擠進人潮中，揮著手、咧嘴大笑、單腳換著跳，希望葛蓮妲能夠看她們一眼，而葛蓮妲似乎正在和維克多（Viktor）還是拉夫（Rolf）其中一人講話。

「很高興在時尚周看到這些設計師。」麗迪雅點了一根萬寶路淡菸：「這些人花一整年時間抱怨別人，想把別人作掉。老實說，我在攝影棚拍照的時候，常聽說誰討厭誰、誰對誰做了什麼，聽到耳朵都快長繭了。他們對彼此充滿恨意，時尚周像是將所有的惡霸聚集在一起，強迫他們參加學校的遠足活動一樣。不過好玩的是在伸展台下，這些仇人還是得坐在一起，然後他們又開始擔心誰的座位比較好、誰比較重要、誰看起來比較美、誰又瘦了、誰比較成功，這些都讓我忍不住想大笑。」

「葛蓮妲終於注意到她們了。她一定講了個什麼世界級的笑話，看她們笑得。」亞歷山大說。

「我們有三個派對一個餐會可以去，我明天十點半要去Lanvin試衣。」

亞歷山大將吸管吸到底發出一個怪聲音，好不容易雞尾酒喝完了：「那我們還等什麼？」

05 惱人的銷售鍊

回到倫敦之後，我和亞歷山大都累壞了。銷售跟去玩耍還是不太一樣，但是我們沒有錯過LV在巴黎時尚周結尾的時裝秀，象徵這一季的結束，大家都遺忘這一季的疲憊，徹底解放。

小皇宮真是不可思議，香檳像潮水一樣湧入。超級名模搔首弄姿，門外的時尚人士狂歡作樂，音樂震翻了天。沒有一場閉幕秀會這麼受歡迎的。真的是一場成功的派對，愛娃・赫茲高娃（Eva Herzigova）、黛塔・范・提思（Dita Von Teese），有頭有臉的人都來了。

我被這場合的氛圍眩惑得茫茫然，麗迪雅被幾個看起來平庸的義大利男子纏住，他們滿嘴屁話，堅稱自己是王室之後，而亞歷山大順手摸走三個贈品包，不過隨後通通丟在計程車上忘了帶走。

想當然耳，隔日的銷售會議大家都有缺席的藉口：愛蓮娜沒有出現、亞歷山大說他病了，還不忘在話筒邊乾嘔幾聲以茲證明。而我，只好孤單地死守四行倉庫，準備應付兩個德國來的買主。

「那派對超棒！」亞歷山大坐在我辦公桌旁邊抽著菸，把煙霧對準達米諾的臉上吐：他是亞歷山大的朋友，路過我們辦公室，順道上來騙騙免費的咖啡和香菸。

亞歷山大有一群死黨，常常莫名其妙地經過我們公司，跟真正下單的顧客毫無關聯。麗迪雅、咪咪跟我將他們歸類於基佬派（Gay）：尼克算是其中最有辦法的一個，他在男性雜誌當行銷代表，好玩、時髦、小道消息特別多，永遠穿著下一季的衣服。派屈克是最善良的，他是亞歷山大的前男友，在Versace直營店當助理，總是看來純潔無辜。他有很多艾爾頓．強（Elton John）的八卦，見過多娜泰拉（Donatella Versace，凡賽斯之妹，設計師之一）的次數跟上麥當勞一樣多。在聖誕節期間要跟他保持良好關係，因為他可以拿到五位數的員工價折扣，等於半買半送。

達米諾是這三個裡最閒的一個，他是DJ兼模特兒經紀助理，有少年般的體型和女人般的尖細嗓音。不時躺在一樓的沙發上，不然就是大刺刺地坐在亞歷山大的位置上，旁若無人地從辦公室外的冰箱拿礦泉水來喝。

達米諾嗤之以鼻：「我聽說了，我也有票。」他蜷坐在靠椅手臂環抱雙腿：「經紀公司給了幾張票。只是我抽不出時間來，工作滿檔。」

「是啊！我們的工作也是滿檔。」我對達米諾的缺乏動力很反感，他不斷打著呵欠、伸懶腰，一副準備睡午覺的樣子。

「我也是。」他悠閒地從Dior的牛仔褲上挑起沾上的毛髮。

「你忙什麼？」亞歷山大問。

「要去Top Shop街頭選秀。」他抬起頭。「星期六要去柯芬園（Convert Garden）的旗艦店，那邊都是一些盲目追求流行的年輕女孩，我負責不停地找她們問時間，只為了近看她們的皮膚好不好。我們最近找到一個俄羅斯來的女孩，看起來會是下一個凱特．摩斯。」

「我不認為會有另外一個凱特。不過，凱特近況不錯。」我說。

「她戒毒後復出的速度真快，我想她很快又會風靡時尚圈。」達米諾哼著說：「你聽說過有人那麼快戒毒的嗎？三個禮拜！」

亞歷山大和我面面相覷。

「拜託！你不記得那期《Vogue》封面，她戴著皇冠拿著權杖，」達米諾說，我們一起點頭。「聽說她完全沒意識，還要工作人員在後面撐著。後來那些人都用噴霧修掉了。」

「放屁！」我說：「那絕對是個詭異的謠傳。」

「那是他們傳出來的。」他揮揮手，一副事不關己：「我也是聽來的。」

桌上電話響了，是崔西從樓下打來的。

「嘿！」她說，我聽到她喀啦地大聲咀嚼口香糖：「訂單來了，亞歷山大不在位置上。」

「訂單！」我把電話轉給亞歷山大。

「喂！達米諾，不好意思，我有事要做。」我話中有話。

「沒關係，別管我！」他坐得更深，穿著Converse球鞋的雙腳滑到牆壁，沒有要離開的意思。

「我有關係！請去隔壁辦公室。」不長眼，還不快滾！

其實我沒有事要做，除了盯著牆構思下一季的設計之外。因為我累得像條狗，加上體內殘留的疲憊，我只想一邊上NAP網站看商品銷售的狀況，一邊大嚼放在抽屜裡的特大號生菜三明治，在這公司裡絲毫沒有個人的隱私可言。

當我正張大嘴準備大快朵頤時，崔西帶著一期《Grazia》雜誌走進來，穿著一件我見過最緊身的牛仔褲，藍白條法國水手風上衣。她學席娜把頭髮削短了。

「嘿！妳看過了嗎？」她把口香糖自口中吐出來，用舌頭拉扯著、嚼得霹哩啪啦響、用前排牙齒反覆輕啃。

我把三明治放下來朝雜誌看去，一張放大的泰德．尼可斯家居照。他看來自信滿滿，悠閒還帶點中年發福的模樣。「又見泰德．尼可斯」標題上寫著，那是三頁滿滿的廢話：泰德躺在沙發上、泰德在吧台洋洋得意地笑、還有泰德在浴室穿著黑西裝白襯衫戴著太陽眼鏡，裝成詹姆士．龐德的樣子。「我為有主見、有曲線的真實女人設計服裝。」文章如此敘述著。

你真的有一絲絲了解女人嗎？無論真實或不真實……我陷入沈思，把雜誌丟到一旁。

「《Heat》雜誌也有喔。」崔西說：「他幫凱莉．奧斯朋（Kelly Osborne）設計首映會穿的禮服。」崔西整天把時間花在翻閱雜誌上、接聽電話、幫我寫信、把衣服寄去攝影棚拍照，沒有消息可以逃過她的法眼：「他還在《ES》雜誌拍了坐在沙發上吃晚餐的照片。」

我的心沈了下來，我想撕爛身上的衣服！泰德．尼可斯該受笞刑，而不是《Grazia》雜誌三頁全版的報導！

「好消息！」亞歷山大以華爾滋般的滑步走了進來，手上晃著一罐可樂。「斯爾福吉百貨（Selfridges）下的單比上次要多一倍，Matches剛打電話來詢問白襯衫

Valentino 2012 春夏系列 攝影師麥羨雲

的單價，Ko Samui也來買了九件銀白色洋裝！這款詢問度蠻高的，這一季一定會流行。」

這表示各家採購預算已經通過，也參考過設計款式的明細表和彩頁目錄了，訂單要開始如雪花般地飛來了。

本季的辛苦工作要開始收成了，到目前為止一切順利。我們雖然不是大品牌，規模比你們所想像的要小很多，一款夾克二十件，然後襯衫三十件之類的，就算最大的客戶購買量也不超過三十件，還包括所有的款式尺碼。

講到尺寸：我們最大尺寸是14號，而且是一般的14號，不是Marks and Spencer的14號，他們的8號差不多等於是Chanel的12號。我們常聽到大尺碼的顧客抱怨，為何不考慮體型較大的客人。決定尺寸表的原因有很多，首先是成本考量，以布料來說，大尺寸16號所需要的布料是8號的兩倍，但我不能給零售商兩倍的價錢，店鋪對消費者也是。如果可以，我不在意向上增加一個尺寸。然而光就成本而言，我們實在無法迎合大尺碼的客人。

第二，大尺碼消費者通常沒有穿設計師款式服裝的需求，怎麼說呢？應該說是惡性循環吧！時尚設計師總是設計小號的服裝，以致胖客人沒得穿，久了她們也就不考慮買設計師的作品了。不過季末存貨總是以最大號14號居多，這種情況同樣發生在樣品特賣、清倉特賣時。

我不否認特賣商品偶爾會出現被店鋪弄髒而退貨的10號，不過全面來說，還是大尺碼比較賣不出去。因此我們都鎖定8號到10號大小的顧客，才是我們主要客層。事實上，設計師的作品尺寸正在逐年縮水中，大眾所謂的小號已經自6號降至4號，還有人詢問過0號。

最近盲目崇拜緊身牛仔褲的人越來越多。我有個在Matches上班的朋友說，通常Sass & Bide牛仔褲會先賣完6號到4號，似乎當一般民眾體重越是飆高的時候，有錢人和時尚流行追隨者就越是以苗條纖瘦為美。

我們不做16號服裝的第三個原因，與其說不公平，不如說是偏見：時尚產業就是要創造夢想，讓人充滿希望和對美的無止盡追求，誰會夢想自己有16號的身材呢？除非你本身已經是20號，當然16號的身材從各個角度來看都還算不錯。不過，沒有人會希望坐在美容院翻閱雜誌，然後看到廣告裡的女孩是肥胖不堪的。

「設計師的作品在瘦女孩身上比較好看。」我有個朋友也是設計師，他在倫敦時尚周的開幕派對喝醉，曾經不諱言地這樣說道。如果能讓他的設計不透過模特兒上台展示，他一定會很快樂。線條都落在正確的位置，沒有胸線和屁股。就像素描本上的紙型可以自己走秀一樣：「身為一個服裝設計師，你最不希望的就是有人穿著你的設計。」我了解他的意思：套裝、裙子和襯衫，在工作室所畫的造型圖都是最完美無瑕的，當著上顏色然後掛在牆上，最適宜的設計就完成了。但在考量布料的織向和印花圖案方向時，原創性就被破壞無遺。簡單地說，當人為因素介入時，經過不斷地讓步與妥協，你的設計就被搞砸了。流行的藝術和審美觀用在真實世界的女人身上，就會出問題。所以對我和其他設計師而言，越是瘦得跟紙片人的模特兒，就越接近我們原本畫在紙上的設計。

很幸運的是，儘管心裡這樣想，我的衣服還是有人願意買。對於這些訂單我是有點受寵若驚，或許這系列作品是叫座卻不叫好。但我擔心的問題只剩下該在那裡生產這一項。

到目前為止我的衣服全部是在英國當地製造，不過以這產業來看，嚴格說已經不可能了。你可以將整件衣服送到世界任何一個角落去製造，只要留一個扣眼或扣子，甚至一條拉鍊是在這裡加工，就可以在標籤上繡Made in UK的字樣。自從北部的生產線關閉之後，幾乎沒有什麼是在本地生產的了。就連本土廠牌Marks and Spencer也把製造部門移到遠東地區。

十年前英國製的服裝，或是帶著本地生產標籤的衣服，的確是有品質保證的，不過現在這標籤只代表著這衣服在送進店鋪之前，是在這裡縫上扣子，如此而已。其實如果仔細看會發現，衣服的上下縫線的張力不對，裁片的接合線也歪七扭八，整件衣服並未熨燙或正確折疊好，但我們無計可施。英國本土成衣廠已經沒落了。

我在匈牙利有部份代工，就在布達佩斯市郊，負責生產夾克跟襯衫。品質管制常常出問題，我必須品檢15%，高於標準值10%。也就是說出貨有一百件，我就要隨機抽檢十五件。驗貨的範圍包括縫合部分和整個作工，如果驗貨情況不錯，車線夠直，整件衣服剪裁外觀都可以接受，那麼就矇著眼睛，假設其餘八十五件都一樣完美。鬼才有時間全部檢查咧！

其他部份的生產線我會這麼安排：在葡萄牙還有部份外包加工，剩下的就全部倚靠在溝岸（Shoreditch，英國新興文藝區，曾因紡織工業盛極一時）的工作室裡，由波蘭人和葡萄牙來的裁衣師傅來製作。她們很可愛，有部分是合法勞工，共同點是她們都賣力工作，為了賺一小時八點五英鎊的工資。

這公司其實是靠她們支撐起來的，我不記得她們每個人的名字，但每次我到工作室去驗貨，都能跟她們相處融洽。有部份的人會帶工作回家，在電視機前繼續縫夾克或裙子。以理想的編制看來，這一切聽來太不專業，也使公司陷入僵局。如果再接到像斯爾福吉百貨這種大量的訂單，我就必須重新思考公司的走向。我坐著聽亞歷山大說著有關訂單的報告，同時吃著我的三明治。如果有人出價買下我的品牌，我一定天天妝扮得性感美麗，而不是邊吃邊幹活，煩得焦頭爛額。

被大財團如古馳集團（Gucci Group）、路易威登集團（LVMH）、新加坡Club 21買下的好處是，他們會有組織地訓練生產線。古馳集團在米蘭、佛羅倫斯、匈牙利市區和市郊都有自己的工廠，而後者又有些特別用來製作McQueen、McCartney、Balenciaga、Yves Saint Laurent等其他品牌。路易威登集團也差不多，擁有證照核准的專業代工廠，例如Gibo、Aeffe、Onward、Kashiyama，專門生產較大名牌的，例如：Paul Smith、Westwood、Gaultier、Alberta Ferretti和Hussein Chalayan。

這個交易很簡單，身為設計師，出售品牌可以拿10％到15％營業收入的利潤，而他們承擔風險，負責幫產品的品質把關。你只要提供設計的創意，其他的他們會負責到底，包括把貨鋪到各個美侖美奐的零售點去。你的工作就是坐下來，把設計按時完成。最乏味累人的部份就交給別人去負責，品質產量被確保了，順理成章買主對你按訂量如期出貨，也就充滿信心。重點是設計就決定了一切。這制度並非毫無缺陷，我一直覺得10％到15％營業收入，不足以支付所有的創意輸出，即使店裡招牌掛著的是你設計的品牌，但你卻永遠不是老闆。

再者，對設計師來說，所有的業務移轉到認證合格的零售商，會帶來龐大的壓力。一旦銷售成績不理想，你完全無法掌控。

第三，他們不是永遠準時出貨。如同流行產業的定律：大者恆大。訂單越大，工廠就越可能準時排上線，在眾多品牌中都要同一時期準時交貨的情況下，對量少的設計師就很不利了。貨遲交有可能導致訂單被取消，如果春夏新品一月交不了貨，他們很可能就會全部不要了。因此，在順利交貨之前，你將有不可計量的、瑣碎的混亂要去克服。否則就會出現像Clements Ribeiro那樣的慘劇：去年由於廠商無法如期交貨，而面臨到拆夥的窘況，他們被排在生產線的最末段，時間到了來不及完成，八月就宣佈破產了。一步錯，步步錯，他們只有剛開始辦過一場精緻的小型發表會，最近幾乎處於停止生產的狀態中。這例子足以讓我們戰戰兢兢、引以為戒。

另外一個嚴重的問題是包心菜賊，這譬喻引申自貨物運送途中被偷，甚至出工廠大門就被摸走，流入市面被放在菜攤貨架上，跟著包心菜為伍論斤叫賣。

包心菜賊的問題不只限於少量出貨的小公司，例如：實際訂購二千二百個背包，只送達二千個，還有多餘的物料在生產背包、襯衫、洋裝等時沒用上的。

當採購主副物料時，通常必須另外多訂10%，預備耗損率高於預估時使用，如果工廠管理得當，這些生產線製作的成品就派不上用場。這些多餘的成品擱置在工廠角落，最後會出現在米蘭或是佛羅倫斯的街頭攤位上。

佛羅倫斯街上賣的Gucci背包跟真的一樣，因為那的確是正貨。同理可證其他的市場貨：Pucci的圍巾、Dior的皮夾……都是真品。我們對包心菜賊非常謹慎防範，所以每次都買剛好夠用的材料給匈牙利的加工廠，這樣師傅裁製時會更小心。我們是小公司，不能承受這樣的損失。

贗品市場又是另外一個問題，仿造正品的款式加劣等的加工品質，甚至還有篡改名牌設計款，這在遠東地區特別嚴重。假貨生意的利潤讓這樣的犯罪行為更加猖獗，他們是破壞時尚產業的蠹蟲。然而對此問題尚可訴諸法律，就像Chanel、Prada、Burberry、Louis Vuitton和Gucci聯合控告中國北京的秀水市場：公開販售成千上萬未經授權的名牌假貨。這些仿冒品的品質低落，對真正名牌的形象是一大打擊。但大企業集團對包心菜賊的情況，卻完全束手無策。

亞歷山大還在滔滔不絕地說著，他猜對了那件銀白色的亮片款式會熱賣，幾乎在下單的時候，我們就可以看出哪些款式會賣得強強滾，哪些會乏人問津。沒半個人會買鮮橘色或蘋果綠的夾克。前者會造成向外擴張的錯覺，更別說蘋果綠了。即使花了幾天去構思繪圖，這些款式連做都沒做過。所幸還有人買銀白色那款。

小型商店像Ko Samui通常會訂幾款好賣的規矩套裝做為主力產品，再加部份冷門的款式，以確保創意不滅。斯爾福吉和夏菲尼高百貨雖然訂量大，卻也偏向安全的採購策略。亞歷山大前幾星期破口大罵的朵拉婆婆也確認了訂單（付款方式是賒帳），買了幾款白色裙裝。

「大夥顯然都看好這一季銀白色會當道。」亞歷山大自文件中抬起頭來。

「如果仔細看，會發現我的設計來自瑪麗蓮．夢露在電影《熱情如火》（Some Like It Hot，1959）裡的穿著。」

「我就知道我曾經在哪裡看過。」

「穿起來會讓任何女人都顯得淫蕩，是一款引爆女人潛意識想尋求性感和吸引力的設計。」

「妳真聰明，美麗和智慧沒有衝突。」

「誰的鼻子變長了。」達米諾一臉狐疑。

「你還在？」這痞子！

「反正都昏迷一下午了，不差這一點時間。何況我還在等亞歷山大一起去晚上的派對。」

「什麼派對？」

「好像《Pop》雜誌辦的吧！咪咪邀請我們的。」

「咪咪？我早該猜到。」

「她之前幫LV發表會作過造型，跟凱蒂．葛倫（Katie Grand，《Pop》雜誌總編輯）成了朋友。」

「我覺得凱蒂真的很屌，誰能像她一開始幫英倫男孩（PJ and Duncan）做造型，現在卻是Miu Miu的造型師呢！」

「誰是英倫男孩啊？」

亞歷山大和達米諾一起訝異的睜圓了眼睛說：「安東尼．麥克帕林（Anthony McPartlin）與迪克蘭．唐奈利（Declan Donnelly）啊！」

「你什麼都不知道對吧？」達米諾說。

「我是。」

「我想你不會在乎我們去凱蒂．葛倫的派對吧！」亞歷山大解釋。

「誰曉得？說不定我們可以拉攏她，在雜誌裡放一些妳的報導。」達米諾說。

「然後天下紅雨，石頭會開花。我該在乎嗎？」我聳肩。

知名時尚品牌的櫥窗設計，總是能吸引行人的目光。

「時尚和愛一樣公平。」亞歷山大像風一樣飄走：「對了，Neiman剛通知要退貨10％。」

「要我們花錢買回來嗎？」

「恐怕是。那是他們測試我們配合程度的方式之一。」

「該死！」

「量不多，別擔心！」

亞歷山大走回辦公室，我盯著雜誌上泰德．尼可斯矯情做作的臉孔，透過《Grazia》對我露齒微笑。

我痛恨要把滯銷的存貨買回，衣服賣不出去已經夠令人難過的了，那麼辛苦的心血結晶，竟落得沒人要的下場。雖然如此，部份還是有出路：放在樣品特賣、員工折扣價特賣，或是朋友親戚之間的慈善拍賣、車庫拍賣；如果還賣不掉，最後會淪落到紐約的平價商店TK Maxx或Century 21。

我跟他們之間有契約協議，他們可自零售價抽一半到六成作為利潤，我們只求清倉，根本是賠本在賣，畢竟衣服繞一圈到他們手上都過季兩年了。通常服飾在店面架上放六個月，之後，在送去TK Maxx之類的店之前，我們會設法再降價賣個兩季。他們一年會來清兩次庫存：先花三個月跑訂單流程，再花三個月在他們的店裡賣。以此推算，我兩年前設計的款式，可能現在就在你家附近任何一間過季賣場的貨架上。

最後剩下來的，會全部剪掉銷毀。這的確是個罪過！每年都有數不清的高檔名牌服飾被燒掉，只為了避免賣給一些「阿沙不魯」的消費者，玷污了這品牌的形象。

流行不只是夢想、美觀和創意，還有品牌。品牌代表了一切，品牌形象被毀了，你還剩下什麼呢？當你在Accessorize可以低價買到相同好看合用的東西，為什麼要花上千英鎊買一件製作成本不到一百塊錢的衣服，或是花大錢買Chanel的包包呢？與其救濟比我們不幸的人，不如維護好自己的品牌形象，該燒掉就燒掉吧。

「你們要出去啦？」我看到亞歷山大和達米諾在門邊探出頭來。

「對。」亞歷山大看起來有點心虛。

「幫我問候她們。」我用吼的。

「會的！」他扣上他的黑色Margiela外套。

「你若看到泰德．尼可斯，幫我用力踢他的蛋蛋幾下。」

06 靈感啊靈感

盯著窗外兩天了。我在思考下一季設計的主題，如夢魘般靈感一直不肯出現。時尚設計師不像作曲家、畫家和作家，可以數個月無所事事，飽食終日，在平淡無奇的瑣碎生活中，等待繆斯女神的降臨。時尚設計師一年至少要有兩季作品發表，否則就等著被這個產業淘汰。你不可能在參與倫敦時尚周時，揮舞著雙手說：「不好意思，今年春夏我想要休息一下。」

時尚產業是很奇特的，雖然它是一種流行藝術，不過其實卻是個競爭超級激烈的行業。如果不遵照規矩來，你會死得很慘。這規矩就是不管你腦筋秀逗、思路枯竭，時候一到，你還是要把模特兒打扮好，推上伸展台。一年兩次，沒有例外。

我的心情留言板蠻可笑的，上面留有我在學校的一些記錄：照片和布料分別按當時的心境和一些想法細心剪貼，類似貴婦留言給室內設計師，說明她們對起居室的喜好那般。我的心情留言版呈現出每一季的設計走向，我可以坐著抽菸、猛灌咖啡，從中一再激發出設計靈感。但現在，我完全沒想法，腦筋一片空白。

貼在上面的，有過期的《Vogue》，秀著六〇年代早期女人端莊的造型：兩件一套，臀部寬大下擺收起的鬱金香裙。我喜歡那裙子的設計還有寬版腰帶，強調腰線剪裁的設計又回來了，激凸和幾乎裸體的天然造型也走夠久了。優雅的裙子加上緊身腰帶的雛型，我猜是下一季會出現的潮流，還有腿部線條或是低胸的設計，像現在我們都喜歡的Roland Mouret，極簡中帶有豐富意象，一件到底長到腳踝的裙裝，加一雙好鞋，純然無瑕，少有贅飾。

一張奧黛莉．赫本在《第凡內早餐》的劇照、一塊仿蘇格蘭格子斜紋布樣，還有一些在國王路（King's Road）上找到的蕾絲、我隨意從我媽1986年的《Cosmo》雜誌上撕下來的一些鞋子、靴子和皮包款式的圖樣。（這也表示潮流是二十年一輪循環的定理，我真幸運！）她到現在還在用哩！一開始我以為這是意外的發現，後來我才想到我們一向習慣看《Exeter》來擷取靈感。

在這樣缺乏時尚概念的環境中成長，我發現一個古怪的巧合：這行業裡了不起的幾個人物，都來自非常封閉或單純的環境。像凱蒂．葛倫（Katie Grand）來自伯明罕、露拉．巴特萊（Luella Bartely）在埃文河畔（Avon）的斯特拉特福德（Stratford）出生，即使是羅蘭・莫瑞特（Roland Mouret）也是盧爾德（Lourdes）出生的。難道說我們必須從小挨餓受凍、遭到虐待，才能幫助我們順利成長嗎？

「靈感來了嗎？」亞歷山大斜靠在門邊，從頭到腳一身黑，除了鮮橘色Hermès腰帶。

「還沒。」我趴在桌上，在素描簿上塗鴉起來。我在一個個裸體的美女身上畫著，這本素描簿每一頁都印有女模穿著衣服概略的輪廓，集我設計之大成，每一季都會更新。這個秋天，我只想到如獵犬般精瘦服貼的線條、有跟的鞋子、不同的姿勢、艾瑪・佩兒的髮型（Emma Peel，1960年代的科幻間諜影集《復仇者》女主角，中分齊肩、髮尾外翹）。今天的進度卻只有一些可悲的線條。

「咪咪今天會來嗎？她或許可以幫你些什麼忙。」亞歷山大帶著打氣的口吻。

「但願如此。」我嘆氣。

「有什麼概念了嗎？」

「腰線、腳踝、露一點肩膀。」

「不錯嘛！沒有屁股嗎？」他笑。

「屁股？拜託！」我瞪著他當他發神經：「那是珍妮佛・羅培茲的風格好嗎？那是上一個世紀的流行！」

「好啦！幸好是你做設計，我做行銷。」

「重點是，」我念著：「繆琪亞（Miuccia Prada，Prada的設計總監）的新款是怎樣的。」

「如果我知道，我們現在早就賺翻了！」

我靠著椅背，在Style.com搜尋：「繆琪亞」上一季的設計作品，每一張照片依次播放，每一張都拉近焦距放大，把細節一一掃進腦海裡。這是件悲哀的事，花時間這樣仔細地在看別人的設計，知道他們創意的源頭、下一季的走向。說實在，這裡頭還真有幾款設計值得一看，不看的是傻瓜。

繆琪亞・普拉達是一個領導潮流的女神，設計師中的設計師。她在我們眼裡是時尚界呼風喚雨的人物。Balenciaga永遠值得花時間去看、Chloè的菲比・費羅（Phoebe Philo）也是，就算波希米亞風退燒了，她已經不再獨領風騷；亞瑟汀・艾拉（Azzedine Alaia）也該看、馬可・賈考伯斯顯然也是、創意奇才麥克昆和恰拉揚就更不必說了。隨時留意這些潮流先驅的動向，做到貼近時尚脈動，我才有抓住潮流尾巴的機會。

講實在的，這就是資源豐富與否的問題：我們沒有范倫鐵諾（Valentino）那麼強的裁剪團隊，或是卡爾・拉格斐（Karl Lagerfeld）在Chanel那間滿是專業縫製師傅的工作室。卡爾可以在服裝秀前一天晚上更改設計，甚至材質。他可以把衣服重做六到七次，只為了滿足他一時的心血來潮，甚至以釐米為單位去更改車邊。

繆琪亞・普拉達的系列作品，則是一向到最後一秒才會曝光。她在創意的應用上天馬行空，為所欲為，永遠可以想到以時事為主題的設計方向。例如：伊拉克戰爭，當我們還用卡其布在伸展台上爭個你死我活時，她卻推出一系列年輕純真的模特兒，穿著一身透白飄逸的服裝，把我們遠遠拋在腦後。她的段數之高，永遠比我們早一步嗅到時尚潮流的風向。

咪咪來時，正好逮到我正從網路上抄襲Prada的新襯衫設計。我專心到沒聽見她上樓的腳步聲，直到小迷你用她玩具貴賓犬的叫法狂吠，我才查覺。咪咪穿著一件搶眼的黑色緊身夾克，搭配曳地長裙，還有飛車黨穿的靴子。她看來充滿魅力，只是有點疲於奔命的樣子。

「真要命！」她把六只設計師用的特大背包丟在我的桌腳。「這幾天不是人過的，累得我要死。」

「昨晚去哪兒啦？」

她摸摸額頭，一副頭疼未退的樣子：「我參加史嘉蕾．嬌韓森主演的新片首映會。整個早上幫她準備記者會造型，我告訴妳，一開始她人還蠻好的。不過，一到下午兩點就換了人似的，脾氣暴躁，難以相處。」

「她不是剛幫LV走上百萬英鎊的秀嗎？」

「百萬個頭，她沒那個身材跟行情啦！」咪咪邊說邊倒袋子，一個接一個。「還不如給席娜．米勒（Sienna Miller），最起碼還有娛樂效果。不管怎樣，昨晚實在不怎麼好玩，會後的派對也無聊透了。史嘉蕾整晚忽視我的存在，好像我們沒半點關係一樣。賽門（Simon Le Bon，雷杜蘭杜蘭樂團的主唱）和他太太雅絲明．勒．邦（Yasmin Le Bon）等超級名模都在現場。但是那裡只有香檳，沒有伏特加，所以我今天心情糟透了，反正後來我們這一掛還跑去Café de Paris。」

「那麼晚還營業？」

「當然！」她對我的蠢問題皺眉頭：「其中一個醉醺醺的造型師爬到玻璃桌上跳舞，結果不小心摔了下來，摔破了一堆酒杯。我把她拖到醫院急診室，待到早上六點，看我現在蓬頭垢面的。」她打了一個超戲劇性的呵欠，來強調自己的精神不濟：「我今晚還要工作，有一家店要開幕。」

「我不知道你也接開幕秀。」

「我的朋友艾美正在準備贈品紀念包，她說其中有Jimmy Choo的鞋子。」咪咪自其中一個袋子裡拿出更多的衣服：「喂！小迷你！該死的！」

她橫跨過衣服堆給了小迷你一巴掌，小狗像是在一件絲質衣服上舒服地趴下了。

「那可是YSL的經典款耶！」好像狗可以聽懂那衣服的名貴價值似地，她抬頭繼續跟我說：「看看我的戰利品吧！該從Dior開始嗎？」

設計師和他們的造型師之間有著微妙、荒謬、難以計算的關係。有時候對塑造整個設計的風格能產生作用，其他的只需稍微調整一下，就可以把模特兒送上台。

那些舉足輕重的造型師，跟設計師一樣講究裁接和整體線條，為了讓造型更達到效果，襯衫該向上拉多少，或褲子要放長多少等等。就像設計師的繆斯，他們本身的人格特質正是設計師想要的，也是設計師靈感的催化劑。所以造型師要在派對穿得精彩，讓設計師驚豔。他們的穿著不見得會造成話題，但冥冥中多少會影響下一季的設計。

所以我們有超級造型師，像Giles Deacon的凱蒂．葛倫（Katie Grand），她是我們的伙伴、繆斯女神、主要的忠告者，她對整個時裝秀的呈現效果，有巨大的影響力。她幫許多雜誌打點造型，還有廣告活動、也幫忙建立良好的人脈。所以在對外關係上，有她在身邊是一大助力。

咪咪不是有用或是有名號的人物，不過她還算可以。她的眼光獨特、品味卓越。她母親卡門是六〇年代名氣響叮噹的女人，嫁入豪門，配合過Bailey拍照片，是當時一個時尚名媛。卡門現在處於半隱居狀態，但是偶而還是可以在濱海自由城（Villefranche-Sur-Mer）外的別墅見到她的蹤影：抽著棕色More雪茄、吸食重劑量的大麻煙、穿著Pucci長袍運動。

咪咪有一次在幫《Vogue》作比基尼泳池造型時，請她幫忙。卡門連續遲到兩天，在中午前就把所有的提神飲料喝完了，然後剩下的時間不斷呻吟著：「寶貝，媽咪癮又犯了。」不過她能勝任所有夢遊或精神渙散之類的動作。

「所以，妳覺得怎樣？」咪咪上下甩動她那件黑色的Dior洋裝：高領無袖，緊身到膝蓋的連身裙、新潮加古典。「五〇年代，不錯吧？」

「美極了！」我離開座位，心跳加速，可能是因為咖啡，也可能是我從中得到一點啟發：「在哪買的？」

「我在我姐的衣櫃角落找到的。上星期跟她一起翻箱倒櫃，那時她正在找那件舊的金色Ozbek外套，這件從衣架掉到地板上，我們剛好看到。我還記得她在八〇年代中期參加舞會穿過好幾次。當時她才十五歲，還被《Tatler》（從十八世紀發行至今的時尚雜誌）選為倫敦最性感的女孩。」

「這是絲質的塔夫綢。」我說著輕摸衣服的布料，掀開襯裙檢查一下衣服的狀況。

「那件不錯。」亞歷山大倚在門邊用手梳他那鼠毛般的頭髮：「妳想原封不動送上台嗎？」

「打算如此。」

「好主意！別忘了把標籤拿掉。」咪咪開始大笑。

設計師永遠都會竊取其他設計師的點子。我們總是抄襲波透貝洛路（Portobello）上的古董服飾，拿掉標籤，在送上伸展台前，加上我們自己的標籤。有時候明顯到你簡直不敢相信居然沒人看得出來。這裡一件Dior洋裝、那邊一件Balenciaga的外套，就算是誇張如Azzedine Alaia，在伸展台也一樣瞞過大家的眼睛。

上一季我整件照抄一件舊款的Pierre Cardin的裙子，那是咪咪在波透貝洛路上買的。而我們剪去了背標，直接當成我的設計展出。還有一次只換了布料，最大膽的一次，是兩季前我在雀兒喜（Chelsea）的樂施會（Oxfam）上看到一套黑白的泳裝，一樣完整地上了台。這款光是在夏菲尼高就賣了二十五套。

在部分設計師店面櫥窗展示裡，你會聞到波透貝洛路上的經典服飾的味道，這真令人難為情。有一次我跟一個周五在那裡擺攤賣衣服的朋友逛街，她在一家服飾店看到她上周以三十五鎊脫手賣掉的衣服，那件未經改變，只是乾洗過的衣服，穿在模特兒身上，標價一千三百五十英鎊。

除了波透貝洛路的舊貨市場，還有很多地方我們會前往找尋靈感——像瑞力克（Relik），位居倫敦西部崔力克大樓（Trellick Tower）腳下、哥彭路（Golborne Road）底，由菲歐那・斯圖亞特（Fiona Stuart）、史萊兒・史丹福德（Claire Stanfield）和史帝芬・菲利浦（Steven Phillip）所有。所有的波透貝洛路的小販，在這裡去蕪存菁批貨，篩選所有二〇到八〇年代經典的服飾，放在自己的攤位上賣。

山本耀司（Yohji Yamamoto）、麥肯・麥克羅倫（Malcolm McLaren）、薇薇安・魏斯伍德這些時尚潮流的巨瀾狂濤，隨時都有人剽竊、榨取他們的創意。

幾周前我去了那裡，還發生了一件糗事，只能說創意繆斯女神似乎自倫敦搬到這裡來了。我剛進門就遇到一個剛從義大利參展回來的設計師，他認得我，不過我們卻沒講過半句話，我靜靜地跟蹤他好一會兒，感覺彆扭又不自在。我們都對幾款Alaia的設計很感興趣，但沒人想先秀底牌。此時另外一個本地設計師進門了，表現得有點像畏縮羞澀的羊，他算友善和氣的好人，我們碰過面幾次，起碼還會聊天，還共用過一個打版師。但他拉高領子低著頭，朝店裡掛的Westwood衣服走去，忽然發現店裡已經站著我們的尷尬情況。第一個進門的設計師待不住，轉身就走，離開時還不忘幫最後那個開門，感覺像是某齣法國的黑色喜劇。

當瑞力克的審美層次是服飾設計師首選時，你也可以在以下地點看到設計師們：維吉尼亞（Virginia）的荷蘭公園（Holland Park）、雀兒喜的史丹柏格與托爾金（Steinberg and Tolkien）、威斯特柏納園林（Westbourne Grove）的艾波比（Appleby）、諾丁丘（Notting Hill）的肯（Kind），以及伊斯靈頓（Islington）的倫敦調色盤（Palette London）。

配件方面的流行走向就比較難以預測了，然而如果講太陽眼鏡，那只有一個選擇：倫敦東方的阿奇（Arckiv），那是Louis Vuitton和Gucci的首席配件設計師最喜歡閒逛的地方。傳說他們一出手都是一次帶走五十副以上不同款式的太陽眼鏡，任何人想找電影、電視或是廣告的經典造型，來這裡絕對不會失望。在史蒂芬·史匹柏（Steven Spielberg）的電影《慕尼黑》（Munich）中所有的造型，都可以在這裡找到。幾乎所有《Pop》雜誌的街頭直擊照都是在這裡拍的，這裡真是天堂。

想到我花在這裡試戴無數的眼鏡和變化多樣鏡框的時間，就覺得我沒做配件生意真是划不來。這裡是我最喜歡用來殺時間的地方。

「還有什麼復古的好貨？」我點了一根菸，咪咪很認真地做了功課，使我也開始興奮起來。

「OK，這肯定會讓妳瘋掉，」她一邊甩著一件全黑的套裝，「這是奧西·克拉克（Ossie Clark）的作品！」

「哇！」亞歷山大瞠目結舌。

「美啊！」我讚不絕口。

「我知道這可能不是你的型，不過我想如果你不要的話，我就留著自己穿了。」

那是一款曳地的黑色長裙：合身的上衣、蓬袖、開低胸，看起來像女僕開派對穿的，透出一股圓融世故的味道。前胸直垂到肚臍的位置，感覺性感得不得了。

「你覺得下一季會流行這樣的衣服？」我問咪咪。

她深吸一口菸說：「或許裙子修到膝蓋，應該不錯。」

「那會達到另一種視覺的平衡，」我說著一邊把衣服掛在架上：「換布料讓整個裙子的質量輕柔起來也不錯！」

「好點子！」

我的手開始黏膩膩出汗：「那這個你看怎麼樣？」我把素描簿拿出來開始飛快的畫，上半身全抄，走到衣架邊上仔細查看線條接合、布料的織向，我把下半部略為修改，變成一襲輕如薄紗的裙裝。沒人喜歡七〇年代那種累贅的蛋糕裙，盛裝出席也太多餘了，做點細節更動，變成Roland Mouret的風格。把裙長改短，臀部收幾針，把腰線做得明顯一點，這樣就是一件可以走紅地毯的禮服了。

「不錯。」亞歷山大越過我的肩膀看向衣架：「我可以想像卡麥蓉．狄亞茲（Cameron Diaz）穿起來的感覺。」

「我連搭配的鞋子都想到了！」咪咪拿出一雙黑色幾何形狀，軟羔皮銀色收邊的高跟鞋：「泰利．哈維蘭（Terri Havilland）的作品！」

「真是華美絕倫！」我說：「可惜，我們不做鞋子。」

對我的事業來說，不走配件是個錯誤的決定。背包和皮帶是印鈔票的機器，對時尚產業而言居於聖杯的地位。Louis Vuitton去年的六億四千萬歐元營業額，服飾只佔十個百分比，剩下的都是靠配件來賺錢。如果你的背包設計得宜成為經典，那麼你的品牌也將成為不朽傳說。

整個英國市場大約有三億五千萬英鎊的皮包市場，最近五年有呈雙倍成長的趨勢。大約有60％的女人擁有最少十個以上的皮包，超過3％有二十五個。利潤很可觀——製造成本就算只要八十鎊，在零售店可以賣到八百到三千英鎊的價位，有更多的皮包是以三十鎊的成本去生產，然後以一百五十鎊的價錢在大賣場賣出，卻以四百五十到五百鎊的價格以零售的方式賣掉。以皮包來說市場真是大得驚人：無論你的體型尺寸多大，設計師都不必增加任何生產成本，你可以跟名模揹一樣的包包。

我記得Match還辦過Chloé鎖頭包之夜，只讓部份VIP排隊限量搶購。那就像混合的時尚古柯鹼，一下就全球售罄，根本沒貨上架。幾季前露拉・巴特萊打算清倉特賣她的吉賽兒包（Giselle Handbag）；Fendi也剛結束價值一千零壹拾英鎊的B包預約名單，要到明年不知幾時才有新貨。最新一季的時尚靚包是

YSL的繆斯包（muse bag），我知道某些店還買得到。

我曾為了發表會設計過幾款皮包，並沒有造成萬人空巷或人山人海的盛況。這些皮包後來都擱在貨架上乏人問津，日積月累，漸漸蒙上一層灰。然後等待二十四個月過去，進到TK Maxx的貨架上終老一生。

皮包的設計有一定的藝術，我或許還沒抓到要領。我曾經跟亞歷山大討論過，找一個背包設計師來加入我們，不過有才華的人都很難找，因為他們是時尚產業裡價值連城的金雞母。最有名的鬼才就是斯圖亞特・費弗斯（Stuart Vevers），他先是在Louis Vuitton幫忙累積了六億四千萬的財富，之後到露拉・巴特萊設計嗆紅的吉賽兒包，最近到Mulberry當創意總監，負責配件和成衣部門。我幻想著去引誘他跳槽，如果他有任何想換公司的意願。我們是沒有很高的酬勞，或許要讓他認股，任何人有這樣撈錢的本事，我們不惜本錢都要拉他過來。

我不禁想著，包包設計師就像搖滾樂團裡的鼓手，他們錢雖然拿得多卻沒有半點名聲，樂團沒有他們卻也無法運作。但誰知道他們是誰呢？有時候低調點，似乎也蠻讓人羨慕的。

如果說皮包是聖杯，那鞋子就比較難以定位了。你必須要有足夠的鞋子，以應付不同的場合。一個專業鞋子模型的製作成本要超過七千鎊，就算如此你還是得安排尺寸表和配色比例，還要有充分的鋪貨管道，不然會有一些特別的尺寸被遺留在架上。那些鞋看起來會顯得很悲傷。

但同樣在貨架上的皮包，就顯得稀有貴氣多了。

鞋類市場競爭十分激烈，昂貴的鞋市差不多都由瑪諾羅・布拉尼克（Manolo Blahnik）與周仰傑（Jimmy Choo）兩位先生所支配。畢業後我曾考慮選修製鞋課程，不過想想除非被伯納德・亞諾特（Bernard Arnault，LVMH集團董事長）買下，大部分時間我頂多忙著幫發表會縫製一雙雙鑲鑽布料製成的鞋。

我看著咪咪的鞋，不禁陷入沈思：我夢想著被併購，那會改變我的人生，那也將是我最好的出路！

「我曉得你不做鞋。」咪咪把高跟鞋拿起來端詳：「我只是想，說不定可以放在你心情留言版，給妳一點參考。」

「也好。」我們都覺得黑色、銀色和幾何圖案下一季會走紅。

亞歷山大質疑：「我很想聽聽看，到底下一季你想的女人是怎樣的。」

「我們想的是一樣的嗎？」我自辦公桌站起來，開始解說留言板還有其他一切靈感的來源。咪咪帶來的Dior洋裝激起的靈感、還有奇妙的奧西・克拉克懷舊造型、清楚的腰線、腳踝還有其他性感的要素。他看起來還蠻進入狀況的，「我想要做的跟先前一樣：修長，光滑富色澤的料子，曲線畢露，比這一季還更柔和一點，外套一樣要講究曲線和造型，但我會加些許顏色，不是只有黑白或是幾種原色調。讓主題溫暖起來。」因為先前已下的黑加粉紅格子布訂單，風格要更接近北方高地的夜晚，加上讓人喘不過氣來的性感。

「那種滿是扣子的衣服，」咪咪進入那種狀況幾次：「我喜歡扣子，袖扣、背後一路扣到腰的裙子、格子布包著的扣子……。我愛死了！沒有比被包住的扣子更性感的了。」

聽起來很扯，不過我真的了解她說的是什麼。嗯！這個下午收穫頗多。我現在精力充沛，準備出擊！秋季的設計真讓人充滿遐想！由布料的質感、款式、層次與配搭來決定，現在決定要加上被布蓋住的扣子。

「嘿呀！抱歉打擾一下，」崔西小跑步進來，她那席娜式的短髮現在顯得有點油膩，「我剛接到《Elle》的電話！」

「什麼事？」

「他們想借白襯衫拍照。」她的聲音聽來充滿期待。

「哪件白襯衫？」

「你知道的，就這件！」她指向彩頁目錄其中的一頁，上面是那個自大的模特兒穿著白襯衫和短褲的組合：「但是我在樓下找不到。」

「喔。」我說。

亞歷山大眼睛骨碌碌轉著。

咪咪笑了起來。

「明天早上九點就要！」崔西說。

「狗屎！」我叫：「那時我們不是正要交Marks and Spencer的銷售樣本嗎？」

07 驚豔紅地毯的禮服

多蘿塔——我的波蘭縫製師傅，熬夜趕製著Marks and Spencer要的襯衫。我奪命連環追魂call，請她務必晚上七點鐘之前要到，她準時到，凌晨四點完工。因為來不及回家，她直接趴在縫製台上睡著了，我早上八點進公司，看到她的臉壓在一塊緞布上，工作用的針插還繫在手腕上。她一共抽了整整兩包Lambert香菸，光我視線所及就看見三瓶提神飲料，還有兩罐健怡可樂、一大包家庭號的口香糖。她終究完成了任務：那件燙過折好的白襯衫，吊在我辦公室的衣架上，帶著淡淡的菸味兒，還有她身上古龍水的後調氣味。這並非多蘿塔達成最困難的任務，她對趕急件特別在行，算是效率最高、成果最令人滿意的師傅。

原本我想把Marks and Spencer的標籤拆掉，換成我自己的。但這衣服的布料實在粗糙得可以，如果這件衣服你要賣三百五十鎊，這布的質料必須比一件在Marble Arch花二十五鎊買到設計款式相同的要好很多才合理。

崔西把襯衫包好和其他《Elle》電話要求的衣服一起打包：先用薄紙隔開，

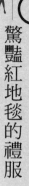

用塑膠透明袋裝起來、做好記號、放進大運送袋中，最後一股腦地塞進腳踏車前的籃子裡，這是我見過最不聰明的送貨方法。

兩天後，我整個上午待在聖馬丁設計學院的圖書館裡。咪咪的戰利品加上蒐集的經典激發出我創作的靈感，打算新一季要學學奧西．克拉克的風格。我必須承認，我一直都很喜歡他的東西，我愛死他最近在V&A博物館的展覽，我在家裡有一張大衛．霍克尼（David Hockney，生於1937年的英國時尚藝術家）幫他們夫妻和貓咪佩姬畫的明信片，已經好多年了。

不過，即使我對他的作品風格很熟悉，我還是找不到他在七〇年代幫法國探險隊門戴恩（Mendes）設計的外套。奧西以他替西莉亞．伯特韋爾（Celia Birtwell，奧西之妻）畫像而聞名，並敢於打破六〇年代的禁忌，讓女人穿上褲子。奇妙的是，當時的大飯店只接待穿著裙裝的女士，如果被那些嚴謹刻板的門房知道，現代社會的飯店是如何運作，可能會氣得死不瞑目吧！不管怎樣，我在館藏中查到他之前設計的那款外套，依舊出色迷人：炫目的皺褶、帶扣子的長短袖，還有精緻的袖口，都是我正在腦海中重組的款式。

坐在一群汗流浹背、饑餓如豺狼的學子之間，我花了幾小時搜查資料作筆記，雖然頻頻被幾個經過的學生打斷，要求我給他們一些服裝設計上的建議，不過整個上午算是成果豐碩。

雖然只是圖書館而已，但我依舊很不想回學校，只因那會提醒我自己荒唐的過去。當時沒半個老師喜歡我，我不是那麼亮眼獨特，表現只屬中等而已。老實說，我不是那麼有天份，作品也不夠驚世駭俗，也沒有像史黛拉・麥卡尼（Stella McCartney）那樣的背景。我的畢業成果展，不像麥克昆，沒有超級名模走秀，也沒有遇到像艾茲・布羅（Izzy Blow）那樣的伯樂。以上種種，對比目前我公司一年兩百萬英鎊的營業額，可真是跌破大家的眼鏡，問題是報導只說生意作得大，不說少得可憐的利潤。還有些混蛋記者在我剛出道的時候，唱衰我的前途。

你會驚訝於為什麼聖馬丁設計學院出來的人，會有那麼多嫉妒、不和睦和怨天尤人的情節相互糾結著。他們有些現在很有名，剩下的則並不怎麼樣。我只希望我沒有花那麼多時間愛上一個為了要飛黃騰達，可以拋棄我，甚至於連性向都可以改變的人。有個說法是：如果你進聖馬丁設計學院前不是Gay，那畢業的時候，你肯定會是。泰德・尼可斯就是個鐵證。或許他一直隨便和別人亂搞，但我和他出去時卻沒嗅出一點蛛絲馬跡。

天啊！想當初他在浴室的櫃裡連一瓶潤膚乳液都沒有，然而這幾天我卻看到他鬍子理得乾乾淨淨，整個人煥然一新，像是個講究行頭的型男。我真的不介意如果他一開始就對我坦承他是個同性戀，說他一直都是，說他記得小時候做的種種蠢事，他可以說他愛過我，而且對我很抱歉……等等，但他什麼都沒對我說。他總是對傑夫（Jeff Arseface）投懷送抱，只因他正在為Givenchy工作，計畫推出自己的品牌。

不過老天有眼，他只待了一年半就被踢出來了。他們倆任意地對外大放厥詞，沾沾自喜。他們總是黏在一起，親密地熱吻。而所有知道我們故事的人，只要看到泰德現在的行徑，都帶著憐憫的眼光看著我，懷疑我在床上一定有什麼問題。我是那種可以讓男人變Gay的女人！沒有人敢再跟我約會。

就算我對學校的感覺是如此複雜，回辦公室時的我依然覺得充滿元氣，心靈受到鼓舞。崔西正在櫃檯看《Closer》雜誌，邊吃著Green & Black有機巧克力小脆餅，似乎我們就是付錢讓她來做這些的。

「妳還好吧？」她對剛進門的我說。

我顯然沒有對內部組織做出足夠要求，要敬重上司、謹守規矩之類的。當卡爾．拉格斐走進Chanel的辦公大樓之前，櫃檯的小姐已經警告大家要準備了：「拉格斐先生快到了！」所以他進門時，已經有一整排員工列隊迎接他。而我呢？得到的不過是鼻子「哼！」的一聲、頭也不抬，以及漫不經心的問候。

「有什麼留言嗎?」我試著喚醒她對工作的自知。

「對了!」她把Lanvin的圍巾拿開,她又從哪裡摸來的啊?她在貼得到處都是粉紅色便利貼的桌面上找著。

「達米諾打過電話來,我不確定是找你還是艾力克斯(Alex)。」

「找安德(Ander)的。」

「什麼?」

「亞歷山大的暱稱是『安德』!」我重覆。

「對!當然。」她說:「還有麗迪雅說她在倫敦。」

「好。還有呢?」

「還有,凱西.哈維在樓上,跟一個和羅比.威廉斯(Robbie Williams)傳誹聞的女生。」

「糟!」我忽然想起這個會議,我已經遲到半小時了:「等會兒妳幫我擋一下電話。」

「嗯。」

「再幫我買杯拿鐵。」

「不過我們已經沒錢了。」

「不是還有零用金嗎？」

「早就沒了，上次用的時候就已經見底了。」

「那算了！」我一邊念一邊上樓：我一定要把這個助理換掉！

一走進辦公室看到凱西．哈維正一件件欣賞我的設計，那些衣服掛在留言版對面的衣架上。

大嗓門、精明幹練、有影響力，她帶著濃重的艾塞克斯（Essex）口音，消息靈通，反應極快，凱西五十出頭，直接而犀利，一如她的裝扮。身為政商名流的公關達人，她認識大部份有頭有臉的人，在這一行待了超過二十年。我認識她超過五年，這段期間我們一起做了許多難忘的事：一起在巴黎的麗晶酒店跳舞，在聖彼得堡的方塔卡（Fontanka）遊船河，在坎城被遊艇放鴿子。她特別喜愛龍舌蘭烈酒，對有錢又上了年紀的男人也是。我很欣賞她，儘管我必須承認這其中參雜一絲絲的戒慎恐懼。

「嘿！你來了。」她說著，順手把菸灰撣在地板上：「下一季的設計很不錯，很性感。」她挑中「奧西．克拉克風」那件大翻領蓬袖的裙裝：「這件若是長到地上，很適合凡妮莎。」

我轉身看到一個搶眼的黑髮女孩坐在扶手椅上，散發淘氣男孩似的氣息，身材勻稱，優雅的眉形，服貼的短髮。她看起來相當眼熟。

「這是凡妮莎．泰特（Vanessa Tate）。」凱西介紹著：「倫敦最亮眼的一顆新星。」

「你好！」她站起身：穿著一件剪裁合身、長度到小腿肚的黑色羊皮裙，一件V領毛衣，甜美慧黠，她和這身碧姬．芭杜（Brigitte Bardot）的造型，味道很搭。

「她再過十天，有一部和瓦昆．菲尼克斯（Joaquin Phoenix）以及喬治．克隆尼（George Clooney）搭檔的新片要上映，我在想妳是否可以幫忙設計一件首映會要穿的禮服。」凱西解釋道。她豔紅的唇叼著一根菸：

「那是在倫敦的全球首映，場面會很浩大。相信我！」她笑了：「我是搞公關的。」

「什麼片名？」

「《戰爭與和平》。」凱西一臉驚訝於我居然不知道：「還好和平多過戰爭。凡妮莎飾演娜塔莎。」

「很好，我猜那是女主角。」

「是，」凡妮莎說：「我是第一次領銜主演。」

「她一定會大紅特紅，感覺風向球正吹向奧斯卡。」凱西說。

「我猜那是部好片。」

凱西笑得心虛：「你最好相信，這部片將會是《英倫情人》第二（English Patient，贏得1997年奧斯卡五大獎），我認為這件適合她。」她用臃腫的手指向那件蓬蓬袖的低領洋裝。

「這件衣服美極了。」凡妮莎熱心地說。

她的身材是所有女人夢寐以求的，修長的雙腿、平坦的小腹加上秀氣的胸線。儘管我倆還不太熟悉，而且我不確定那會不會是在浪費彼此的時間，但她完全就是我想要請來展示自己的設計的那種女孩。

我認為這世上差不多只有十個女人，真正夠格為設計師的作品代言：妮可・基嫚（Nicole Kidman）、葛妮絲・派特羅（Gwyneth Paltrow）、瑪丹娜（Madonna）、凱特・摩斯（Kate Moss）、卡麥蓉・狄亞茲（Cameron Diaz）、莎拉・潔西卡・派克（Sarah Jessica Parker）、席娜・米勒（Sienna Miller）、鄔瑪・舒曼（Uma Thurman）、史嘉蕾・嬌韓森（Scarlett Johansson），還有創造不朽傳說的芭莉絲・希爾頓（Paris Hilton）。因為總有媒體免費替她宣傳，所以在她身上放點東西持續曝光是不會錯的。還有像是凱莉・米洛（Kylie Minogue）、克洛依・塞維妮（Chloe Sevigny）、關・史蒂芬妮（Gwen Stefani）、米夏・巴頓（Mischa Barton）、克絲汀・鄧絲特（Kirsten Dunst）、瑞絲・薇斯朋（Reese Witherspoon）。這些女星常上雜誌封面，對於打響品牌知名度大有助益。還有，常被狗仔隊跟拍的奧爾森姐妹（Olsen Twins）、妮可・李奇（Nicole Richie）、琳賽・羅涵（Lindsay Lohan）。不過，若像瑞秋・懷茲（Rachel Weisz）、綺拉・奈特莉（Keira Knightley）這類，或許會被媒體補捉到穿著羅蘭・莫瑞特（Roland Mouret）的經典款，不過她們頂多算是潮流的推波助瀾者，不是創造潮流、引領流行的人。

第一個完全了解服飾由名人代言的號召力的，算是Versace。八〇年代他們的服裝秀首開先例用了五個超級名模：克莉絲蒂（Christie）、娜歐蜜（Naomi）、克勞狄亞（Claudia）、琳達（Linda）與辛蒂（Cindy）。同時他們也是第一個大方地將秀服免費贈送給秀模的公司。

現在除了Prada，其他品牌也都隨秀附送。繆琪亞（Miuccia Prada）是忠貞的共產黨員，她完全不吃名模幫忙曝光促銷這一套手法。

曾經有個設計師，非常希望瑪丹娜可以穿她的作品，出現在各大報章雜誌上，所以在娜姐美國巡迴演唱會沿線住宿的飯店房間裡，都放置滿滿一架子由她設計的最新服飾。任這位流行天后挑選穿著。不過要帶著這些衣服隨著二十八天的行程到處跑，是一件不可能的任務。所以每一站的贊助品，順理成章地通通被飯店的清潔婦帶走了。這對設計師而言，反而會造成反效果。

所以，凡妮莎對我的品牌有幫助嗎？她是長得不差，但是這部電影是好片嗎？會賣座嗎？我最近時常看到她，穿著得體，參加一些時尚派對，然而她還不是焦點人物，或是熱門的潮流帶領者。如果是，那麼她會去找個夠大、名聲夠響亮的品牌設計師，而不是我。凡妮莎在辦公室到處看，在心情留言版上用手撫摸釘在其上的布樣，還有檢視皮包上的破洞。

「聽著！」凱西俯身在我耳邊低語：「我知道她還不是紅透半邊天，不過那部新片棒到沒話說。她的表現亮眼，已經有幾個超酷的品牌開始找她代言。」

代言費用是大品牌最揮霍的開銷之一，成果雖無形但影響力卻足夠。公關部門找代言人幫忙促銷的年度預算，固定又大得驚人。每個公關都有一長列上面有上百個名人的名單，他們會提供免費的包包或服飾，希望代言者盡可能在各大報章雜誌上被刊登曝光。這樣一來，贊助品的詢問度和銷量就會增加。這並非是一種有效率、又充分利用預算的行銷方式。不過一旦你有六億四千萬的年營業額，這些考量應該就不復存在了。

這代言名單上的名流按產品別而有所不同：喬絲．史東（Joss Stone）為青少年產品代言；凱特．狄莉（Cat Deeley）可能就針對熟齡市場像Celine或Fendi；造型師像貝．加內特（Bay Garnett）則幫Chanel代言。瑪丹娜很少幫皮包代言，原因是她幾乎不拿皮包。席娜．米勒幾乎幫所有的品牌代言，事實上她一個月可以拿到將近三十個贊助的皮包，一個差不多要價都在二千到三萬英鎊之間。每個星期都有小貨車載著滿滿的免費贊助品到她家門口，其中包括服飾、皮包、外套、帽子、化妝品、身體清潔保養用品，還有更多奇奇怪怪的東西。其中最怪的是蠟燭。

葛妮絲．派特羅也對這些贊助品應接不暇，她常常辦家庭派對，邀請姐妹淘來，把堆積如山的代言贈品按功能分門別類，她們要什麼都可以帶走。如果席娜、葛妮絲已經夠誇張了，那麼想想看潮流天后凱特．摩斯會拿到多少免費的東西？她的經紀人莎拉．道卡絲（Sarah Doukas）一定是在她家當看管那些奢侈貴重寶物的看門犬。要這些女藝人一一穿遍用盡這些贊助品，根本是不可能的事。但是沒有比看到代言者的媽媽或姐妹，背著價值一萬英鎊的代言鱷魚包，更令這些贊助廠商吐血的了。

代言產品的人選也得按照要求來，否則會被列入拒絕往來戶。這些贊助廠

Christian Dior 2012 春夏系列 攝影師麥羨雲

商不是隨便找代言人的。

講到贊助政商名流，其中有更為上流的社會階級，不同於女演員、超級名模跟造型師。這些名單也包含幾位身份特殊的人，例如：塔拉・帕爾默・湯金森（Tara Palmer Tomkinson）、蘿拉・貝利（Laura Bailey）、唐娜・艾爾（Donna Air）。她們每個都曾經被免費贈送過一個價值五百到八百英鎊的皮包，拜託她們出現在聖羅倫佐街頭渡假的時候，都能把這些皮包掛在身上。狗仔隊的街頭偷拍生態，對贊助者名單的影響甚巨。鞋子通常跟這個行銷策略扯不上邊，因為這些直擊照片通常只拍到腰部以上，以飾物為例子：項鍊會比手鐲更有用。這也就是為什麼每個穿著名貴晚禮服的女星，前往奧斯卡頒獎晚會時，手腕上都是空無一物，而脖子上倒是掛了一大串。帽子和耳環的效果一樣強。他們通常不要求代言人穿著平凡的衣物，像白襯衫或黑套頭毛衣；而是搶眼得像帶絨毛球的前開襟羊毛衫或是鮮黃的皮衣。

當席娜背著Balenciaga背包的模樣，本月已經被攝影師的鏡頭攫取超過八百次之後，每天都會有超過六萬個流行追隨者，以她的名字為關鍵字在網路上搜尋，看看這樣驚人的數據，你就知道這效果有多驚人了。

大品牌總是從中獲利，讓其他小品牌難以望其項背。奇怪的是，產品經過政商名流的加持過後，會比模特兒的背書效果要強得多。好比是給卡麥蓉．狄亞茲穿，會比艾兒（Elle）或娜歐蜜的效果強個三、四十倍。社會大眾一致認為：模特兒通常是被要求穿戴這些名品的，而名人卻是基於品味挑選的結果。

我認為這就是時尚產業被稱為銷金窟的重要原因。錯誤的代言人對品牌本身的傷害極大，不如不找。如果有兩個以上惡名昭彰的名人帶著本季首選的皮包亮相，那這款包包就失去時尚首選的地位，很快地便會消聲匿跡，然後突然聽說代言人在出清家裡的贊助包。最不堪的是，你會發現她們的管家或保母，背著那些名牌包現身在好事多（Costco）的大賣場當中。

還好凡妮莎看起來不是傑德．古迪（Jade Goody，形象不佳的英國女星）那類的人物，而我還蠻相信凱西的直覺。如果她不認為這會造成雙贏局面的話，她不會來浪費我跟凡妮莎的時間。她會盡全力去打造一個銀河新星，來證明她自己在公關產業的深厚功力。我也希望可以設計一件紅地毯禮服，讓我在時裝秀謝幕時穿。

「你想要什麼顏色？」

「我不確定。」

「你膚色白，穿什麼顏色都適合，金髮就麻煩多了，穿正紅色看起來就像黛安娜王妃。」

「哈。」凱西笑了，順手把煙灰彈在我的咖啡杯裡：「那禮服背後的設計呢？」

「呃，」我遲疑了一下。

「事實上，」她走近那一整排紙版指著說：「這裡沒有一款禮服背後是有設計感的。」

「沒有嗎？」我心裡明白她說得沒錯：「我知道沒有。」我撒謊了，盡力壓抑掩飾自己的過份沈著。「我們在設計服裝時一向如此。趕工階段，背後設計都會被略過。」我是小木偶皮諾丘，鼻子現在差不多已經長到可以碰到門了。

事實是，我根本忘了背後這部份，背部是整件衣服最乏味無趣的部位，通常是設計師最後才會想到的地方。不過忘得一乾二淨，也太不專業了。我記得聽過一個朋友說到有關里法特．烏茲別克（Rifat Ozbek，出身土耳其伊斯坦堡的設計師）將他的設計秀給李．包維利（Leigh Bowery）看時，李問他背部的設計呢？他根本就把這個部份拋到腦後去了。我居然跟他一樣，沈迷在低胸蓬蓬袖的正面設計上，壓根兒忘記背面如何呈現。

既然正面已經那麼棒了，又何必介意另一面的效果呢？我必須承認我常作出這樣的事。

設計師對於服飾正面有太多繁瑣的細節要列入考量，以致於等衣服裁製完成時，背面的設計幾乎無法加入。這方面就要感謝打版師，他們的職責就是告知設計師，這件衣服根本不能穿上身，或是無法打版。這衣服的緞帶沒有作用、背後會門戶大開。所以學院的教育對培養設計師有多重要，讓我們了解設計不是一樁兒戲，其中滿是創意和作工的深奧學問，你設計出來的衣服最要緊的是能穿上身。

但我們不會停止嘗試創意的發揮，打版師會盡可能找出解決的辦法，像是這邊加一個隱形肩帶，那邊加長縫份之類的。不過通常經過設計圖稿做出來的衣服，大都已經無法搶救。一旦如此，只好落得丟在儲藏室的命運。

「所以你打算怎麼處理？」凡妮莎問。

「喔！」我低頭盯著鞋子：「如果你前面已經開低胸了，一般來說背後會蓋多一點。」

Tsumori Chisato 2012 春夏系列
攝影師麥羨雲

「暴露是好的！」凱西說：「這樣你才能多佔點篇幅。」

「但不一定是你想要的版面，」我說：「可能會是走光照之類的：像凱莉．布魯克（Kelly Brook）穿著朱利安．麥克唐納（Julien Macdonald，他的禮服以節省布料著稱）露屁股之類的（她曾出席瑪丹娜導演老公蓋瑞奇新片首映時，被記者拍到底褲）。」

「背後也做挖空的設計如何？」凱西建議。

「妳認為多露點屁股對她好萊塢星途有幫助嗎？如果你要朱利安．麥克唐納的設計，你去找他就好了！」我有點不高興。她怎麼可以自以為是呢？「還是卡瓦利（Cavalli）？我就是不喜歡做這些嘩眾取寵的事！」

「好啦！好啦！你說的對。誰想穿得跟個風塵女郎似的。」凱西作了個鬼臉。

「那麼就前面開低胸，背後規矩一點。」

「達成共識！」

「我還想推薦深紫色——這是明年秋季的顏色。你今年穿，對於打響知名度效果更好。」

「我喜歡紫色。」凡妮莎說。

「上面放點閃亮的東西，」我補充：「我們再討論。」

「棒極了！」

「嗯哼！」凱西同意。「在她之前顯然沒人會穿這套衣服囉！」

「沒有。」

「我們該簽個協定之類的嗎？」

「別傻了。」我笑：「首映會就在十天之後。你覺得我要上哪去找人來穿這件衣服啊？」

「只是問問，」她說：「這是我的工作。」

「當然，我了解！」

「妳會來嗎？我覺得妳應該跟紫色禮服一起入鏡。」凱西不忘為我的品牌做宣傳。

我不確定我是否會有興趣。坦白講，紅地毯不會讓我心跳加速，或刺激我的腎上腺素。相反的，我厭惡紅地毯，相關的一切都讓我作嘔。我討厭粉絲們動不動大聲叫我的名字。會被鏡頭補捉的是像史黛拉或麥克昆，再來是馬修．威廉森（Matthew Williamson），我們其餘的人倒是對上鏡一點都不在意。沒有人會在報導上對Burberry的克里斯多福．貝里（Christopher Bailey），或是對亞瑟汀．艾拉（Azzedine Alaia）、羅蘭．莫瑞特、薇薇安．魏斯伍德還能激起一點漣漪，派屈克．寇斯（Patrick Cox）總是環著伊麗莎白．赫莉的腰入鏡。不過，大部分的時候我都只想躲起來。

「我想亞歷山大會去，他喜歡那種場合。」我勉強說著。

「你考慮一下。」她的手機開始響了：「抱歉。」

她用手指塞住另一邊的耳朵一邊聽著手機，一邊走出我的辦公室。凡妮莎笑了笑作勢要離開。

「你幾時有空過來量身？」我看著那登記得滿滿銷售會議的記事本。開始後悔一口答應要幫她設計衣服，另外我也擔心這件可能將是時尚首選款的紫色禮服，會浪費在這個青澀的新人身上。因為是為她獨家設計，不能讓其他女星在金球獎、影藝學院獎或奧斯卡獎上再穿。這衣服一經穿過，光澤也就隨之黯淡。

「明天？」她想也不想地就說。

再加上明天排程已經滿了。亞歷山大和我至少要跟兩百個以上的布商聯絡，要下一季的樣品。我們在布展挑了一些，包括粉紅色和黑色夾雜的格子布。不過我們還有許多布料要選，像是作裙子的毛織布，和做襯衫的平織棉布。

我一直在構思著粉紅色絲質格子的外套款，如果真的要以蘇格蘭家庭派對為主題，我很需要觸感豐富柔細的布料，亞歷山大和我一起並肩作戰，把這些開會時間通通敲定。

在布料的選定上很難全心專注，常常選到最後，發現挑好的布料總是會有重複或類似的樣式。我得隨時保持精神緊繃，不斷地補充咖啡因。要一個個布樣接著看，在挑選時所有設計款式都在我腦海中一一陳列。有時候布料的考量，要配合一些設計上的修改。大部份都是以布料出發，而非以款式為主來尋求符合的布料。當發現特別值得注意的布料，而不是單純常見的布種，例如：棉布時，我們會要求廠商特別為我們量產。對於像我們這麼小的公司而言，印花廠對於智慧財產權是否能被遵守是很重要的關鍵，我們設計的獨家印花圖樣，別的客戶都不能加印。大多數廠商都會答應，不過這還是要看訂單的大小。

「我只有早上八點有空。」我說。

「我會到。」凡妮莎點頭。

「記得穿丁字褲跟高跟鞋。」亞歷山大在他的位置上開口說到。

她瞄了亞歷山大辦公室一眼，一臉驚訝，拉緊身上的外套：「丁字褲跟高跟鞋？」

「別擔心，我——是不折不扣的同性戀。」

08 出名的滋味

我和凡妮莎．泰特的胸部共處了至少十天。這些日子以來我聞過她的胳肢窩，我的頭在她的私處磨蹭著，還有她一早沒洗臉刷牙的模樣與氣息，我都熟悉不已。

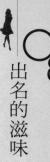

這樣聽來我們過去幾天的相處，就好像戀人般親密，要作出一件完美的紅地毯禮服，對設計師和穿著者本身而言，都是再親密不過的經驗。由於跟那麼多布料供應商有會議要開，所以我們的量身試衣都只能安排在一大早進行，我們倆幾乎都帶著濃濃睡意或是宿醉未醒的模樣見面。經過這一切，我又對這女孩多了幾分了解。跟我之前設計過禮服的名人相比：她真的很可愛！而我為她設計禮服時，也最用心、最下功夫。

昨晚，當我到她在倫敦西部的住處，作最後完工前的細部調整還有布料確認之後。我發現衣服成品真的是美到讓我想哭。我們最後挑了紫色的絲質雪紡紗，縫製過程是個巨大的惡夢：多蘿塔幾乎縫到一半要衝出工作室，這紗布像是有生命似的，頻頻捲線，難車難縫得要命。她花了三個工作天才終於完成這件禮服。之後我打電話請裝飾工來裝飾禮服的內襯部份。那是非常複雜精細，進度又十分緩慢的工作，也會花費甚高的工序。

我認識安娜．瑪麗亞是在我十五年前搬到倫敦的時候，她在六〇年代後期擁有一間咖啡店，老公死了快二十年；她早上打點咖啡店的生意，晚上就靠做禮服的珠飾手工度過漫漫長夜。她在工錢上會給我一個好價格。禮服成品件件都是美得驚人的藝術品，水鑽黏在恰到好處的位置，像滿天星光一樣，燦爛奪目。整件禮服完全是件高級訂製服，沒有半點大量生產的成衣味道。

凡妮莎穿起來合身得像戴手套般，我幾乎不能自制地想出席首映會，想聽聽大家對這件禮服的評價。不過亞歷山大還是代我出席了。

早上九點半我坐在辦公室等他進公司，他手機沒開，顯然昨晚很忙。我桌上有成疊的報章雜誌：凡妮莎跟紫色禮服的照片幾乎佔盡版面，此外還有《Mirror》、《Mail》、《Express》、《泰晤士報》都刊登了照片，《每日電訊報》上幾乎全版的照片和報導。凡妮莎巧笑倩兮，豔光四射，散發出巨星風采。她俏麗的短髮和白皙的肌膚映襯著紫色晚禮服的高貴華麗，她真是美極了！禮服也是！我興奮地不得了。那是前所未有的回應，我之前的作品都不曾有過這麼熱烈的回

Victor & Rolf 2012 春夏系列 攝影師麥羨雲

應。甚至喬治・克隆尼這個媒體寵兒，在她身邊都被她的光芒所掩蓋。前門有人進來，樓梯傳來高級皮鞋踩上樓來的聲音，亞歷山大來了。

「你在？」他喊著。

「我在等你。」

「老天！」他又喊：「妳的禮服可紅的咧！妳不會相信反應有多好，整晚大家都在討論，凡妮莎像星光照亮了夜晚。真他媽的令人不敢置信。」他邊說著剛好到了我辦公室的門邊，他臉白得沒有一絲血色，眼睛倒是紅的。他氣喘噓噓，一身汗水、酒精和大麻煙的氣味混雜著，他的下巴恰好有顆痘子剛要冒出來，看來昨晚活動很多。

「好玩嗎？」我問。

「狗屎！我覺得我跟隻鸚鵡一樣，嘰嘰喳喳不斷重複沒意識的話。不過我不介意，」他格格笑著：「看過報紙了嗎？」

「我曉得。」

「妳的禮服橫掃全場！」他重重地跌坐在扶手椅上。

「那麼棒？」

「當然！凱西整晚嘴都快笑裂了。她得意的很，還醉醺醺地一直跟我唸著說，妳是天才之類的話。」

「那麼開心？」

「開心得飛上天了！」

「聽到真高興！」

「那件禮服真的紅了，到處都是你的名字。」

「不敢相信他們給我那麼好的評價。」

「太棒了。」亞歷山大歎了口氣，靠回椅子上。

「晚上忙嗎？」

「還不錯，我跟喬治．克隆尼聊了幾句。」

「你跟他聊？」

「我猜你已經後悔昨晚沒去吧。」他笑。

「沒錯！他人怎樣？」

「每個好萊塢的電影明星實際上都很矮小，也比想像中醜。」

「沒錯。」

「喬治不是那種人。他就如同在銀幕上看到的那樣，又高又帥！我得到一個結論，」亞歷山大咳出喉頭的痰，又把在嘴裡的痰吞了下去。這是他最讓人覺得噁心的習慣之一。

「當一個明星竄紅的時候，他整個人的心智就不再成長了，一直停留在原來的年齡。像麥可．傑克森（Michael Jackson）差不多是在五歲出道的，所以他一直行為像個五歲的男孩，他想要像個孩子一樣的玩耍，在後院蓋個樂園、愛吃糖果。羅比．威廉斯（Robbie William）是十六歲出道的，所以他才跟青少年一樣不成熟，跟女孩的關係一團亂；喬治跟他們不一樣，他四十歲才走紅，所以他一直都是那麼穩重世故，是個行事圓融的成年男子。」

「很有趣的理論。」

「所以按此推斷，凡妮莎會永遠停留在二十四歲，」他補充，「昨晚就是她的成名之夜，這一切都要歸功於妳。」

「不是真的。」我說。

「你今晚試著去套她一點消息。」今晚是個特別的日子，英國時尚獎的頒獎夜。

我的心沈重起來，我用手捧住臉，我不想去煩這件事。

「妳想穿什麼？」

「隨便挑一件我自己作的衣服，我不知道。我們被提名什麼？」我拿起筆，無意識的在速寫簿上的模特兒人型加上角跟鬍鬚。

「我也不確定，年度最佳設計師？」

「如果是這項，我一定記得。」

「最佳紅地毯禮服？我去問清楚。我不太想去，你呢？」他起身。

「我不確定。」

英國時尚獎應該是時尚追隨者參與過最不刺激有趣的頒獎夜了。那裡有很多香檳、很多酒精、很多整型過的橡膠雞，和一點點吸引人與會的魅力。

不像每年六月紐約的美國流行時尚學院的頒獎晚會，可以邀請到媲美奧斯卡獎水準的賓客：芮妮・齊薇格、莎拉・潔西卡・派克、妮可・基嫚和洛琳・白考兒（Lauren Bacall）跟湯姆・福特（Tom Ford）、繆琪亞・普拉達、拉夫・勞倫（Ralph Lauren）、黛安・范・花斯丹寶（Diane Von Furstenberg）、麥可・寇爾斯、安娜・溫杜爾等美國時尚產業的重量級名人。我們只有寥寥無幾的幾個Next來的買家，還有零星的幾個設計師。真是冷清得可以。而且，通常會在V&A博物館舉辦，只有一家香檳公司會贊助，當然哈洛斯百貨公司也會掛名。

這只有在你本人入圍，甚至是已經確定自己得獎時，才會考慮參加的一場晚會。還有這應該是充斥時尚名流的一場盛宴，入場門票居然還要一百八十五英鎊！也只有Top Shop夠財力，一次就買了三十張。

今年由幾個名不見經傳的女星主持，我知道舒茲．孟吉斯（Suzy Menkes）可能獲頒終生成就之類的獎項，還有羅蘭．莫瑞特（Roland Mouret）會拿下最佳紅地毯禮服獎，我們會坐在那裡欣賞幾場很爛的時裝秀，和幾個人聊聊八卦，喝喝香檳。就這樣。

「你被提名最佳紅地毯禮服獎。」亞歷山大拿著邀請函走進來。

「我去年一共設計了三套，沒有一套入圍。」

「或許他們故意貶低妳的作品，累積數字。再讓妳一飛衝天！」

「很感激你的高見。我們有位置坐嗎？」

「我們有三張票。」

「所以是你、我還有誰？」

「我不知道。」

「麗迪雅在倫敦嗎？」

「她是頒獎人。她會跟麥克昆坐在一起，他也有獎要頒。達米諾應該有空。」

「我們沒其他人可找了嗎？」

「他最好約。」

「那倒是真的。」

「尼克會跟公司一掛的一起去。」

「就這樣吧。」我想今晚必定糟透了。

亞歷山大到隔壁辦公室打電話，我則坐在桌前好好欣賞報紙頭條對於禮服的相關報導。或許我應該把《每日電訊報》這篇報導裱框，樓下有許多框起來的剪報，不過這麼大的篇幅還是頭一張。大部份是《Vogue》跟《Elle》，我跟別人的設計款式會放在一起。但這次完全是我的獨家報導，標題裡有我的名字！我應該打電話回家給媽媽，這樣的大事她應該要參與。我才剛要拿起話筒，崔西就捧著一大束花從容地走進來了：「剛送到的。」她雙手拿花的方式，像她是個新娘似的讓人發火。

「很漂亮吧？」

真是漂亮！那是黑蠟作成的玫瑰，是我見過最令人反感的花了！有人拿一把正常美麗的鮮花，澆上蠟油，讓花失去香味變得僵硬無生氣。

「還有一張凱西的卡片。」

「只有她想得出這麼令人不悅的禮物，我該打電話給她。」

「我接到好多電話，都是來問今天見報的禮服，到目前為止，早上就有二十通。」

「但這款還沒下展示台啊！」

「我知道。」她聳肩：「等下台就過氣了。」

「流行瞬息萬變，他們不想等，立刻就要。」我對她說。

「沒錯！」崔西輕蔑的說：「別擔心，等我們量產出來，Top Shop早已經有類似的款式上市了。」

「別這麼說。」

「那這些電話該怎麼處理？」

「留下名字電話，列入候補名單。」

「好。」她邊說邊下樓：「他們都指名要紫色的。」

「那是一定的。」我忽然沮喪起來。

我的心情在前往赴會、踏上濕透了的紅地毯時也沒好起來。我穿著一件絲質的及膝裙裝，那是在樓下的樣品區裡看到的。我不是正常的十號尺寸，很幸運的是，這件禮服在胸部有著繫帶，所以大小尺寸差不多的人也可以穿。我的頭髮綁成簡單俐落的馬尾造型，在這不怎麼樣的晚會，我是不會花錢上髮廊去做造型的。亞歷山大和達米諾跟我一起出席，任攝影師尾隨不停地拍照。亞歷山大不斷變化姿勢，試著滿足攝影師取鏡的各個角度，達米諾黏亞歷山大黏得死緊，不時作狀吐舌去舔他的耳朵，我不曉得他們知不知道自己看起來是什麼樣子，還有他們究竟是來幹嘛的？

會場內噪音嗡嗡，三胞胎之一的模特兒和帶鼻音拖長音調講話的整形皇后，揚聲器放送著震耳欲聾的熱舞音樂，空氣中散發著酒精、香水的氣味。亞歷山大和達米諾朝香檳塔筆直地走過去。

「喝個痛快！」達米諾一副酒國英雄的樣子。

亞歷山大小心謹慎地四處張望，他隨手跟經過的服務生拿了杯香檳：「你看！」他透過杯緣瞄到：「那是麥克昆。剛從你右手邊走過去。」

「哪裡？」達米諾的頭轉來轉去，搜尋名人的蹤影：「該死！他發生什麼事了，怎麼瘦那麼多？」

「抽脂。我以為大家都知道。」亞歷山大輕聲說。

他們倆觀察瘦身成功的麥克昆，嘴巴不約而同微微張開。

「不錯嘛！」他們很有默契異口同聲。

「你猜大概花了多少錢？我覺得蠻值得的。」

「應該有幾萬，他看起來好多了。」

我站著喝香檳，看著各式各樣的時尚追隨者走來走去。交換著僵硬的微笑，「你設計的禮服很棒。」有人拍了一下我的背丟了一句。

英國版《Vogue》的服裝編輯剛剛逛過去，達米諾試著想跟她打個招呼，不過那女人的臉臭得可以，他只好把哈囉硬生生地吞回去，繼續往香檳塔走去。亞歷山大看到化妝師夏綠蒂．提伯瑞（Charlotte Tilbury），立刻過去跟她談話，想請她來做我們下一季的造型化妝師。她入圍最佳造型創意獎，有世界級的水準；我想她根本不可能會答應。

威爾．楊（Will Young）剛剛走過，達米諾使盡全力讓自己不至於放聲尖叫：「他碰了我一下！」他在我耳朵低語，噴了我一臉口水。「他真的碰了我一下！」他猛灌香檳以表示慶祝。

「嘿！你這騷貨。」有個再熟悉不過的聲音傳過來，有人猛地在我頰上留下香吻：「你們好不好？」

我轉頭看見麗迪雅一身貞級Burberry的金線織花錦緞洋裝，她的頭髮弧度性感撩人，鞋跟高得要命，整個造型像是亞馬遜女神。

「妳真漂亮！」我說。

「當然漂亮！這髮型是我剛在計程車後座弄的。攝影棚讓一個混蛋在我的頭髮上噴了整罐髮膠，害我搞半天才脫離那個鳥窩造型。整個頭的造型膠幾乎可以去黏壁紙了。你們為了什麼獎而來？」

「最佳紅地毯禮服獎。」我翻了個白眼。

「妳覺得機率大嗎？」

「我不覺得會是我。」

「喂，看！那是麗莎。」她揮手，Chanel手鐲在我耳邊晃動：「我喜歡她。我跟妳講個笑話，前幾天聽說一個設計師朋友，免費送她一件衣服做為走秀的酬勞。她穿了半年才退還給人家，說她不喜歡。拜託！都穿過幾次了。離譜，你不覺得？」

「有大人物會來嗎？」達米諾問。

「作夢！要不是有人付錢請我，我根本不想來！」

「喔。」他有點失望。

「這禮拜還有個八卦，有個名模跑去住旅館，沒付錢就跑掉了。」

「真的？」

「飯店人員打電話給她助理，助理回電時說那個名模說她根本沒去；飯店經理說他親自幫她辦的住房手續，還帶她進房，她渡過一個愉快銷魂的周末。

Vivienne Westwood 2012 春夏系列 攝影師麥羨雲

我想妳懂我意思，她的助理居然說那位模特兒會付一半的住宿費，這真是可怕！」麗迪雅大笑：「永遠都是那些有錢人在佔人家便宜！這跟三歲小孩有什麼兩樣？」

「你好嗎？」

「還不錯。今晚我要頒最佳店舖之類的獎。」

「你和麥克昆坐？」達米諾問。

「應該是。」

「妳看過他現在有多瘦嗎？」

「他又去抽脂了嗎？」

「好像是。」

「真可怕！」她做了個鬼臉：「他好像每兩個月做一次，整個人都被抽乾了。這些男設計師究竟跟自己的體重有什麼過不去的仇恨；你們最近看過拉格斐嗎？他減重過度，皮膚都鬆垮了。我猜這就是為什麼他總是穿著超高領的衣服，讓人看不到他脖子上鬆垮垮的皮膚。我上次去巴黎Chanel試裝時差點嚇壞了。恐怖啊！嘿，看！莉柏蒂·羅絲（Liberty Ross）！她真是美。」

莉柏蒂·羅絲真的很美，她穿著及地的藍色緞質交叉繫帶的洋裝，她算是英國少數不花精力就飛上枝頭當鳳凰的模特兒，我們對那些不必大費周章，天生就是模特兒的女人深感佩服：史黛拉・泰娜特（**Stella Tennant**）、艾莉絲・伯瑪（**Iris Palmer**）、蘇菲・達爾（**Sophie Dahl**）、潔克塔・惠勒（**Jacquetta Wheeler**），還有新面孔羅西・杭庭頓・懷利（**Rosie Huntington-Whitley**）。

俄羅斯和東歐出產許多瘦削、可愛、沒名氣的模特兒。在這裡我們擅長製造家喻戶曉的名字，不像在美國或是澳洲，英國模特兒不必辛苦工作。當艾兒（**Elle**）與辛蒂（**Cindy**）大量生產運動瘦身錄影帶，凱特與娜歐蜜在外夜夜狂歡、流連夜店；當克勞蒂亞（**Claudia**）小心翼翼地喝著加入兩種礦泉水混合的酒，蘇菲亞（**Sophie**）則正在通宵玩耍，享受人生。

雖然麗迪雅告訴我，她聽說凱特在晚餐時點了朝鮮薊來吃，希望藉著拉肚子、清腸胃以便能擠進那件緊身的秀服，她因而感到天理昭彰、人心振奮。不過綜觀所有的現象，原因就出在英國模特兒不必過份認真的工作。這也是為什麼她們總是離經叛道、行為乖張。

莉柏蒂・莎芳（**Liberty Saffron**）跟阿爾德里奇（**Aldridge**）剛剛走過去，停下腳步跟有一頭招牌紅髮、穿著淺黃色洋裝的凱倫・艾爾森（**Karen Elson**）打招呼。我看到舒茲・孟吉斯就站在轉角處，頭髮捲翹，一身金黃色**Burberry**

的外套。我對她微笑，希望她能看我一眼，但她和麥克昆聊得正投機，一點也沒注意到我的存在。

亞歷山大走過來喃喃低語地說蒂莉（Tilly）拒絕出席這場秀，又說晚餐已經準備好了，所以我們通通移駕到餐桌去。我坐在亞歷山大跟一個白髮大肚男之間，一個昂貴的花卉造景擋住了我的目光，讓我看不到舞台。歐康諾（Erin O'Connor）穿著紅色高領俄羅斯民族傳統服飾朝我們走過來。她在找座位，我給她一個微笑，鼓勵她加入我們。我和她共事過幾次，知道她和善宜人，如果人手不足，這個女孩會動手幫忙燙衣服，而人手不足的情況經常會出現。不過她沒看見我，而我也不想大吼大叫，或是誇張地揮手。

「你入圍什麼？」白髮胖子問。

「最佳紅地毯禮服。」我喝了一大口酒。

「他們有請妳早到去預先彩排嗎？有跟妳說妳的作品由誰穿嗎？」

「沒有。」

「那妳沒希望了。」

即使我已有自知之明，不過直接聽到別人這麼說，還是覺得有點洩氣。我猜當然是羅蘭得獎了，他的Galaxy Dress有名有姓的人都穿了走過紅地毯，就算是卡羅．伏德曼（Carol Vorderman），都拼命塞進他設計的禮服裡。

「那跟我想的差不多。」我想緩和一下不知所措的情緒。

「我參與這個時裝秀許多次，」他不屑地說，把麵包撕成一半塞進嘴裡：「如果妳沒提早來跑流程，那你就沒有得獎的可能。」

「喔。」

「我記得幾年前跟薇薇安．魏斯伍德講過，說她不必呆坐到晚餐結束。她還很感激我哩！」

「那你在秀場是負責什麼的？」我企圖把話題從我沒得獎的事裡轉移開來。

「叫模特兒就定位之類的。」

「有誰配合度比較高的嗎？」

「沒半個。我記得一次拿秀服給琳達．伊旺麗絲達（Linda Evangelista），還附了一件束腹。她會自言自語地說琳達喜歡這件，給她一雙高跟鞋，她也說琳達喜歡這雙；就像旁邊還有第三個人在場一樣！給她一件短褲，她說琳達不喜歡這件，琳達不穿短褲，因為這樣別人就會知道琳達有橘皮組織了。」

「真好玩。」

「是啊。」他大口吃喝著不知名的開胃菜：「我的朋友有一次在頒獎典禮被模特兒痛扁——他給她一雙Westwood的鞋穿，問她是否要試穿，因為這類的鞋都很難走。她叫他閉嘴，說自己很專業，不過就當她要準備上台的時候，卻發現自己錯了，因為她穿上鞋之後根本走不了。莎拉・斯托克布里奇（Sarah Stockbridge）在她之前，已經空中滑步般一路滑下伸展台。他跟她說：妳也會摔得跟她一樣慘。結果她上台勉強走了三步之後又衝回後台，他生氣的對那模特兒說，妳這樣算什麼專業，結果那模特兒在後台狠狠甩了他幾巴掌。」

羅蘭・莫瑞特離開座位跟別人在聊天。亞歷山大點點我低聲說：「你該打個招呼。」

「應該他先說。」

「人家名氣比較大！」

「這理由不夠充分。」

亞歷山大嘆了口氣：「你們這些設計師不要自我意識太高好不好？真可悲！」

我忽略羅蘭的存在，找個位置坐下來觀賞頒獎過程：理所當然，是羅蘭拿到最佳紅地毯禮服獎。不過儘管他得獎，但以他合夥做生意的方式，我很好奇：他是為他的公司贏得獎座，還是為他自己？他的股東夏拉・梅爾斯（Sharai

Meyers），還有她的百萬富豪老公安卓（Andre）也都在場。夏綠蒂．堤伯瑞拿到最佳時尚創意獎，凱倫．艾爾森拿到年度最佳模特兒，克里斯多福．貝里得到後台最大的巴掌響聲。

「他人不錯。」白髮胖子說：「工作很努力。我記得他幫湯姆．福特（Tom Ford）工作的時候，有一次帶著Gucci新設計的作品，從倫敦飛到洛杉磯。後來航空公司把他託運的行李放錯班機了。他打電話跟湯姆．福特報告，他老闆問他那是否是唯一的樣品，他說倫敦工作室還有；湯姆說那麼你馬上飛回去把它帶過來！克里斯多福告訴我，他得到一個教訓，就是再也不把樣版送託運了。」

「這個代價還真大。」

「可不是。我是覺得湯姆有一點控制狂，他對細節講究到過份的地步，不過他根本不是設計師。你知道嗎？他是建築師出身的。」

「我知道。」

「我有個朋友參加柯林．麥多維（Colin McDowell）跟設計師面對面的談話性節目，他問湯姆．福特：你是唯一沒人見過你的設計圖的設計師，我們知道加里安諾炫目的設計圖是怎樣、拉格裴美得驚人的設計圖是長怎樣的；不過沒人知道你的看起來如何。你知道他怎麼回答嗎？」

我搖頭。

「他說，那是祕密。」

更多模特兒出場在伸展台上走秀。正頒發的另外一個獎項，因為我們正在聊天而被錯過了。「天啊！」亞歷山大說：「剛宣佈的這個得獎人，這傢伙的名字我連聽都沒聽過！」

「是嗎？」

「你聽不出掌聲稀稀落落的嗎？」

最後一個獎終於頒完了，而我們也正準備要離開。時尚型男靚女開始轉檯互相問候，麥克昆有他的夥伴珊・剛斯柏利（Sam Gainsbury）、安納貝・尼爾森（Annabel Neilson），這些人對學院派而言都太酷炫了。不過他絕非孤獨一人，每個設計師都有他自己隨行的友人，像史黛拉有瑪丹娜（Madonna）和葛妮絲・派特羅。她小心地像洛威拿警犬般守護著她的明星友人，唯恐我們其他人會看到。露拉有吉爾・迪肯斯（Giles Deacon）、斯圖亞特・費弗斯（Stuart Vevers）。派屈克・寇斯（Patrick Cox）有艾爾頓・強、伊麗莎白・赫利、提姆・傑弗里斯（Tim Jefferies）。菲力普・崔西（Philip Treacy）通常跟愛戴帽子的艾茲．布羅（Izzy Blow）掛上等號。馬修．威廉森跟席娜．米勒、嘉德．傑格（Jade Jagger）、貝．加內特（Bay Garnett），還有其他膚淺的正妹在一起。我想我至少還有亞歷山大、達米諾與咪咪。設計師一般而言是不會獨來獨往的。

「一切都好嗎？」我肩膀後傳來一聲問候。我的心開始往下沈：泰德．尼可斯！他嚼著口香糖，滿嘴胡言亂語不莊重的樣子就出現在我面前。

「我喜歡妳在報紙上的那套衣服。」

「謝了。」我發覺自己正在矯情地微笑，我的雙手做作地疊放在桌面上。我到底在幹什麼？這傢伙是個混蛋！

「妳看來不錯，我喜歡妳的髮型。」

「謝謝。你跟誰一起來。」

「豪斯頓（Hoxton）那一掛，你知道的。」他對我背後的人揮手。

「酷。」放屁！我說這幹嘛！「生意怎麼樣？」

「很不錯，有買主要買下我們的公司。」

〇9 時尚派對的誘惑

我不太記得究竟跟泰德・尼可斯講過些什麼，但他過來跟我說話，大概只是想炫耀一下，居然有笨蛋會看上他那家前途無亮兼破產的爛公司。

每個設計師都夢想著能夠被大財團買下來，像是路易威登集團或是古馳集團。有金主支持你就代表會有廣告預算，就有錢舉辦新一季的服裝秀。也可以跟其他Gucci設計師一樣，等著待價而沽。

所以就算你這一季的作品反應不佳，買主也不會白眼對著你，因為如果他們要買下Balenciaga，在買主的心裡也會十分明白，這也意味著要同時買下你。想想合約條款吧！想想那些時尚配件、背包、那些錢、那些人脈的助力。誰會在意你只是掛名在招牌上，而他們卻給了你一整家店！

無論如何，我在一家叫罪惡感的夜店喝得爛醉如泥。跟尼爾・戴門（Neil Diamond，以創作歌手身份崛起於1966年的英國男歌手）跳了一整晚的舞，跟幾個多話的變裝皇后聊天，講著有關胡辛・恰拉揚（Hussein Chalayan）在得獎後幾年，痛罵八卦媒體記者的無聊事情：他極度看不慣瑪麗亞·葛拉希沃吉亞（Maria Grachvogell）用高貴辣妹維多莉亞來走秀，佔盡媒體的篇幅。我很想轉頭就走，但是他又講了另外一個故事：有兩個名模帶著假陽具大玩性愛遊戲，被她男朋友拍了下來，現在彼此正在冷戰中。他說那部影片好看極了，我問他看過沒，他說看過，但我想他也是在純瞎掰。我禮尚往來也跟他講了一個名模玩多人性愛遊戲的傳聞。有個名模的男友性好漁色，為了討好他，她經常帶著一起走秀的模特兒回去，大家一起在床上打滾，狂歡一整晚。

他的眼睛瞪得好大，幾乎快從眼眶裡跳出來：「不會吧？」

「是真的！」我堅持。

我才剛說完就低頭吐在自己的鞋子上。

現在，亞歷山大嚴禁我穿這雙鞋跟他一起出去，只要我說了什麼不中聽的話，或是請求他做他不想做的事，他就會提醒我曾經吐在鞋子上的糗事。更糟的是，因為這鞋是Alaia的，我堅持拒絕丟棄它，因此我家裡充斥著好幾天的酒味，並且混合了頒獎晚會上食物發酵的可怕味道。

聖誕節已經慢慢逼近了，亞歷山大最近正為了下一季的秀展，忙著跟廠商下布料訂單，並且檢視所有已經確認的訂單，同時也在準備聖誕節員工派對的場地。說到員工派對，聽來好像是個盛大的集會，但我不打算花大錢。不過，不時讓員工坐在一起聚餐，是很重要的。所以這將會是我跟亞歷山大對大家這一年的辛勞致謝的方式，有些設計師並不看重這些，甚至有些搶手的時尚設計師，根本不邀請他任何一個學生去參加聖誕節派對。

「他們有的會說經費不足。」崔西發出怪聲地嚼著口香糖：「那都是一些國際性的大公司。他們其實有足夠的預算，讓他們大吃大喝直到下一個世紀。但這些公司會把上一季的滯銷貨，或是難聞的香水送給他們當年節禮物。如果公司要不時地懷疑為什麼貨架上的商品失竊率這樣高，其實只要對員工好一點，他們就不會順手牽羊了。」

她的話像警鈴一樣在我耳朵震盪著。我敦促亞歷山大去辦個耶誕聚餐，我們終於決定在Century Club訂一個長桌。我要亞歷山大邀請重要的縫製師傅、打版師，還有我們的好朋友咪咪和麗迪雅一起來玩。

咪咪表現得興致索然。當我跟她提及今晚的聚餐時，她刻意把小迷你抱出背袋，拿出PDA檢視，一邊喃喃念著說：她在聖誕節期間已經有滿滿的約會了，如果她不積極謹慎些，她就會跟時尚界大半名人一樣落到梅多（Meadow，英國著名的戒毒所）去了。

她對二十世紀經典時尚之旅的事比較熱衷，那是由夫妻檔馬克（Mark）與歌羅．巴特菲爾德（Cleo Butterfield）所共同擁有的，位在達特穆市（Dartmoor）郊外的農場舉行的時尚派對。

「說真的，」她靠近我們，餵小迷你一小塊巧克力：「那是我第一次去。我從來沒看過那麼多精美的東西，難怪史坦柏格與托爾金（Steinberg and Tolkien，著名的二手古董衣店）會去問，如果要招待VIP貴賓，例如：朵且和伽巴納（Dolce & Gabbana），農場那邊會有什麼不同的做法。畢竟那些東西對很多人來說，確實是畢生罕見。」

馬克．巴特菲爾德以擁有四〇到七〇年代古董經典服飾聞名，據說他有奧西．克拉克最豐富的一系列收藏，那也是咪咪會去的主要原因。本來我也想親自去瞧瞧的，不過咪咪的眼光不錯，如果連她都這麼說，那麼我相信馬克的珍藏一定很精彩。他通常會出借供拍片或廣告效果使用，也提供電影《慕尼黑》（Munich）片中的部份衣服。還有把衣服租給Top Shop，他們會仿造設計之後再送還到農場去。

他有來自全球的設計師訪客，其中一個設計師跟他借了衣服後直接燒毀，因為他從中獲得靈感，但不想讓人知道他是如何獲得啟發的。

「你知道這有多讓人心痛？」咪咪點了根煙，直接坐在我的咖啡桌上，小迷你就跳在她的大腿上：「他跟他老婆不計代價自全球蒐集這些古董衣，就是為了要被燒掉嗎？其中一大半珍藏應該放在博物館裡。事實上，他也借給博物館展出。」她深吸一口：「總之，我借了幾件四〇年代的衣服給妳。」

「四〇年代？」

「對！」她拿出一件剪裁合身的黑色帶扣子的雞尾酒小禮服，有領子和短袖：「現在大家都這樣，一窩蜂去找馬克拿四〇年代的古董。他手邊剩沒幾件了。」

「妳說的是真的？」

「絕對是真的，你看！」她拿起禮服：「妳怎會感覺不到？」

我看著禮服的線條和造型，懷疑咪咪的建議是否正確。那件衣服的簡潔輪廓充滿了現代感，讓我對七〇年代的想法和貼在剪貼本上的構想，看來好像過了氣一樣。他們看來累贅、線條多餘，而咪咪手上那件卻是極簡且大方、古典而優雅。

也許她是對的？或許四〇年代正是我們該走的風格。我一直考慮情慾壓抑的蘇格蘭家庭派對點子，似乎會比四〇年代風格來得好，也比較符合我的路線，但那樣的款式完全取決於剪裁和線條，那也就是我如此興奮的原因。但此刻我卻不禁擔心了起來，我們是否已經偏離了原先的主題，現在是否有更改路線的可能性。但材料都訂好了，亞歷山大跟我花了好幾個星期的工作天，反覆檢視、選定布料、進行比價等等工作。我忍不住聯想到有個設計師為了節省成本，有一季的襯衫統統採用新生棉來製作，而新生綿的品質很差，只含20%熟棉，所以不經久耐用，頂多撐三到四個月，洗濯後整件衣服就會變型。他們省下成本，賺了更多錢，這辦法真是聰明。亞歷山大和我倒沒那麼離譜，不過遇到喀什米爾毛料時，我們就會很小心，想取悅客人，我們會找比較沒那麼厚重、但一樣有奢華感的類似布料，不必花大錢又得找個半天。

「不過回到四〇年代，很多人都有同樣的想法嗎？」

「只是聽說。」咪咪解釋著：「這樣的款式換成紅色毛織布，帶點顛覆的性格。線條修長但柔軟，縫製細膩但不死板。你應該可以了解。」

「我正在感應。」我沒騙人。我想她是對的！我的心跳加速。問題是我們能面對一切重頭來嗎？

咪咪起身，小迷你叫了一聲跳到地板上。她一一檢視我已經完成的二十五款設計。

「我喜歡奧西的外套，那件門戴斯（Mendes）外套真是很有型！皺摺和扣子都很符合四〇年代風格。」

我站起來加入她：「你覺得？」

她說：「妳打算用格子布？」

「原本是，這邊有布樣。」我拿給她看。

「這真可愛，華麗而傳統。」

「我還買了一些粉紅色的綢緞。本來想幫凡妮莎．泰特做禮服，我想粉紅色下一季會流行。所有傳統代表富家嬌嬌女的粉紅。就像上一季Balenciaga的褲裝一樣。」

「大家都愛死了！席娜就穿了一套拍英國版《Vogue》的封面。」

「我也想過蕾絲。妳知道我真的好喜歡Balenciaga的愛德華風格襯衫領和蕾絲袖口！」

「去妳的蕾絲點子！」咪咪轉動眼睛：「我有個朋友在波透貝洛路有個攤位，賣到來不及補貨。上周他們去基頓（Kempton）找，還有在契爾特漢姆（Cheltenham）一些舊貨市集上採購。上周他們有來自Louis Vuitton、Marc Jacobs、Lacroix、Galliano、Alice Temperley，還有Paul Smith的買家來採購。」

「真的嗎？」我懷疑那些事的真實性，感覺自己開始落後了，因為大家都已經去那裡完成採買的動作。

「我朋友知道是哪些東西，所以生意興隆，大家都往他那兒跑，他們那些攤商總是諷刺地說，看到那些設計師為了找尋靈感而疲於奔命，真是一件有趣的事。」

難道她注意到我也是其中的一份子？我已經儘量留在辦公室不外出了！

「那麼加里安諾買了些什麼？」我想就算他已經過了穿皮毛車邊皮褲的年紀，但他的設計還是一支獨秀，無論他想什麼，我都想知道！

「領子之類的？」我想她知道。

「還有一些六〇年代的毛帽？」

「毛帽？」

「可能他自己要戴的，他很愛戴帽子了。」

咪咪和我一起坐在地板上，一一點閱她帶來的衣服。她帶來一些很讚的緊身夾克，還有一件Givenchy的洋裝。我真是不敢相信這麼精緻的衣服居然沒被其他設計師們借走，還有兩三件美美的裙子。我直接拿了衝到樓上的工作室，請多蘿塔直接整款仿製，下樓看到崔西：「期待今晚的聚餐？」

「我想一定棒到不行！麗迪雅也會來吧？」

「她會到。」

「我覺得她超棒的！」她做了一個迷昏了的表情。

「想坐在她旁邊？」

「行嗎？」

「我不認為有何不可。」我不介意作仲介，假使這麼做對激發員工的工作士氣有所助益的話。

「她會很樂意。」

「謝啦！那真是超棒的。」

「妳想要什麼新年禮物嗎？」

「好多通電話都在問這周末在《You》看到的橘色夾克。」

「那件夾克沒有生產。」

「沒有？」

這種事也經常發生。一些晃神的小朋友像崔西，提供樣品供《Vogue》拍攝後，因為沒有這個款式的訂單，就不會大量生產，也代表這個款式註定要絕版的意思。那件橘色的夾克可能還在《You》的攝影棚樣品間，或已經上到樣品特賣的貨架上了，甚至還有可能會出現在前往美國過季中心的半路上。我只知道那件衣服是買不到了。大部份的雜誌根本不介意消費者買不買得到這些衣服，美國《Vogue》對庫存樣品非常重視，但是有些雜誌樂於聽到那些衣服在外面已經斷貨的情況。他們不介意一件外套有二十年歷史、也不管這件樣衣從未被生產過，只要雜誌的畫面賞心悅目，造型師感到滿意，其他時尚人士也覺得這些照片符合潮流，他們根本不在乎讀者的需求。因為大部份時候，只要他們的電話一來，我們還是會從仍在生產中的衣服裡，挑出適合的款式來投其所好。

崔西送樣品去《You》雜誌的效果非常之好，獲得最熱烈的讀者回響。你可以砸重金只為有全開頁廣告在《Talter》或是在《Vogue》的一角，最後電話響都不響一聲。但只要你在《You》雜誌有任何新款式曝光，整個星期電話鈴聲就會響翻天，讓你應接不暇。

「那款從哪來的？」我簡直氣壞了。

「那件超棒！」崔西說：「亞歷山大在辦公室裡拿的。刊載在下一季最夯單品的單元裡，橘色夾克是雜誌編輯選擇的二十件必備單品之一。」

「那真是奇怪了！沒人下單自然也沒有做。」

「是很奇怪。」崔西沒神經地說。

「為什麼妳不送別款去？」

「他們說要橘色夾克，所以我就送橘色的過去。送點什麼總比什麼都沒有好吧！」

我勉為其難地接受她的說法。

「到底該怎樣應付這些電話？」

「就說最近訂單很多，日夜趕工，把他們排進候補名單中。」

「不過我們沒有什麼候補名單。」

「我知道沒有。」

「你的意思是要我說謊？」崔西問。

「對，沒錯。」

「對凡妮莎・泰特的禮服說法也一樣嗎？」

「不！因為那一款會量產，那將列入下一季的新品。」

「橘色夾克不會？」她還是不死心。

「不會。崔西，這樣的情況多的是！人們不會因為買不到一件衣服而發飆抓狂，就算絕版買不到也一樣。這樣說你懂嗎？」

「懂了。」她重覆：「他們真可憐。」

我轉身回辦公室，為我們這樣的對話深感無力。雇用學生的下場就是這樣！對事業反而是個阻力，如果我有個有力的公關去應付媒體，他們就會說服《You》雜誌，一件白裙裝比橘色夾克好多了，這樣我們就可以多賣幾件衣服出去。但如果你找個阿呆學生，後果就會是這樣。

我對咪咪說：「妳聽到我們的對話了嗎？」

「嗯，別坐下！」

「太遲了，幹嘛？」

「我想小迷你剛在地毯上撒尿了。」

咪咪知道她的狗的確在地上小便，而我剛好坐在上面。幸好為了今晚的員工耶誕聚餐，我另外帶了一套衣服來換。所以我立刻衝去更衣。亞歷山大帶了幾瓶酩悅（Moët）香檳進公司，準備喝個盡興。準備好之後，我們四個包括剛剛闖禍的小迷你一起出門，徒步走到沙福茲伯瑞大道（Shaftesbury Avenue）的世紀俱樂部，搭電梯直上宴會廳的預約包廂。麗迪雅正坐在長桌的主位，她謹守名模的行為規範，無論妳前一晚工作得多晚，參與宴會早到者可以先行離席。她的兩邊坐著打版的馬克師傅，還有幾個縫製師傅坐在餐桌兩旁的各個位置上。

「嗨，這邊、這邊！」麗迪雅離開位置走向我：「主辦人終於來囉！」

「才晚十分鐘，」我說：「停止抱怨。」

「等著妳來的時刻，我們已經喝了好幾回合了。」

「太棒了。崔西？」

「有！」她穿著黑色高領衫和緊身黑色牛仔褲，搭一雙超高的高跟鞋。看起來像Jimmy Choo，不過她說是Ossie的，還不難看。

「坐麗迪雅旁邊吧！」

「超棒的！」她對麗迪雅說：「我們以前見過面。」麗迪雅禮貌地聽崔西絮絮叨數著每一個她見過麗迪雅的場合和時間。而麗迪雅這輩子就靠這維生，這已經變成一種應對的藝術了，她總是適時地微笑跟點頭，讓談話者備受鼓勵，感覺溫暖。這行業充滿異議份子，但這是她跟一些無關緊要者的制式化相處方式。我相信這就是大家都愛敲她通告的原因。這些年來我在這行業不曾聽過誰對她有意見，這表示她本人正以另外一種發洩方式，對別人表達她對這些異議份子的不認同吧，譬如四處傳當事人的八卦之類的。

「你猜怎樣，」她把一大塊塗滿奶油的麵包塞進嘴裡：「X先生邀我去他的遊艇。」

「不會吧？」亞歷山大叫著，從另外一個他正在聽的話題中分心。

「我知道這真的令人難以置信。這可是時尚界中最最金字塔頂尖水準的派對了。」

「某Y的遊艇派對更高檔吧？」咪咪糾正她說。

「妳覺得？」麗迪雅說。

「我的朋友都這麼認為。」

「幾時去？」亞歷山大問。

「六月。邀請函透過經紀公司今天才知道。」

「那麼幫我澄清一下，那個關於他白天絕不出甲板的故事是否屬實。」

「那又是什麼鬼謠傳？」

「就是怕妝糊掉，他整天躲在有空調的船艙裡面，只有日落之後才會出來。」

「這樣還有遊艇太奇怪了吧？」

「當心點，妳不會想落到跟我朋友一樣的下場。」咪咪提醒她。

「怎麼了？」

「因為去遊艇玩，妳會欠X先生人情，我的朋友最後在他的男裝秀上當了前排座上客，就好像他還懂一點男裝趨勢似的，他曉得個屁！就憑著這點人情債來邀約，不去又能怎麼辦。」

「是這樣啊！」麗迪雅說：「我不在意看不成氣候的男裝秀，只因為我待過他的船艙，這交易很划算。」

「這些人都有遊艇？」崔西問。

「基本上，」咪咪說：「這些東西是用來聯絡感情、休閒娛樂用的，保留大家對奢華生活的無限想像。」

「我聽說那些遊艇都是雞姦船。」亞歷山大說：「在地中海航行，沿途載年輕男孩上船。在希臘米克諾斯島之類的地方下錨停靠，去俱樂部找一些靚仔，大玩性遊戲，第二天早上再把他們拋下船去。」

「此事當真？」麗迪雅抱著存疑的態度。

「管他，如果我也有一艘以黃金打造跟個飄浮陽具似的遊艇，我也會幹這種事。」

當服務生第五次拿菜單過來的時候，「我們點開胃菜吧！」我建議大家。

四分之三個小時過去了，我們已經開始享用火雞大餐。不知道為什麼我點了最傳統的耶誕節晚餐，多蘿塔跟其他的裁縫師傅似乎吃得很開心。亞歷山大一點也沒碰，我猜他一直呆在廁所裡吸毒。麗迪雅肆無忌憚地大吃大喝，她天生有足夠的本錢，咪咪因為宗教忌諱，刻意避開海鮮螃蟹之類的食物，崔西則精品櫥窗廣告必須呈現出一種高級質感以及多采多姿的生活感，誘使消費者渴望擁有。

是開心得樂不思蜀，整晚High得只顧講話。

「我聽說，」亞歷山大左邊鼻孔有流鼻水的跡象，但是他沒察覺，整個人茫茫然也不在意：「卡爾．拉格斐只穿Dior的服飾，因為他欣賞荷帝（Hedi Slimane）的設計。還有，他只吃用鋁箔包著呈上的特製食物，鬼知道那是什麼！如果他的團隊跟他一起出外用餐，他們要先經過他的城堡，等他大爺吃完午餐之後，他們才出門。怪的是全體團隊都可以忍受。」

「他們說不定還甘之如飴哪！」我倒是對這樣的故事沒半點興趣。

甜點布丁端上來了，全桌只有三個人動湯匙，之後換飲料上桌，亞歷山大開始搖晃得厲害，咪咪也出現醉醺醺的模樣。

「我聽過一個令人噁心的故事，」她忽然宣佈：「有設計師住在西班牙伊比沙島的渡假別墅，租了一整個暑假。你知道他們一群人帶什麼過去嗎？」

「什麼？」亞歷山大問，這類故事正合他的胃口。

「一大桶人體大腸清潔劑！」

「那是什麼？」

咪咪皺起鼻子：「當他們離開時，整個浴室髒臭得可以拆掉了，連沙發都要整個洗過，整間房子都是屎！還可以看出來他們早餐吃奶油煎蛋捲、培根三明治，還有全脂牛奶這類的爆油食物，所以才吃那麼多瀉藥！而且還帶著很多應召的男孩來玩。」她笑：「誰能聯想到這些事呢？我們只不過覺得他們設計的衣服很炫而已。」

我們看到走廊那頭來了一個我們都熟悉的設計師，大家都笑開了。她是知名的酒鬼還有大麻煙鬼，從她的步履蹣跚看來，應該兩者都已經過量了，這可真是耶誕節的狂歡派對。

「嘿！你們，」她緊抓著桌子支撐著自己：「聖誕節快樂！」

我有次倒楣地跟她共用一個縫紉師傅，所以還算熟到可以聊個幾句。我笑得有點緊張：「玩得開心嗎？」

「我們的派對剛結束，聽說你們也在這裡，所以過來跟妳打招呼。」

「呵呵。」我嘴上笑著，心裡卻想著其他事。

「妳這邊還有搖頭丸？」

「沒。」

她倒在亞歷山大身上，而他似乎也在意識不清的狀態中。我離開這微醺的一對，到另一邊和多蘿塔及裁縫師傅們聊聊工作的進度；十五分鐘後，我發現這位醉倒的設計師正跨坐在我的同事身上，在他耳邊喃喃念著：「我要跟你作愛」之類的話。而且看來似乎已經糾纏不清一陣子了，她越來越誇張，亞歷山大卻越來越沈默，她突然自他的大腿上站起來，宣佈說要去廁所。

「你們兩個還挺合的嘛！」我目送她晃到轉角往廁所走去。

「去妳的！」亞歷山大氣喘噓噓：「她連呼吸都是嘔吐物的臭味。」

還好，那個怪裡怪氣的設計師找到其他人的大腿可以坐，或是其他可以讓她得手的人。反正，她沒再回來我們這邊了。

我們又多喝了點酒，也都多抽了一些煙，外加摔破三只酒杯。多蘿塔和裁縫師傅們是第一批先行離去的工作夥伴，她們每個都搖搖欲墜，從椅子上站不起來。有幾個大概喝了跟自己體重一樣多的香檳酒，咪咪和麗迪雅也是恍神地在角落談論著男模特兒和內衣，小迷你在咪咪的位置上睡著了，我看亞歷山大把崔西逼到石柱旁，她則是一臉的恐懼。

「毒品是這行業特有的。因為這根本就是裝瘋賣傻的產業！」他醉歸醉，還可以侃侃而談：「你不要把流行看得太像一回事，這其中根本沒啥道理可言！不能說這季誰設計了這條經典裙子。因為是穿的那個女人造就了經典！她夠酷、夠嗆，這條裙子就紅了，設計師也變成了名牌。如果她表現得很糟，那這件裙子就等於毀了。我要殺了她！因為這樣一來，我就得對記者們獻殷勤，說不定還要陪他們打幾砲！還得要抱抱採購人員的大腿，才能對我們的品牌生意有所幫助！這真是他媽的出賣靈魂的工作！」他暫停調整一下呼吸，接著說：「這裡沒有朋友這個名詞，也沒有所謂的同胞愛！沒人用真心對待別人，每個人都像食客還是爬藤類植物般，倚靠別人活下去。他們談論時尚，總是興奮過度，好幫助別人逃避現實生活。大家寧可不面對現實！儘管呼吸相同的空氣，但我們需要更多樂趣和麻醉，來忘掉這行業的不正經！而不像一般人庸碌終日，擔心自己要靠什麼維生，下一餐在那裡！」

「亞歷山大。」我輕聲喚醒他。

「怎樣！」他看了我一眼，眼眶含淚，整張瘦削的臉像要化了似的濕淋淋的。

「我送你回家好嗎？」

「好。麻煩妳。」

10 無止盡的壓力

我在艾塞特（Exeter）休了五天年假在家陪爸媽。一回來倫敦就聽到一個令人驚訝的消息：凡妮莎．泰特因為《戰爭與和平》裡娜塔夏的角色獲得金球獎的提名，而她希望我再一次幫她設計與會禮服。凱西在除夕夜前一天打電話到工作室來，她聽起來灌了不少威士忌，在電話那一端必定一身煙味，在聖誕節前夕才知道被提名的好消息，顯然她的夜晚十分忙碌。當時凡妮莎正在馬爾地夫渡假，因此現在才正準備大肆慶祝一番。

她表示很抱歉在這麼短的準備期才通知我，不知我是否有興趣幫這個忙。我認真地考慮了一會兒。這是一個責任重大的工作，而我還有多餘的時間嗎？下一季設計作品再一個月就該出來了，現在進度還不到一半。然而，設計禮服為公司帶來的曝光率、打響名號、信譽等等好處，讓我躍躍欲試。再說，她如果得獎了那不是更棒嗎？

我打電話通知亞歷山大時，他還躺在床上看晨間電視節目，有點不敢置信。

他昨晚從某俱樂部回家的路上，經過酒吧帶了男人回家，所以又是宿醉的開始，不過今天他應該會來上班。

不像其他正常人世界的規則：在聖誕節和新年期間蟄伏冬眠。時尚人士有工作要忙。而且，這段時間才是最忙碌的時候，秋季新裝的檔期如烏雲般陰森森地逼近。

「其實我並不訝異。」他打了個呵欠：「妳的確讓她在首映會上光芒四射。」

「我不覺得我做了什麼。」

「別傻了！那件禮服上遍英國每本雜誌的封面，妳不是想在這件紫色雪紡紗禮服上做個小改款，加個綴滿亮片的馬甲嗎？而且還接過《Mirror》來電問是否可以借用那件禮服作『穿上當季時尚最靚禮服』的單元嗎？我們到現在還沒正式賣出半件哪，也該反省一下了。崔西的候補名單上應該也有七十幾個了吧！」

「是嗎？」我緊張的笑了笑：「那麼我們應該越早生產越好。」

「妳考慮提供現有的款式嗎？」

「我不知道。」我說。

「看看能做些什麼吧！」

我呆坐在辦公桌前望著空白的牆面發呆，想著何謂性感、成功、活得精采。

我上樓去工作室看看現有的布料，試著找點靈感。當亞歷山大進門衝上樓來時，我手裡正拿著一塊黑色綢緞。

「嘿嘿嘿！」他一路踩著樓梯一邊喊著：「我有個好點子！在我講完之前，你先不要插嘴！」

「好？」我從桌前抬頭看他，他剛好站在門邊。對一個昨夜興奮玩到凌晨兩點的人而言，他的精神還真好。

「我們應該去紐約辦發表會，就這樣！」他退了一步，看著我的反應。

「就這樣？」

「這就是我的點子！」他笑。

「這似乎沒得商量，」我說：「看你似乎已經決定了。為什麼？」

「妳已經不需要倫敦了。如果繼續在這裡走秀，媒體只會尖酸刻薄的批判妳：《泰晤士報周日版》說妳乏味、Style.com說妳表現欠佳、《泰晤士報》也嘲諷妳的作品；那我們不玩完了？一旦被貼上標籤，妳跟其他英國設計師一樣就會落得一文不值。我們應該要打鐵趁熱，走出去！」亞歷山大機關槍似地接著說：「你有金球獎提名的女星穿著妳設計的禮服，那款式將揚名美國！在各大報章雜誌持續曝光，那是我們去那裡發展的敲門磚。我們會有更多買主，更可靠的生產供應管道。」他暫停了一下，像在試著決定什麼似的：「我沒跟妳說，就是知道妳會擔心害怕。妳知道我們十月份接了個七萬五千鎊的訂單嗎？」

「真的？太棒了！」

「的確是。但那也可能毀了我們；我們的生產線到現在還沒有能力吃大單。」

「那是事實。太可悲了，不是嗎？」

「沒錯。我們最好把市場拓展到美國和遠東地區，再找個好的成衣廠。」

「我們需要生產部經理！」

「的確。」他重覆：「我不能靠我個人完成所有的事。」

「我明白。」

「他們可以全世界跑、可以去遠東區找原料、也可以去匈牙利顧生產線，我不想獨攬大權，同時我們也可以挑選幾家工廠，把供貨線確定下來。這樣一來我們將可以征服紐約。」

「你是怎麼想到這些的？」

「早上我跟那個跟妳提過的男孩躺在床上，當我說到妳跟我的工作內容時。他居然連妳的名字都拼不完整。我就覺得這樣不對！」他笑了：「然後我提起妳為凡妮莎．泰特設計的禮服。他才說他妹妹愛死了那件禮服，不過卻找不到地方買。」

「你跟他說了哈洛斯百貨嗎？」

「當然說啦！」他微笑：「那麼紐約行的事情，你好好考慮一下。」

「我不曉得。聽起來有點令人卻步。」

「別擔心！我會搞定一切。二月第一個星期去，就在帳篷裡走秀，七號或八號去，如果你覺得可以。我確定那時候有檔期。如果你對時間不那麼挑剔的話。」

「這樣一場秀要多花少錢？我負擔得起嗎？」

「應該是倫敦展的兩倍、巴黎展一半的費用。在帳篷裡辦時裝秀或是搭棚之類的大約是四萬美金，包括所有的燈光設備、模特兒走秀、技術人員，音效和後台等等。」

「也不便宜！」

「我們辦得起。」

「不要告訴崔西，或許她還想自費去！」

「先工作吧！」他走向隔壁的辦公室。

參與紐約時尚周的計畫，讓我突然茅塞頓開，充滿想法。

不必待在倫敦，讓我多少有被解放了的感覺。還記得九月份的倫敦時尚周是多麼令人喪氣，慘不忍睹得令人難忘。有人在喬納森・桑德斯（Jonathan Saunders）的派對上找設計師，我們不經意聽到他在簾幕後吐得稀哩嘩啦的。那簡直是我們的縮影。我必須專注，找尋我的繆斯女神：在紙上畫下來，現在是我激發創意，創造利潤的好機會。凡妮莎・泰特就是我進入天堂的入場券。

還是不敢相信她會再度找我幫她設計禮服。這對入圍金球獎的女星而言，是極端稀有的事情。對這些明星而言，一旦入圍的消息公佈，就會有如潮水般的禮服贊助邀約湧入，大部份都是設計師主動要求要幫她們設計禮服。我想或許凡妮莎在這行還算是個新鮮人，所以她那些必備的造型師還沒出現。

並不是造型師有多可愛，無私忘我的只考慮客戶的利益。好萊塢的造型師被全世界的時尚人士厭惡唾棄，他們幫社交名流穿上設計師的服飾，一天顧問費高達兩萬。而他們建議名人穿的名牌服飾，例如：Chanel、Givenchy、Dior或是Galliano會給予相當優惠的酬庸。我聽說過有兩個造型師因為建議客戶，穿某個名牌禮服參加奧斯卡，獲贈BMW轎車作為報酬。女星得到可喜的贊助，而造型師則得到鈔票，他們相當熟悉該如何得到最大的雙贏效果。造型師不必花錢去買衣服，如果想要某家的皮包，只要直接打電話去要即可。名牌公關在背後對他們卑躬屈膝，只求他們給個方便。還聽過一個造型師因為建議某位女星配戴鑽石珠寶飾品，而得到品牌公司驚人的回饋。

如果這女星恰巧獲獎，那造型師真的有可能會一輩子豐衣足食。曾有個造型師獲得全身免費抽脂這樣的獎勵，只因為接受她指導造型的女星得獎。我也聽說有人拿過價值兩萬美金的鑽石項鍊。得獎者得到免費的廣告宣傳，造型照片也列入全球網路關鍵字搜尋。由此你可以了解到設計師有多麼垂涎這樣的商機了。

相反的，對設計師而言卻是個危機：我記得有個設計師幫一位女星設計四套奧斯卡禮服，花了他十二萬元，最後她卻穿了別人的禮服走紅地毯。類似這樣的反覆無常會害得小品牌因此破產，設計奧斯卡的禮服，不是人人都玩得起的。

你設計的禮服只能供她們穿一次，她現身走紅地毯，留下這件衣服，並不打算還給你，你無法把這款設計留下來歸檔或者量產。三、五年後，在某個類似愛滋病慈善晚會的場合上，你會看到自己的設計成了義賣競標品，你會為她的慷慨解囊而感動嗎？不！我只會感覺心痛！

女明星在網路瀏覽妳的設計，若發現感興趣的款式，她會告知造型師幫忙聯絡，等待三月的新片首映穿。她將是唯一穿這個款式的人，她不要其他人染指，只有她是獨一無二的。

她是否會改變心意找其他設計師？會不會有紛至沓來的禮服贊助者找上門？電影會賣座嗎？她的演技好嗎？她為人夠當個好的代言者嗎？如果電影上映當天她根本沒穿妳的衣服，然後你的重點款又僅此一件，沒有任何在報章雜誌上曝光的機會，這件衣服就這樣不見天日地被收了起來，我有本錢玩這個危險遊戲嗎？怪的是某些女星不會強占禮服不放，她們是固定設計師忠實的粉絲，維持某種特定關係：像芮妮·齊薇格總是穿卡羅琳娜·赫拉（Carolina Herrera）的設計；凱特·溫絲蕾幾乎半自願的穿著班·德·利西（Ben De Lisi）的作品；伊麗莎白·赫利除了Versace不穿其他禮服；不過大部分的女星，都跟她們的造型師一樣貪婪且唯利是圖，在設計師群中不斷更換。有時候女明星根本也不必特別跟造型師見面：勞倫·斯科特（L'wren Scott）是米克·傑格（Mick Jaggers，滾石樂團主唱）的女友，也是好萊塢最知名的造型師之一，她可以幾個月不見她的客戶：妮可·基嫚。因為在工作室有一個量身訂做的假人。她可以輕而易舉地幫妮可作各式各樣的造型。

對時尚產業而言，形象就是一切，他們總是想著如何自我保護，致力避免發生羅拉·弗琳·鮑兒（Lara Flynn Boyle）穿著芭蕾舞衣、舞鞋赴會這樣的糗事，像碧玉（Bjork）的死天鵝裝（冰島女歌手，在73屆奧斯卡獎走紅地毯時的駭人造型），或席琳．狄翁穿著紳士套裝加頂禮帽，都等於是宣告了流行的末日。名人只要穿錯一次，造型師的命運就跟失業沒啥兩樣。一個錯誤穿著，明年你就等不到禮服贊助，若錯得離譜，你的照片會成為全世界的笑柄。

我無法承擔這樣的錯誤。我錯過一次，我知道壓力的龐大。

凱西打電話來建議她和凡妮莎下午來一趟。我無法說不，我沒有想法。我關上門，關掉收音機，趴下來思考。

沒有什麼比得上恐懼更能讓思緒沸騰。她們出現時已經是下午三點。我已經準備好六款素描可供參考，五款是現有的，第六款是九月時裝展出的小改款。

我想我這次不能再犯錯了，上次她的紅地毯禮服，沒有半件庫存。我逃避著不敢去想候補名單有多長。

原本我計畫把那件銀白色的夢露禮服改成黑色，保留裝飾用的銀色亮片，本來的款式沒變卻多了一種韻味。她的身材撐得起來，穿起來應該會很漂亮。如果這款可以接受的話，店舖裡現成有一件白色的。這會是雙贏！或許只要我承諾這件非她莫屬，她就可以被說服。

凱西像火車般衝進辦公室，手機夾在臉頰上，煙在塗著棕色口紅的唇間晃動，邊講邊刷刷地作筆記。凡妮莎尾隨在她之後，跟上一次見面時有點不同：她的肌膚曬得更黑，頭髮長了些，整個人看來添了一分優雅貴氣，樸素的Martin Margiela洋裝搭配Prada平底鞋——那是錢也買不到的星味。我記得有一次去餐廳，坐在裘德·洛隔壁桌。當時是他演《天才雷普利》（The Talent Mr.Ripley）剛剛竄紅時，渡假回來一頭金髮和曬黑了的皮膚，看來如同黃金打造般閃亮刺眼。

入圍對一個人的改變竟然如此之大，成功的果實是如此甜蜜，一件成功的禮服，同樣也可以將原本又酷又性感的女演員變成國際巨星。

「聖誕快樂。」她邊走向我邊問候：「你的假期如何？」

「我以為這問題該由我來問。」我親了她的雙頰：「妳看起來氣色不錯。」

「謝謝。」她微笑，一臉嬌羞。

這應該是我唯一再為她設計禮服的機會了！只要再多兩個月，她就會有很多選擇：Valentino會打電話，問她是否考慮穿他們贊助的禮服，她可以予取予求。

「看到禮服背後都加了設計，真令人開心！」凱西喀拉闔上貝殼機款式的手機，把煙灰點進我喝了一半的星巴克咖啡裡：「我才正煩惱著模特兒在伸展台都是後空上陣。」

「沒的事！已經改了幾款。其他部份會在六個禮拜內完成。」

「看起來不錯！」她由頭到底看過掛衣桿上的作品：「多了四〇年代風格的款式。」

「是的。證明我們認同潮流。」

「嗯。」她看到那件掛在架上的奧西的設計，「妳覺得古董禮服怎麼樣？」她問凡妮莎。

「妳是說直接從倉庫拿出來的嗎？」凡妮莎說。

我的心跳開始加速，我的金球獎亮相機會正在流失；如果她說是的話——那麼我要跟媒體、高曝光率，還有紐約展揮手告別了。

「為什麼不？」凱西說：「這樣不是省了很多麻煩？或許挑一件四〇年代的款式？」

「我不清楚耶，妳說哪件好？」

「都好。」我試著表現漠然，以掩飾自己的失落，沒有比看來野心勃勃更受人排斥了。

「有個穿古董禮服的顧慮，」亞歷山大忽然出現在門邊，我們所有的對話他沒錯過半句。「那就是，」他暫停幾秒，我可以從他唇邊那抹微笑分辨得出來：他準備要撒謊了：「衣服的尺寸不合。就算花再多時間去修改，最後看起

FENDI 2012 春夏系列 Butterfly 太陽眼鏡

來還是像從祖母的衣櫃偷來穿的一樣。一定要像Dior的真品作工，才會展現出質感。不然會看起來像跟波透貝洛路（Portbello Road）的攤販殺價買來的。」他吐出殺價的字眼就像吐出不小心吞進去的蒼蠅屍體一樣。

「殺價的廉價品？」凱西思索著：「我同意。唯一古董禮服奏效的例子，只有茱莉亞．蘿勃茲（Juliet Roberts）在奧斯卡上穿的那套黑白的Valentino。」

「要小心！」亞歷山大一臉認真：「經典古董代表歷史悠久，不是二手衣都夠美、夠有型，即使帶著樟腦丸味走紅地毯都美。有的衣服沒那麼老舊，你會發現同一件禮服，在三年前同一個場合已經有人穿過了。他們把上季甚至前幾季的衣服就稱為古董衣了，所以充其量，妳不過是穿著過氣的款式罷了。」

「這發生過嗎？」

「不是我危言聳聽，這真的只是時間問題。」

「我們都確定沒有真正的古董衣。」我輕聲說，就像是我的前途跟這話題毫不相關似的。「我不喜歡別人在同一個晚會穿過的紅地毯禮服，那有點過份。」

「特別是別人穿起來比較好看。」他最後的評語顯示我倆的默契。

「那太誇張了。」凡妮莎走到留言版旁看著其上的剪輯：「讓我們看看妳的設計吧！」

接下來的兩個禮拜應該是我人生中最忙碌的時刻，凡妮莎幾乎每天往來工作室，起初是討論造型款式、後來是試衣的部份，一試再試，不斷修改細節，透過柔性勸說，她終於傾向款式不變，只要改黑色布料即可。她像獵犬般精瘦的身段，細臂纖腰，還有小而翹的胸。她正年輕，身材更是這一款禮服最佳的演繹者。她是少數我認識可以把衣服穿得極好看的女人。我告訴她我的建議，給她看過樣品簿還有穿在那個自負模特兒身上的照片參考。

她很快地同意我的計畫。一開始我們對顏色有點小爭執，紅色或許是個選擇，但她不想當唯一穿著亮色的女星，膚色或白色一直是討好的典禮色系，只有真正的明星才敢穿大紅色、黃色或綠色。而凡妮莎自稱自己不可能獲獎，所以不想在人群中過於顯眼，最後她還是依我的主意選了黑色。

雖然這款式已經上市，店舖裡買得到；不過還是為她做了改款設計，她將是唯一擁有黑色的人。這個理由似乎可以接受。

當我要進行下一季的設計，那一百五十英呎的格紋布終於到貨了；多蘿塔把布匹抬上樓，氣喘如牛、汗如雨下，奴隸般地認命。她可以同時把緊張和意氣消沈表現出來，而且在六個揮汗工作的縫製師傅中，她絕對是第一名苦力。

工作室裡混合著波蘭人、葡萄牙人還有個日本來的打版師，她們可以用各式各樣的語言、驚嘆句笑著交談。靠放在工作桌中央無限供應的咖啡、茶、煙，和大量的糖果和口香糖，渡過漫長的工作天。她們的耐心和意志力是無限的，我不想花那麼多時間跟她們相處，不過偶爾我還是樂於與她們交談。

在一個完全由女人主控的行業中，似乎無法避免迷信。工作室發生的任何事都代表著某個明顯的徵兆：剪刀落地表示有人快要死了、別針盒子如果掉了表示有爭吵、扎到右手食指表示有人愛著你、左手食指是有人嫉妒你、在婚紗禮服縫進一根頭髮，這個裁縫師就會結婚並且找到真愛，諸如此類的。

我把製作凡妮莎禮服的任務交給了多蘿塔。在第一個周末她已經交出麻布裁片，這雛形像死氣沈沈的鬼魂掛在衣架上晃動。凡妮莎每次來試穿，都對這個款式半信半疑。當我把布片別在她身上試的時候，她總是站得僵直而且不自然，我不小心扎到她的背兩次。她嘆了口氣，腳跟敏感地抽動一下。我喃喃地安慰她：「成品穿起來會漂亮得多，裁片只是粗略的身型，不要介意，上次的成品頗受好評。」她的疑慮依舊存在。

在離開的路上，凡妮莎應該跟凱西聯絡了，因為試衣二十分鐘之後凱西打電話來了。

「一切都好嗎？」她一陣咳嗽。

「都在掌握中。」

「我現在用擴音器交談，讓凡妮莎的經紀人克里斯也聽得到。」

「好的。」

「禮服進度如何？」

「很不錯，她穿起來會美極了。」

「那好。」凱西聽起來不太肯定：「如果有任何問題，要提早讓我知道；最近電話接的很多，Valentino的公關跟我們聯絡過好幾次，說些什麼你也知道。」

「他們真的有電話來？」克里斯在那邊怪叫起來。

整個對話安靜了二秒。

「那不賴。」我說：「喂！你還在嗎？」

「假如妳做不來，我總要作點安排。」凱西直說。

「那妳要她穿Valentino嗎？」我問。

「不。」

「妳確定？」我聽出克里斯試著對她耳語：「他的禮服很美的。」

「我知道他很棒，」凱西沒有壓低聲音：「但我們要新鮮感、年輕的氣息，就像凡妮莎給人的感覺一樣。他的衣服有這些東西嗎？」她低聲吼著。

「不能說沒有。」我吼回去。

「我相信妳，可以準時交貨。」

「我會的，信任我。」我像說服自己似的喊。

話筒陷入嗶嗶聲：「好吧，現在就這樣吧！」我聽見她對克里斯說。她以為我們已經斷線了。

「我們已經騎虎難下，如果要她穿Valentino，表示她要立刻飛去米蘭。緊接著有很多媒體訪談的邀約，時間根本不夠，如果交不出像樣的東西，我肯定讓她吃不完兜著走，就這樣。」

「你辦得到？」

「花點小錢而已。」

我靜靜地掛上電話，不想再聽下去。竊聽自己可能會身敗名裂的預言，讓我不舒服到極點。

我點了根煙，倒了冷掉的拿鐵，回到設計工作上。十分鐘後亞歷山大活蹦亂跳地進辦公室，他的嘴笑得很開，一副志得意滿的樣子。他站在辦公室中央宣佈：紐約發表會的檔期已經敲定。我很驚訝他在這麼短的時間內能夠辦到。他一定跟主辦單位的某人有關係，或是有人在最後時間抽了腿。

FENDI 2012 春夏系列 藍色小外套，立體打褶紅色條紋裙

少數可憐的設計師一定頗受打擊，不然要如何解釋突然空出來的星期三早上十點？

「這時間不錯。美國人喝得比較少，他們看秀不喝香檳，沒有宿醉的問題。」

「大功一件，你真是天才。」

「我知道，要前進布楊公園（Bryant Park）囉！」

「太多事要趕了。」喉頭一緊，加上我聯想到的時間壓力，讓我驚慌地吐在桌上。

「妳沒事吧？」

「我很害怕。設計還沒完成，又接這個禮服案，我們要安排走秀模特兒、髮型、化妝、造型，我們在那兒沒有聯絡人，還要邀請買家，要給媒體發訊息，前排貴賓位置要籌劃，還有安娜．溫杜爾要來。」我邊擦嘴邊說，頭暈目眩。

光是講到她的名字，我們倆沈默著互相凝視；我嘻嘻笑了出來，亞歷山大也忍俊不住——我們倆一起放聲大笑。

「妳覺得她會來？」

「她必須來。」

「為什麼？」

「她通常只看第一場，每個紐約人都是。因為怕錯過明日之星，她去過露拉（Luella Bartley）、馬修（Matthew Williamson）、羅蘭（Roland Mouret）、艾莉絲・譚佩里（Alice Temperley）這麼多人的第一場秀。」

「是嗎？」

「你只要擔心第二場就好。」

我們又對看了一眼。

「我們做了什麼大事了？安娜要來了！」

11 爆紅的滋味

她真的得到了金球獎。沒有人相信，我也不相信，連凡妮莎自己也不相信。亞歷山大高興到毫無節制地在酒吧醉倒兩天，凱西在頒獎晚會中途打電話過來，我原本想熬夜看轉播，卻因有線頻道找不到而作罷。再加上我忙著把原本七〇年代風格的設計，修改成符合流行的四〇年代風格，說真的也沒有多餘的時間和精力去看轉播。

事隔一日，凡妮莎和她身上的禮服已經四處可見，她上遍報紙的頭版，拿著金球獎座，巧笑倩兮，帶著驚喜。

時尚媒體迅速徹底地對禮服做了評論：看起來優雅甜美；設計凸顯她年輕的曲線；充滿年輕朝氣，點出所有身材的優點；年輕入圍者最佳紅地毯禮服……等等。

這像是得獎者的群眾效應，照片和她並排的有：穿著Balenciaga的葛妮絲・派特羅，Valentino的史嘉蕾・嬌韓森（Scarlett Johansson），芮妮・齊薇格穿著

Carolina Herrera・綺拉・奈特莉（Keira Knightley）也是Valentino，凱特・貝金賽（Kate Beckinsale）穿Christian Dior。最差服裝的女星也很有趣：茱兒・芭莉摩穿著高領的Gucci，對大胸脯的女星那是錯誤的選擇；瑞絲・薇斯朋穿著五〇年代Chanel的古董娃娃裝，三年前的金球獎克絲汀・鄧斯特已經穿過了，所以沒有半點質感。評論對孰優孰敗，各執一詞。

辦公室裡，崔西興奮得不能自制，工作無所事事也沒這麼樂。她發現公司站在時尚流行的前端，每天電話響翻天。時尚界裡有名有姓的人都打電話來詢問。

隨著凡妮莎得獎之後四天，白色款式已經上遍各大雜誌：《LK Today》、《This Morning》、《Richard and Judy》。《Lorraine Kelly》的造型師還告訴讀者要如何仿照她的造型，逼得讀者走上街頭去找類似款。

這整件事其實很好玩，我差不多了解當羅蘭・莫瑞特設計出Galaxy Dress的感覺。一件流行款忽然晉級為必備款，唯一扼腕之處，是我一開始就該設計黑白兩個色系，不過現在黑色不能量產已成定局。亞歷山大覺得這件事很累人，他叫崔西上來開會。

「是這樣的，」他坐在我辦公桌邊緣對崔西說，再看看我：「我認為我們該重整公司形象。」

「你確定要現在？我的工作堆積如山。」我有點為難。

「就是現在！」他的聲音帶著慍色：「昨晚我試著阻止公司的送貨員，前往X factor找凱特・桑頓（Kate Thornton）……。」

「誰准的？」我的注意力忽然集中起來。

「我。」崔西囁嚅著。

「妳？」

「我喜歡那個節目。」她笑得心虛。

「妳知道凱特・桑頓跟我們公司調性不合嗎？」我一肚子火。

「是喔？」

「並非所有的宣傳都對我們有好處。讓錯誤的人穿上我們的衣服，會毀了設計的原創性！」亞歷山大怒不可遏。

毫無疑問他是對的，時尚潮流的循環周期越來越短。一件時尚必備單品原本要花六個月，才從潮流的浪潮上退到過氣明星或二線演員身上。現在只要花幾天就會從浪頭退到岸邊消失得無影無蹤，史黛拉・麥卡尼的過膝非皮質靴子就是個例子：周一瑪丹娜（Madonna）首度曝光，周三高貴辣妹（Posh Spice）穿，周五又出現在某個足球員的老婆腳上，以流行周期來說，就在短短的一周，這靴子的生命就已經結束了。

為何Balenciaga總是大量生產同款但不同系列的手提包，就是總是有不對的人提著他們家的包包上報。你可以想像當羅蘭（Roland Mouret）看見Countdown的凱洛·沃德門（Carol Vorderman）穿著他的衣服有多麼想自我了斷。那件衣服花了三個月自史嘉蕾·嬌韓森到卡麥蓉·狄亞茲，再到瑞秋·懷茲（Rachel Weisz），最終到凱洛身上。同理可證，史嘉蕾·嬌韓森現在離Galaxy Dress遠遠的，我想這也是擁有時尚必備款的代價。

另一件讓人沮喪的事，就是大街小巷都在模仿妳的造型。才下伸展台忽然就滿街都是，她們對流行的事物緊咬著不放。以Top Shop為例，一年推出十次季節新款，相較於我們的兩次，他們汰舊換新的速度快得驚人，永遠跟隨時尚脈動。

我有件年輕時髦的短夾克，或者是件裙子，還沒來得及上架或是進到哈洛斯百貨，就出現在Karen Millen、Miss Selfridges、Hennes這些店的櫥窗裡。這真的是讓人深感無力。曾有幾個設計師試著提出告訴，但是作用不大。這不是非黑即白的判斷那麼單純。

你花了二十鎊在牛津街（Oxford Street）買了件跟花八百鎊在斯隆街（Sloane）款式類似的衣服，但料子差很多，作工也很粗糙，完全沒有質感。不過穿的人也因此得到該有的評價。去年街頭時尚仿Chloé風，大家穿的都是低價仿品，但那對Chloé的名譽一點傷害都沒有。

亞歷山大手指在桌面輕扣著，像是要準備演講似的說：「從今以後我們要嚴格遵守篩選客戶的原則！」

「客戶篩選……。」崔西學著說一遍，並在本子上記下。

「篩選的標準是什麼？」我說。

「不要現場轉播節目主持人、綜藝節目主持人，或是任何和足球隊員亂搞的人。像科琳・麥克朗林（Coleen Mcloughlin，品味極差的英國新星）正是那種破壞名牌形象的人，我有個朋友幫她做造型，吃了不少公關的閉門羹。根本沒人想出借衣服給她，就算勉強借了也要求一定要還。」

「我一點也不驚訝，她穿衣服沒品味到極點，像那些足球員的老婆一樣，黑皮膚配亮橘色的Juicy Couture，還有假指甲。不懂她們的審美觀到底出了什麼問題？」崔西說。

「鬼知道！講到亮橘色，你知道肯尼・洛（Kenny Lowe）——高貴辣妹的造型師？」

「怎樣？」

「據我所知，顯然他借不到麥克昆的衣服。」

「想也知道，他可不隨便贊助名流衣物。」

麥克昆對外借給造型師這件事相當有原則，他絕不讓任何排斥同性戀的雜誌刊登他的作品，只借他認為夠酷的人。

雖然咪咪講過造型師是如何千方百計取得他的同意，她之前幫夏綠蒂．喬區（**Charlotte Church**）做造型，也了解他的東西不易借到。所以她打電話給斯爾福吉百貨，要跨過品牌公關最直接的辦法，就是去百貨公司借。哈洛斯百貨、夏菲尼高百貨和斯爾福吉百貨，遇上這樣的要求，高興都來不及了。沒半個設計師辦得到，她把夏綠蒂塞進一件緊身外套，出現在《**Grazia**》以及《**Glamour**》等等雜誌上，這外套一周內就被搶購一空。大部份設計師如我，都夢想著能夠幫妮可．基嫚或鄔瑪．舒曼這樣身材的女星設計衣服。不過，幫個曲線明顯，身材大眾化一點的女星設計造型，對銷售一樣是大有幫助的。

名人的行銷力量在清庫存時，也相當好用，就像錯誤的代言人會毀了一個款式，是同樣的道理，一個夠力的名人就算穿得再醜，他或她身上的衣服依舊搶手。

品牌公關總是不忘抱緊造型師的大腿，給點好處以便出清滯銷品。光想有六、七十件裙子掛在店裡，哪裡都去不了，就夠讓人洩氣的了。造型師會把衣服化腐朽為神奇，像是加條皮帶之類的，然後讓它穿在名人身上，這個結果讓大家都滿意：服裝店大賺一筆、造型師削翻了、員工還會收到特賣會的邀請函，而名人則得到報章雜誌入鏡的絕佳機會。

「還有，」亞歷山大繼續：「其他像是參加Big Brother、Pop Idol、The X factor（以上是英國電視網評價不高的綜藝節目）等等藝人，也一概不贊助。」

「包括勝利者？」

「尤其是勝利者！任何參加Hollyoaks（英國1995年以後開始播放，深受年輕人喜愛的青春肥皂劇）的、還有激凸、在男性雜誌暴露加大腿對外張開的，還有喬登（Jordan，英國巨胸艷星）、艾比·蒂特莫絲（Abi Titmuss，英國艷星、電視台女主持人），茱迪·馬什（Jodie Marsh，巨胸女星），或是兒童節目出身，現在卻出現在《FHM》穿著比基尼泳衣的人，通通列入拒絕戶當中。」

「如果她們來電，我究竟要怎麼應對？要說沒貨了，謝謝來電嗎？」

他在我桌上拿了枝鉛筆：「不。別打壞關係，哪天鹹魚翻身，我們會需要她們幫忙。」

「你太樂觀了吧？」

「凱莉·米洛（Kylie Minogue）就是經過麥可·哈金斯（Michael Hutchence）

FENDI 2012 春夏系列 黑色立體壓褶透視小洋裝

的巧手改造之後，從雞窩頭小妹變成舞曲天后；娜塔莉（Natalie Imbruglia，來自澳洲雪梨海邊小城市的歌手）也是兩年內從鄰家女孩，變成當紅炸子雞；羅素・高爾（Russell Crowe）不也是個在紐西蘭的學區開舞廳的？」

「你也太多小道消息了吧！我還真擔心你會神經錯亂……你可要為這家公司撐著點。」

「男同性戀跟年輕女孩喜好相近。」他笑。

「到底該用什麼藉口？」崔西拿著筆桿杵著。

「就說衣服都出貨去日本了，短期內英國應該不會有貨。」

「去了日本……。」崔西記下。「好。那麼如果他們又打來呢？」

「就說還在日本。那些衣服一直在那，從未回來，也不會回來了。我有個設計師朋友每次都用這個理由，沒有一次行不通的。大部分撥電話的人只是急於一時，一陣子置之不理之後，她們也不會太在意。就算會，我們也要客氣應對，不要搞壞關係。」

「可以簡單回答說，雜誌上看到的大部分都沒貨。大部分人不都這麼說嗎？」我建議。

「那太沒建設性了！我覺得日本那個藉口好。」

「在日本。」崔西重覆著念怕忘了。我看著她闔不攏的嘴，和發傻的神情，忍不住又想：我真的要換個助理了。

接下來的幾天真是一團混亂。

崔西起碼無知地拒絕了近二十個她認為不受歡迎的名流，說白色夢露裝在日本。而我們盡力試著挽回其中有好些名聲不錯的對象，賣出幾套：裘蒂．吉德（Jodie Kidd）在希西艾尼餐廳（Cipriani）晚餐後搭配一件好看的外套外出；凱特．狄莉（Cat Deeley）穿著同款式的衣服出現在《Elle》；喬絲．史東（Joss Stone）也穿著那件外套在Parky開唱；《Heat》在雜誌開頭做了兩頁全開的介紹；《Grazia》做了專題；《Glamour》敲了攝影通告；《Tatler》為嘉德．傑格（Jade Jagger）來電詢問，是否有紫色或粉紅色系的。

亞歷山大打電話到匈牙利工廠請她們連夜趕工，將細部亮片綴飾儘速縫上。幾天後貨終於到了，我們趕緊出貨到各個店鋪去，白色系的四十八小時內就賣得精光。

FENDI 2012 春夏系列
條紋珠繡 B. Fab 包

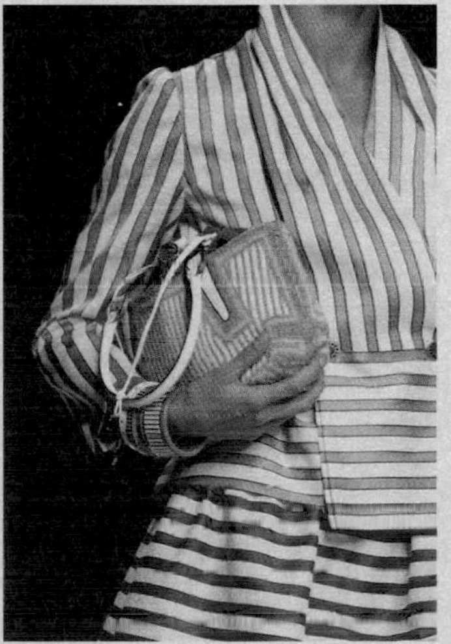

潘朵拉的盒子——奧爾德利埃奇百貨（Alderley Edge）的朵拉，有一天早上連續打了三通電話來，急著下單。亞歷山大每次都享受著那種把她轉接到保留鍵上的快感，每通電話平均讓她等待四十五分鐘，間接懲治她之前下的小訂單。NTP周三早上進貨，周四下午就售罄；哈洛斯跟夏菲尼高更是頻頻來電，詢問是否有黑色款；斯爾吉福要加單、Matches要多幾件，每個人都想買！

一般來說，出貨二周後，就可以分辨新一季的設計是否成功。儘管是時尚必備單品，有40％的業務量還是建立在店鋪上架後的第一個月，對潮流脈動敏感的顧客，非常了解當下什麼是流行的。他們會主動在到貨時就立刻出手，雜誌、網路的哈燒貨，幾時買得到，他們也瞭如指掌。

大部份的人在一月的前兩個禮拜都呈半昏迷狀態，不然就是想著去健身房甩掉新年假期所累積的肥油。這些時尚新貴的計劃是：春夏的衣櫃該掛上什麼？這些女人會在七、八月炎炎夏日購買皮草，總是想著再瘦三號，可以穿上繫帶涼鞋和迷你裙。

像Jimmy Choo的老闆——塔瑪拉．梅倫（Tamara Mellon）跟皮包設計師恩雅．希德馬區（Anya Hindmarch），都是知名的採購高手。他們知道什麼是每一季真正的精品，所以都會輪流看設計師的新作，從中挑出精華中的精華。他們可以買到Missoni最棒的針織衫、Balenciaga剪裁精細的褲子、展露著麥克昆設計精髓的夾克、Prada最棒的洋裝，最終再將這些好貨搭配披掛上陣，這就是她們每一季的經典造型。其他像潔米瑪．柯寒（Jemima Khan）則對某些設計師情有獨鍾，只選他們每季新作中的最佳單品下單。

而俄國人則是傾向大量購買，他們會走進店裡像裝麻袋一樣狂塞，只為穿那麼一次。就像那張詭異的照片妲妮拉．韋斯布魯克（Daniella Westbrook，英國電視連續劇女演員）跟她的小孩，從頭到腳一身Burberry格子裝。有些名人會一口氣花五千英鎊買我的作品，只為了一次私人訪問所需。

這是些我不想私下見面的客戶種類：有五個俄羅斯的客戶總是在秀展開始前後，瀏覽過每一款設計。在貨物到達店鋪上架之前，他們會預先下單。那真是揪心肝程度的無聊接單過程，你要僵硬地微笑，對他們難以理解的俄國笑話歇斯底里地狂笑等等，不過幸好一切都值得。

因為沒有自己的店，所以只能在私人小店託售，以省去店鋪抽成。諷刺的是，一些錢多到不知道該怎麼花的人，卻總是能拿到有折扣的衣服。而我在店鋪的價格是零售價的八折，這似乎沒什麼天理！富有的人不付出就有便宜可揀，我們卻得縮衣節食，人生充滿著許許多多不公平的事。

瑪丹娜每個月都會從愛迪達免費拿到一大箱當季的運動衣，但她是少數真正會穿上這些衣服的被贊助者，娜姐一向以精打細算出名的，免費的不穿白不穿，這也不奇怪。

最後，我們還是為少數的時尚菁英提供服務，他們深切了解，一旦新貨上市四周還沒被炒熱，那非買不可的誘惑力就失效了。大部分的設計師都傾全力不斷創作，只為了討好那些潮流激進份子。甚至在上一季還沒結束，便提前推出早春初夏新品來發表，祈求銷售曲線可以達到均等的情勢。

如果能讓消費者一年平均地採購新衣，而不是只集中在一月或是七月——春夏或是秋冬新品上市時。當秋冬商品進貨，你的現金週轉會好很多。亞歷山大和我經常討論是否該推出旅行系列，或是早春初夏秋分之類的新路線。

我們有我們的顧慮，那是另外一個不同的世界。你的設計是滿足完全另類的一群人，加上可能面臨的創意枯竭，因此必須先完成每年固定兩次的設計之後，才有精力再去想這些複雜的問題。

部分設計師會有自己所屬的品牌團隊，也有其他像卡爾．拉格斐之於Chanel，加里安諾之於Dior，或威廉森之於Pucci之類，一年要推出八次設計作品的設計師。

我知道自己道行不夠，難怪設計往往會顯得多餘，或是有灌水的嫌疑，這樣用腦過度，只為討好那些越來越貪得無厭的小眾，或許我該問問自己：這樣的循環何時休？

曾有人說新裝發表會是多餘的，早春初夏秋分之類的新路線作品，往往連展都沒展就進了通路。雖然有些美國人去年夏天打破模式辦了早秋發表會，但通常是沒上伸展台就開始賣了，這顯示出辦秀的動機和成效不彰。首先，聯絡在匈牙利的生產線之前，台上的設計已經被仿冒成街頭時尚了；再說，在設計作品正式問市前，網路和style.com還有流行周刊已經對新裝發表會做出裁決。甚至比《Vogue》跟《Harpers》都還要早。所以當衣服成品上架時，已經顯得過氣了。其次，每月集錦如何勝過每周薈萃，還有瞬息萬變的網路，我真的不知道。每個月針對我們三周前已看過，還有滿街都是的造型作評論，意義其實已經不大。我知道評論家可能會說：他們的看法更深入、更勝一籌——但，誰在乎呢？

FENDI 2012 春夏系列 綠色 B. Fab 包

第三，如果找個名人代言可以有同樣

效果，為什麼要大費周章辦秀展？直接把名人送上紅地毯，不是省事多了嗎？設計一件靚衫，讓它大量曝光，好好撈一票。這已經不是創造一個造型、挑戰輿論跨越邊界、開發無窮創意，而是妮可．基嫚會穿嗎？帕麗斯．希爾頓會穿我的衣服剪綵嗎？誰在意style.com的評語，沒人有耐心等《Vogue》出刊，原來我們才是造成流行周期越來越短的始作俑者，這是多麼讓人頹喪的情況啊！

我窩在辦公桌前一邊思考時尚產業的終點，一邊試著想一件裙子的設計。崔西進來了。

「早安。」她說：「有幾個人在樓下等著妳，說想借件禮服好在舞台劇首演時穿。」

「舞台劇？」

「別懷疑，」她皺起鼻子，嚼著口香糖：「現在誰看那個！除了男同性戀還有誰？」

「我媽。」我沒好氣的說。

「凱西叫她來的。」她立刻轉移話題。

凱西最近盡幹這種事。自從凡妮莎得獎炒紅那件白色夢露裝，她一直認為我欠了她一個大人情，於是不斷地把她的客戶送到我這兒來，也不管這些人的知名度如何。而舞台劇演員我有點怕……。因為，沒人認識她們。或許她們在戲劇界是個大紅人，在全世界有極佳的票房紀錄，不過她們不會登上流行雜誌封面，連「最糟穿著人士」的入圍機會都沒有。

這是她本周送來的第三位舞台劇演員。

不要陷害我吧！我是不介意幫女人設計衣服，問題是她們常有扣分的身材。坦白說部分凱西的客戶，對時尚產業來說真的過胖了。這就是我的痛處，倘若她們有名模的身材，可以塞進任何一件樣衣，那問題不大。但若是大尺碼如12或14號，那我就要失血了。

凱西以為我可以隨便拿件庫存當晚禮服出借。她錯了！衣服一旦被穿過，就不能賣了。沒人會真的想花錢買一件二手衣的，就算借用的人再三保證會顧好衣服，歸還時多少還是有煙味、香水味。而我又能怎樣？

「她看起來幾號？」

「我不確定：10號？她穿了一件厚重的大衣。」

這位上樓來的女演員有著絕佳的氣質，大約三十出頭，在東區（West End）的劇院主演湯姆．史都帕（Tom Stoppard）的戲，應該是在她個人演藝事業的巔峰，一臉春風得意的樣子。真可惜，她不是那麼知名的女星，但她的體型並非如崔西目測那樣，這讓我有點難做人了。

經過簡單的客套話和介紹之後，我們一起下樓到樣品展示間去。我站在角落，看她一件件翻著那些根本穿不下的禮服。

她熱情地告訴我，她有多麼欣賞我的設計，還有對凡妮莎．泰特穿的那件禮服是多麼地喜愛。我禮貌性的點點頭、微笑等她開口說出要借禮服的請求，大概是怕受窘吧，她始終沒提出來。出於同情心，我建議借她那件我穿去時尚獎晚會的寬鬆黑色禮服。

「那件有修飾體形的效果。」我請崔西去亞歷山大辦公室的衣架上找出來：「不過那是上一季的了。」

「沒關係。」她羞紅了臉。

我覺得有點對不起她。沒有比面對一整個衣架穿不下的衣服，更讓女人覺得難受的了。急得一身汗卻沒半件合身的，那是每個女人的夢魘。在五分鐘喘息加一陣陣深呼吸之後，她穿著那件黑色禮服走進辦公室。那風格還蠻適合她的。

「妳在嗎？」亞歷山大在樓下叫著。

「是的。」

「妳不會相信有多少時尚評論家講到那件首映禮服……。」他一路講著上樓，直到進入辦公室「哦，嗨！我的天！妳是蜜雪兒．亞當斯（Michelle Adams）嗎？」

「我是。」那女演員微笑。

「天哪！我愛死妳的戲了。妳知道蜜雪兒拿過兩次奧利佛獎（Olivier Awards）嗎？」他對我說：「還有兩次《標準晚報》（Evening Standard）戲劇獎。你現在該是在忙湯姆．史都帕的新戲碼吧！」

「沒錯。」

「那可真是一票難求。」

「是嗎？」我問。

「當然，妳打算穿我們的衣服？」

「是的。」

「酷啊！」他對我眨眼：「今晚是首映，妳鐵定會出現在明天的各大報紙上。卡司真的很堅強：妳、裘德．洛、還有《六人行》（Friends）的演員？」

「對。」

「太棒了。貨物也差不多該從日本運回來了。」亞歷山大喃喃地說。

12 魅惑之源——香水

亞歷山大有點志得意滿。不只是他預測到我們會從蜜雪兒・亞當斯（Michelle Adams），以及有一大半《六人行》（Friends）演員眾星群集的首映會，得到大篇幅的報導，他還認為，對於我們最近頻繁的見報率，應該採取一些應變措施。

有人說那樣次數的曝光，是花錢也買不到的。不過那並非事實，有一個心照不宣的祕密，就是——八卦雜誌的確接受廣告商花錢買報導。

雜誌的行政部門主管日理萬機，工作內容之一就是要確認廣告商有足夠份量的報導。如果不夠，廣告商不只會打電話來抱怨，他們還會被威脅著要抽掉價值五十萬英鎊的香水廣告。

我有個少女雜誌編輯朋友曾說，她上班的第一個星期，就接到好幾個名牌設計師的助理電話，不約而同提到X先生不太滿意，他在雜誌上沒有看到他的衣服照片等等。她只記得當時自己嚇傻了，一直道歉，不了解這些客訴電話的意義，直到她向上呈報給時尚總監……。

部份設計師品牌公司會雇用專門計算雜誌專欄報導的人員，像是算文章照片的尺寸及篇數等等，壓力之大難以想像。所以當編輯準備攝影取景時，會發現衣架被放上新衣服，原本白色的Viktor and Rolf襯衫，被換成MaxMara或Versace或Armani；Vivienne Westwood的黑色褲子也換成某個廣告商的商品，那可不是什麼絲質高級品，而是毫不起眼、根本無法吸引人注意的爛貨。

反正黑褲子拍起來還不都一樣。所以一些雜誌開始對這類的宣傳報導大幅開放，只求付他們薪水的人開心就好，下回看到衣服是Dries Van Noten、香水是Chanel，你就會明瞭了。美國版《Vogue》只在封面做廣告，有許多雜誌隨之跟進，獨立設計師在這樣競爭的環境中奮戰不懈，在這裡，你的設計剪裁比不上背後金援是否充足來得重要。

所以可以了解，坐著看《標準晚報》，發現無能的泰德．尼可斯可能被古馳集團買下，我會有多麼焦慮不安了。光是看到他那醜不拉嘰的衣服在《Vogue》封面上，由東山再起的凱特嘛嘴秀出來，相信會讓不少人考慮要轉換跑道作服裝設計師。

「你看到了？」我問剛走出辦公室的亞歷山大。

「我知道。」他一點也不氣惱的樣子，「祝他幸福。」

「我不認為你是真心的。」

「好，叫他去吃屎吧！」他聳肩：「至少他不可能有香水廣告的契約。」

「什麼？」我把報紙撇下：「你談成了？」

「可能，最近我們的報導有點幫助。」

亞歷山大最近這六個月頻頻和香水廠商有所接觸，我們並不期望有任何後續動作。他一直寫信給美國的廠商告知我們的表現成績，還有提供相對的服務等等，他顯然開始接到回音。如果他們願意跟我們談合作案，或許這是我們從事的另外一個路線，可以帶領我們走上全球名牌之路。香水產業一年少說也有上億的市場。

雖然這市場一向被五、六家大公司壟斷：包括雅詩蘭黛（Estee Lauser）和萊雅（L'oreal）。亞歷山大集中火力直攻蔻堤（Coty）——這家一年有超過兩億一千萬營業額的公司，其中72%是香水、芳香劑之類的產品。同時還授權製造Marc Jacobs、Jil Sander、Calvin Klein、Vera Wang、Davidoff、Jennifer Lopez和Sarah Jessica Parker等名牌香水。

以全球銷售營業額來說，香水是時尚產品中的金雞母。如果把流行產業的大餅分開：有10%是服飾，25%是配件類，28%就是香水；路線對了，你將賺翻；反之，你就賠慘了。這是風險極高的生意。一年中，八個問市新品就有七個乏人問津，香水產業有種無人知曉的神奇煉金術。對香水來說，產品的命名對銷售影響大概佔70%，不像服飾品牌頂多佔50%。這也解釋了市面上藝人出的香水，絕大部份是依著自己的形象名氣而來：如小甜甜布蘭妮（Britney）的幻多奇女香（Fantasy）、莎拉・潔西卡・派克（Sarah Jessica Parker）的慾望城市女香水（Lovely）、仙妮亞・唐恩（Shania Twain）的仙妮亞香水（Shania）還有即將在百貨公司上架的艾倫・康寧（Alan Cumming）的康寧（Cumming）香水。

除了名人形象之外，決定銷量的還有背後金主的財力。所屬的企業越有力，越有可能砸重金在百貨公司取得貨架的好位置。

走過斯爾福吉、哈洛斯、夏菲尼高的專櫃，每家擺設裝潢都是精心設計過的。商品的陳列位置也都各有學問，Ralph Lauren、Chanel的展示品都不是隨便放的。最棒的高度當然是視線所及的位置，所以如果可以得到蔻堤這樣大的公司授權，那麼一定可以放在店裡最為明顯的地方。所有的香水幾乎都以組合方式販賣，通路要進貨，必須連帶搭配較差的單品一起買進，這就是企業的行銷方式，以確保貨架上有種類充足的商品。

「蔻堤回覆我們了？有錢賺了？」我問。

亞歷山大解釋：並不是蔻堤回我們電話，而是另外一家較小的公司威斯特（West）跟他聯絡，表示想和我們會面，並說他們一般會讓我們抽百分之八至十二掛名的權利金。聽起來少得可憐。打我們的品牌等於是將我們的脖子架在斷頭台上。

他坐下來解釋：「事實跟你想的有點出入，他們要負責研發香水配方、包裝行銷、再鋪貨。這風險很大！我們只不過是新品上市時出席一下，作作樣子聞一聞，說我們有多愛這味道，僅此而已。」

「你現在是這樣解釋，但這明明是把我們的名聲賤賣出去。」

聽起來這是我們踏入時尚名品界的首度出擊，去年曾經出現我們想嘗試美容沙龍保養品路線的風聲，那類商品就是當你完全想不出該送什麼給女性友人當生日禮物時，就會去買一組的東西。那個案子現在則完全消聲匿跡，他們說我們的知名度不夠，我當時竟然覺得他們說的很有道理。

但是十二個月之後，這些事情應該會有所不同，凡妮莎的禮服應該在幫我們加分了。

威斯特說他們不承諾任何事，他們目前正打算拓寬英國市場，著眼在年輕化新鮮的品牌，先簽約再努力打響市場。

我知道我們正摩拳擦掌，蓄勢待發，不過離準備好、知名、有吸引力，真的還有段距離。

但這些人是認真的。對於花錢也是，既然他們打算要跟我們碰面，我也會去試試手氣，該丟下手邊的一切，搭上歐洲之星直奔而去。

所以兩天後，我們坐在黑色賓士轎車裡：旁邊是即將載我們前往巴黎市郊工業區的薇若妮卡——優雅而嬌小的專業女性，她繫著安全帶右手操持著方向盤，跟我們侃侃而談。她一頭棕髮吹得僵直有型，眉毛拔的乾淨整齊，亮紅的唇膏顯得摩登而幹練。

「我們真的太幸運，今天可以跟賽維爾（Xavier）見到面。他的鼻子靈得不得了，他們家族的成員都是，他父親是發明Dior經典的毒藥香水（Poision）的人！」

「真的嗎？我整個少女時期都用毒藥，帶著那味道在男孩們的枕頭上打滾。我總覺得那味道很老成。」

「那就解釋了為什麼妳到現在還是單身的原因，」亞歷山大說：「我認為那味道跟廁所芳香劑沒啥兩樣。」

他今天因為睡眠不足，火氣超大。亞歷山大通常要睡足八小時，才有精神組織思考。我們既然搭早上六點半的快車趕到這裡，現在肯定頭昏腦脹，滿口粗話。

「我們這裡有很多英國客戶，我一個同學接待過薇薇安．魏斯伍德。」

「真的？假的？」他差不多開始發作了。

「她人好嗎？」我試著控制情況。

「不錯。她說希望香水聞起來像她剛洗過的屁股。」

「你說什麼？」亞歷山大現在可清醒了。

「屁股！我說錯了嗎？我的英文不夠好，還是下體？」她眼神朝自己的胯下望去。

「我們懂妳的意思。」亞歷山大露齒微笑。

「那可是個問題，大部份的聞香師都是男同性戀，他們一生中從沒聞過那個味道。」她轉頭向前繼續開著車，車內持續靜默了一會兒；我們開過一整排白色建築像是這鄉間的著名標的物，被一層層的花圃圍繞其中，就像是實驗室之類的地方。這兒在六、七月必定是百花盛開，庭園飄香。

「快到了，再三分鐘左右。」

車子在白色房子當中的其中一棟停下來，有四個穿白色實驗服的人站著迎接我們。他們分別是經理菲力普、助理珍．法蘭斯瓦（Jean Fransois）、負責公共事務的亞蘭（Alain）；賽維爾又高又帥，一頭灰髮，有著尖挺的鼻子，外形精美毫無瑕疵，修齊磨光的指甲，光潔的皮鞋，一絲不苟的臉上沒有半點鬍渣。亞歷山大露出見獵心喜的神情，但賽維爾的眼神卻直接越過他。

菲力普個頭不高，氣色紅潤，顯然剛剛享用過午餐。他帶領我們飛快地走過長廊，來到一間外觀冷僻死板的會客室。裡頭有張白色大圓桌、幾把現代感的松木椅，還有一大片落地窗，我們圍著圓桌依次坐下。亞歷山大跟我蠢得坐在面對窗台的位置上，此刻正是無雲的午后，刺眼的陽光對著我們直直射過來。

菲力普搓搓他那肥短的手，開了口：「呃！兩位的意見請提出來。」

我眯著眼，亞歷山大把黑色卷宗打開：拿出我的設計圖、彩頁目錄、雜誌的報導、照片、還有護貝的凡妮莎．泰特上的雜誌封面，蜜雪兒．亞當斯的首映會照片，一一放在桌上。所有的男人，還有薇若妮卡俯視那些資料，他們仔細檢視過一頁頁的剪報，開始用法語低聲交談起來。他們看來沒有半點感想，這一切顯得太不專業。今天是白來了！我們根本沒有經驗，水準也不夠，使得會議氣氛變得有點可笑，我跟亞歷山大互望著，感覺我們像一對白痴。

「很有趣，」菲力普說：「妳的香水定位是想吸引怎樣的女人呢？」

「噢。」我說：「我想要外型比較顯眼的。」

「不是吧？」

「噢。」我又說：「比較有女人味的。」

他點頭。

「強壯？」

他又點頭。

「知道自己在作什麼。」

「對自己充滿自信。」亞歷山大忍不住插嘴：「主導一切，有自己的事業。」

「嗯，嗯。」菲力普敲著桌面，珍起身按下牆上的開關，窗簾嘩一聲地自動拉上。圓桌中央升起一台投影機，「這是我們有興趣的路線。」牆面一張又一張精心設計的圖表照片，菲力普解釋他們想的是十六到二十四歲的市場：妙齡女郎穿著涼爽的細肩帶裙裝，計劃著跟朋友去西班牙或希臘渡假。

我們呆坐著，我感覺自己的品牌形象一點一滴地被侵蝕掉。他們完全不認識我們！不過這很合理，我們是個新興的小品牌，顯然不是他們要的顧客群。亞歷山大開始在筆記本上沙沙地寫下心得。菲力普說香水市場不是那麼容易打進去，去年的營業額有百分之十七至二十的衰退，目前的政策應該要穩紮穩打。

「還是可以朝吸引熟女市場的香水路線走，不過市場調查顯示清淡宜人的花香調比較受歡迎，味道濃重的香水銷量有限。根據國別對香味的調性喜好也不同。」他繼續說明：「法國人喜歡濃郁點的味道，英國人偏愛花香草香。所以Calvin Klein全世界都暢銷，在法國卻連前三十名都搆不著。所以屬於你們的香水，我們認為除了花香、還是花香。」

我們被引領著進入實驗室試聞一些味道，這裡就是賽維爾先生的領域了。房間的另外一頭，有張長桌上擺放許多小藥罐和一堆瓶瓶罐罐的精油，整齊陳列著透明、深紫或金色的瓶子，上面標示著相對的密度、濃度和劑量。有些看起來就比較稀少而昂貴，也有些似乎是放著充數的，上面只標示著數字。

賽維爾先生在層架與一邊的小桌子間來回走動，小桌上有許多白色紙片，紙頭上是個凹面。

「玫瑰，加入以紫羅蘭為基底的香水。」他邊說邊動作著，「噴一下，等五秒，聞！」我們拿著紙片深深吸了一口，然後我們兩個都猛烈的咳起來！這的確是紫羅蘭沒錯，這要命的甜香讓我聯想到祖母衣櫃裡的味道，嗆得我直想吐！

「這味道是怎麼回事？」

菲力普說：「這在你們國家賣得非常好。」

「賣給誰啊？」

「年輕女孩，這是市調的結果。」

「可以直接跳到東方調，多一點溫暖的感覺。」賽維爾先生現身帶著一股辛辣的味道：「那是琥珀。」

我們感到莫名的興奮，那是種神秘又好玩的感覺，或許是因為隱約知道這交易是沒指望了，所以反而放下公事羈絆，開始享受各式各樣的香味。賽維爾先生也樂在其中。我愛琥珀、茉莉還有蓮花的味道，但那根本不是我們的客層消費得起的。

「兩位，我們不急著作決定。或許我們會再打電話給你們。一旦決定好了的話，將會有更多的會議和至少三個月的測試。」

我聞著紙片說：「所以我們還有一起研究的機會？」

「當然！我們都樂見這合作案的成功。」

我不認為情況會是他說的這樣。我們是小公司，嘗試向前邁一大步，推出自己品牌的香水，但今天看來，顯然不是時候。有些小公司雖然也推出香水，不過比起我們——他們的品牌定位更明確，Anna Sui和Carolina Herrera都是個例證。還有Viktor & Rolf跟萊雅的合作案Flower Bomb應該會成功。我相信總有一天也會輪到我們。

在往巴黎北站的路上，亞歷山大心情好不起來，不只因為這香水合作案顯然是在浪費時間，還有賽維爾先生拒絕給他電話號碼。他一向是只要用點心思手段就可以輕易得手的，告別時他故意跟賽維爾先生交換名片，但後者不但婉拒他的要求，連眼神都沒有交集。

「我想今天的會面很成功。」薇若妮卡邊開車說著。

這女人的公關手段真高，她難道沒注意到大家意興闌珊：「下一步是包裝。」或許她根本沒用心在會議上：「我們可以提出幾個關於香水瓶和外包裝的設計點子，然後再一起討論出個結果來。」

「是啊。」我敷衍地說。

「我們不會用那些賣不掉的包裝。我記得有個設計師堅持要金字塔的外盒，那個點子很糟，因為在中東市場沒人要買，偏偏那裡是香水銷量最大的地區。我們共花了八萬英鎊在這個案子上。」

「那數目很可觀。」

「如果一切按部就班，其實不算多。」她笑：「你知道香水一瓶成本不過才三十五便士（一英鎊等於一百新便士）。」

「我知道香奈兒五號（Chanel No.5）一瓶成本五十五便士，還包括精美外裝盒；零售價卻賣到七十五英鎊的天價！」我附議。

「難怪他們付得起妮可拍那天價的廣告。」亞歷山大開始加入我們的話題。

「喔，沒錯。是一千萬英鎊吧！」薇若妮卡問：「那是誰拍的？」

「貝茲．盧賀曼（**Baz Luhrmann**，澳洲導演，知名作品有電影《舞國英雄》和《紅磨坊》等）。他的作品真的稱得上是經典之作。」亞歷山大說著：「『我愛跳舞！』」他裝了一個妮可在廣告片裡的嬌艷模樣。

「她還有三年免費使用的契約，但我看她幾乎連個鼻子都皺不好！（妮可飾演《神仙家庭》裡靠著動動鼻子變魔法的仙女珊曼莎。）」

「對了！卡爾．拉格斐怎麼樣，他還是叱吒風雲的角色嗎？」

「他瘦得太多！」她一邊開車。

「那多娜泰拉．凡賽斯（Donatella Versace）呢？」

「她怎樣？」

「我聽說她只穿垂到腳踝的衣物，因為她沒腳踝。」亞歷山大試著求證一些流言。

「她有大象般的腳踝。」我們的司機頭也不回的說。

「那早就動過刀啦！她可等不到哪天看著自己腳說：『哇！我穿著一雙狗狗拖鞋呢！』」亞歷山大唱戲般的誇大表情。

他們兩個忽然爆笑出來。亞歷山大在後座拍了拍薇若妮卡的肩膀，那是表示他喜歡你的動作之一。

「你們知道有個設計師故意要他的香水聞起來像麵包味？」

「像麵包店故意讓味道飄出來引誘客人那麼香嗎？」

「對。」

「你們可以想像如果一整天沒吃飯，然後一個聞起來像剛出爐麵包的人，在你身邊走動嗎？那香水根本賣不掉。」

「那麼香水市場現在都流行些什麼呢？」我問。

她解釋：「現在資金都投資那些可以幫舊品牌轉型的新商品上，這些人稱為側衛（Flankers）。我們會看到新推出的香水像Marc Jacobs Light、YSL Summer或是Fahrenheit Blue，還有湯姆．福特幫Estee Lauder做的『青春之露』（Youth Dew）。」

「我以為他正在拍電影呢！」亞歷山大嗤之以鼻。

「我這裡有樣品。」

她在前座的一大疊文件中抽出一張金色硬紙，上面有金色字體。她念著：「現在你的感知與肌膚都受到湯姆·福特的影響。」

「什麼跟什麼啊！」

「我不確定。不過他創造的『青春之露』，現在稱為Youth Dew Amber Nude，我其實不是很懂，我想這契約他應該沒有收到什麼大數字。」

我與亞歷山大跟可愛的薇若妮卡道別，坐上歐洲之星往回家的路上，這回我們坐的是頭等車廂。

「妳覺得今天怎樣？」我們手上都拿著一大杯酒，亞歷山大問我。

「跟期望有點落差。我想他們視我們為廉價的品牌。」

「我懂。顯然他們對我們沒意思，或許因為我們只是小公司，去他們的！拿那什麼鬼味道給我們聞，臭斃了！難怪妳跟我一向都去買特製的香水，我們不希望聞起來像廁所，或是跟其他人一樣。你上次買名牌香水是什麼時候？」

「我不記得了。」我老實說。

「我猜是十七歲，香水是給普羅大眾用的；而我們——說真的對這市場一竅不通。」

「我同意。」

「不過實在太好賺了，給個三年品牌授權讓他們去行銷、去炒熱市場。如果做不好我們還可以收回來。所以做的好會是雙贏局面；做不好我們還可以換個名字重新包裝。或許找湯姆．福特來幫忙寫文案？」

「或許明年再說吧！」

「再過一年！」他說。

「再過兩年吧！」

我們舉杯互敬，一飲而盡。

13 病態的模特兒生涯

亞歷山大和我回來之後，心志更加堅定。喝完三瓶酒之後，我們達成了共識：進軍香水市場只是時間點的問題，當時機成熟，只要我們還可以決定包裝和廣告模式的話，我們會毫不猶豫的賣出品牌權利金。

結論其實是——就算在味道的選擇上我們會挑選與Stella或Marc Jacob Light相近，而不是香奈兒五號，但是只要可以造成搶購一空，誰管它味道聞起來像廁所還是更衣室。

崔西很驚訝，當我們跟她分享心得的時候，她那豪斯頓（Hoxton）人的特質立刻浮現了：「你們打算讓自己的品牌貼在一個你們根本不喜歡的商品上？」

「如果事情演變成那樣的話。我絕對不會這麼做！我道德感太強了！」崔西說。

「能賺錢，誰還會顧什麼禮義廉恥？」亞歷山大說著。

「我們只是沒把道德放在第一順位。」我補充。

「我不知道你們怎麼做得到？」崔西搖頭：「那合乎妳的原則？」

我笑：「當妳哪天也擁有自己的品牌，你就會知道了！」

「我絕不濫賣自己的名聲！我不為謀利，也不走商業化。」她義正詞嚴的說著。

「我喜歡妳這件褲子，哪買的？」我轉個話題，她穿著一條及膝的七分褲。

「一個朋友的，他是實習設計師。」

「多少一件？」

「七十五鎊。」

「喔？」

「如果不是為了參加派對，我不會穿它。」

我來到三樓工作室，多蘿塔和其他人正努力地工作著。再三周就要發表新一季的設計，我們都感受到壓力逐步逼近，麗迪雅下午會和咪咪來一趟。我們會討論試衣和造型等等細節，一切都還未就緒。

工作室裡充滿煙味、咖啡和零食。收音機的音樂震耳欲聾的播放著，沒有人在交談，時間越接近發表會，你越不容易聽到樓梯間有人在閒聊。多蘿塔正在天藍色絲質襯衫上壓荷葉邊，我的設計構想來自於去年Balenciaga春夏季的款式，其中有我喜歡的盛裝氣質，還有三件條紋夾克外套掛在衣架上，其中有著亮粉紅色的絲質內襯在條紋間襯著格子花，那是我很滿意的一件，帶著顛覆的創意。

「這件不錯，」我對多蘿塔說。

「你可知道車縫時要對準這些格紋是會搞死人的，我最起碼重車了二、三次。」

在工作室有個不成文的規定：「這一季的設計必須是到目前為止製作難度最高的才行。」

每次新一季作品在趕工時，她們都會這麼想。然而我們這次真的是緊張到一個令人恐慌的地步，除了必須日夜加班以外，我也自波蘭緊急調度一群女工來幫忙。一天工作十八個小時，她們能領到一小時十八鎊的工資，一直做到服裝秀開幕前的最後一分鐘，即使今年我們是在紐約舉辦也一樣。

我很擔心是否可以在紐約借到工作室，或是我們必須在飯店房間、還是某個通風良好的倉庫做秀服的最後修改。我聽過一個感人的故事，就是亞瑟汀．艾拉（Azzedine Alaia）在薇薇安．魏斯伍德第一次到巴黎辦發表會時借出了他的工作室。他真夠善良慈悲！最慌亂的倒數計時，修改衣服是最容易出錯的環節，他真的幫了她一個大忙。他甚至招待她們一頓豐盛的摩洛哥菜，凱莉・米洛（Kylie Minogue）剛好去試裝，也加入了她們。當秀展結束，這兩位設計師召集各自的設計助理群一起交流，大家一起討論有關設計創意和行銷方式等等課題。而薇薇安與艾拉也和對方的人員，分享自己從素描款式到裁剪縫製這一長串流程，是如何進行最後的設計定案。

這一切都充滿著善意，而薇薇安還邀請艾拉一起公開謝幕，雖然後者禮貌地婉拒了她的好意；艾拉自九〇年代就不參與服裝秀的事務，或許因為他太矮小——身高差不多四呎十一吋。不過最後艾拉還是借出他的愛犬——帕塔夫代替他走秀，於是薇薇安跟狗狗一起走過伸展台。這個舉動讓全巴黎都知道他認同她的設計，然而我卻不認為麥可．寇爾還是馬可．賈考伯斯會對我做出同樣的義舉。

我開始不安，那一定得想辦法解決。但我卻不能丟下這做到一半的工作飛到紐約去。我也明白我沒有餘暇去查看馬可．賈考伯斯或羅蘭（Roland Mouret）的最新作品發表會，來確定自己的設計沒有偏離主線。對沈重的工作量我有點無法負荷，可能要多找一些通宵的工作者來協助，我們有鈕扣要上、洋裝要縫合、襯衫要修改，還有至少三件外套要勾勒出輪廓，光想這些我的心臟就快要麻痺了。

我想想還是早點離開工作室，好讓多蘿塔和我的日本打版師東尼可以專心工作。她們必須把格子裙的輪廓呈現出最完美的線條來，我一下樓就聽見亞歷山大辦公室裡傳出笑聲。

「嗨。」當我走進去，他一手煙一手拿鐵咖啡。兩腳放在前面的玻璃桌上。坐在他對面兩張皮質扶手椅上的是基佬派（Gay）中的兩員：尼克跟派屈克。

「早安！」尼克對我眨眼睛，穿著花襯衫跟Dries Van Noten的外套，他頭髮服貼，嘴邊無髭，充滿令人莞爾的前衛風格。謠傳說Prada因為發現短少許多商品，還寄發票到他公寓去。不過，他顯然還沒學到教訓。

「嗨！」派屈克說：「妳變瘦了？」

每一次我見到他，總會被問到這個問題，而我的回答也都是千篇一律：

「我沒有。」

大概我在他印象中是個胖妞，也有可能是有人教他，要討好女人要以問候對方身材為發語詞，這樣一來就可以無往不利了。

「你聽到那個八卦嗎？」

「那個？」

「安娜・溫杜爾要來倫敦時尚周！」尼克露齒笑著說，他屁股坐在椅墊邊緣。

「就在我們決定去紐約的時候？」我叫。

「妳們要去紐約？」他的聲音忽然提高了八度。

「不會吧？」派屈克拉拉他亂翹的頭髮，再拉拉他那穿了少說十個洞的右耳。

「我們要在紐約辦秀。」

「妳該通知媒體。」尼克建議。

「你不就是媒體代表嗎？」我望著他。

「我是說，妳該做點什麼！」

「像是什麼？」

「辦個餐會之類的，」他建議：「知會他們，讓他們關心這件事，如果你一意孤行、我行我素，他們對你可沒什麼好話說，去紐約等於宣示你厭惡倫敦時尚周。」

「我的確厭惡！」

「我曉得。」他翻了個白眼。

「他們也差不多。但妳要做的是，讓他們站在妳這邊，陪妳一同去紐約探險。」

「這主意棒極了！」亞歷山大說。

「現在誰不舉辦這種公關式的聚餐？目的就是讓大家變成時尚家庭的一份子。」

「這很假耶！」派屈克打了個冷顫：「我跟我家人都沒話說了，我對加入其他家庭更是沒興趣。」

「妳在紐約哪裡辦秀？」尼克問。

「我們會搭帳棚，在布揚公園（Bryant Park）。」

「哇塞！那妳會辦慶功宴吧？」

「沒有。」

「有的。」亞歷山大說，當我轉頭看他：「只要我們找到贊助者。」他聳肩。

「這點我可以幫上點忙，」尼克翹起腳：「香檳酒商對於撒錢在時尚活動上大方的很，你聽過酩悅（Moët）香檳贊助馬修·威廉森（Matthew Williamson）的事嗎？」

「嗯，說得好像他已經作古似的，他也不過在這行業待了八年而已。這樣的話，下一個是誰？他媽的泰德·尼可斯？」派屈克說。

「講到他啊……，」尼克被打斷，「我們不想講他，他的名字禁止在這裡被提起！」亞歷山大說。

「喔，對！」他用那磨亮的指甲往我的方向比畫一下，還作了個哭臉：「你們知道他被Gucci買下了吧？」

「不！」亞歷山大叫。

「Shit！不會吧？」派屈克也叫。

我噁心得說不出話來。

「幾時的事？」亞歷山大問。

「昨晚開始，」尼克回答：「我有個朋友昨天在酒吧遇到他，他們從中午開始喝，喝得醉醺醺的。」

我在亞歷山大的桌子上跌坐下來：「沒天理！這種好事怎麼會發生在那齷齪的傢伙身上，Gucci到底看上他哪一點！他們已經有夠多的英國設計師了不是嗎？」

「我想也是！」尼克說：「大家傳得沸沸揚揚的，說他頂多待個幾季就會被踢出來，像朱利安．麥克唐納在Givenchy一樣。」

「這不同。他們可沒買下他的公司，再說，也有人說他是自己走的！」

「泰德會搬去米蘭嗎？」

「應該會經常往返，我是沒聽到太多細節。我朋友是說泰德忘形到昏頭，沒跟他說什麼，也可能是自覺是個人物，不願公開說太多私事吧。」

他太過火了吧？我把頭埋進自己的雙手裡，不斷地深呼吸：「我可以要杯酒嗎？」

「誰說到酒了？」那低沈平穩的聲音，除了麗迪雅還會有誰。她一邊上樓一邊說：「不如來哈一管怎麼樣？哈囉！男孩們。你們不會相信，我昨天幫一個知名的化妝品公司在紐約拍照，所有模特兒規定要十一點到。一大早十一點？妳相信嗎？而且是攝影師的助理幫大夥訂的時間；有沒有搞錯？真是的！雖然美髮師包包裡可能有點什麼醒酒的藥，就是一堆髮捲啦、夾子啦之外的總還有點什麼吧，要像古柯鹼之類的東西，我的天，一大早十一點！上那裡找得到人？」

「現在應該沒有人還在吸那玩意兒了吧？」尼克說。

「是嗎？我真落伍，在這行居然啥都不知道。」

「海洛因貴爆了！而且還會讓皮膚變得跟上臘一樣。如果妳在化妝品公司工作，手頭還有點錢，說不定還可以宅配到家，不必經藥頭多抽一手。我有個朋友最近在辦秀，有一個女模拒絕跟個男模並肩搭配成新人上伸展台，她自認為自己是個明星，不願意光芒被別人遮蓋。經過討論之後，設計師同意由她自己上場。後來輪到她上台，她穿著新娘禮服像個傻子般杵在那裡等著新郎，等她衝進後台大吼大叫問說：那男模死到那裡去了？才知道原來彩排完之後她嗑了藥，根本完全忘記事前講好要她自己上場的事了。」

「所以我要喝酒，沒人有異議吧？」我低聲說：「我不認為我可以裝做什麼都沒聽到。來瓶伏特加，好讓我忘掉泰德跟Gucci之間的關聯！」

「伏特加？馬上來！」他在玻璃桌下的胡桃木抽屜裡拿出半瓶思美洛（Smirnoff）威士忌：「大概還有三分之一，拿去！」

「真不敢相信！」我接過那微溫的酒。

「那是他的狗屎運。就這樣。」亞歷山大聳聳肩，在場的每個人都點頭，彷彿這是極稀鬆平常的事：「喝個幾杯，加幾顆鎮定劑，妳又會活過來了。」

我打開瓶蓋，仰頭灌了兩大口。我可以感覺辛辣的酒精入喉微嗆的感覺，喉頭和胸口一股熱流直下胃部，一陣咳嗽，我的眼淚奪眶而出。

「好點了嗎？」

「好多了。」我清了清喉嚨：「抱歉，各位，我先退場了，還有活兒要幹呢！」

「別想太多，」派屈克說：「他得意不了多久。」

「你們是在討論泰德．尼可斯被Gucci買下的新聞嗎？」麗迪雅跟我回到我的辦公室。

「這話題已經結束了。」我沒好氣地說。

「昨天在攝影棚的每個人都知道了，也都認為如此。」

「他們是怎麼知道這件事的？」我問。

「時尚產業界是沒有祕密的。」

「拍照的情況還好嗎？」

「唉，妳知道，」我們走近衣架面對那一長排下午要試的衣服：「整個攝影棚裡堆滿食物：早餐、早午餐、午餐、下午茶，還有幾個披薩剛送來，沒半個人動。大麻十一點送來，酒十一點才開。我當下想的是：這些花在買煙、酒、食物的錢，如果全都進到我的銀行帳戶，真不知該有多好呢。」

「是啊。」

「最棒的事是拍完後他們辦了個派對，我是從來不去的，但就像是個慣例，攝影師會在酒酣耳熱間批評模特兒。這次倒詭異了，所有攝影師都一言不發，靜靜坐成一排喝香檳，沈默得恐怖，原來是他們藥嗑太多了。我趕緊殺回飯店，點了一堆東西來吃。」

「妳在紐約不是買了房子？」

「有是有，不過脫手了，想搬到巴黎置產。別問我為什麼。」

「啊？」

「只想做點改變，這也是沒有男朋友的好處。」

「這件美呆了！很像四〇年代的風格，我喜歡。」她把那件格紋加粉紅色內裡的合身夾克拿下來。

「聽妳這麼說，真好。」

「應該算妳的作品裡最棒的幾件之一了，我可以穿這一款嗎？」

「當然。我們開始試裝好了，懶得再等咪咪了。」

「OK！」她順勢脫掉V領毛衣和緊身黑長褲，還沒把衣服拿下衣架前，她已經一身赤裸只剩下一件白色底褲和一點也不性感的肉色絲襪。

「很難看吧，這襪子，」她順著我的目光直下到小腿：「沒襪子穿了，不常在家就是這樣。每次回去，家裡只有髒衣服和空空如也的冰箱。」她把裙子穿好拉鏈拉上，「你猜我上星期拿到什麼禮物？一台真空吸塵器！」

「什麼？」

「是真的。」她把外套扣上：「要那個幹嘛？讓狗仔拍到在家裡吸地板嗎？或是要假裝說，名模的生活就是一天要喝十五公升的水，還有穿著Manolo高跟鞋吸地？還有個朋友收到摩托車呢！她馬上就送回去了，不想被拍到自己去考駕照。」

「可以送她男朋友。」

「別傻了！她是模特兒，模特兒是不會有男朋友的。」

樓下大門啪嗒一聲關上，我聽見咪咪上樓來了。她的狗在她腳邊不斷狂叫著，配合她不斷地講著手機，製造惱人的噪音：「我告訴你褲子在哪，在計程車上！而且是往你的方向去……很可靠啦！對、對……掰掰！」

她掛上電話並且嘆了一大口氣：「忙得跟個陀螺似的。喬絲・史東（Joss Stone）的助理一直問那條高腰喇叭褲在哪裡，數不清被問過幾次了。搞了半天才知道那是給背後伴舞穿的。」她在地板上放下手中的四個袋子：「真要命。」她上下打量麗迪雅：「我看上妳這一套。」

「妳喜歡？」

「當然，感覺超像瑪波小姐（Miss Marple）——阿嘉莎・克莉絲蒂（Agatha Christie）推理小說系列的女主角。」

「我也這麼認為。」麗迪雅撫摸一下裙子：「如果流行起來不曉得會是怎樣，妳新一季的主題是什麼？」

我深吸一口氣：「我想是四〇年代的蘇格蘭家庭派對。」

「我想起來了。」她點頭，拿起一件短身亮眼的夾克。

「奢華，帶著頹廢性感，還有死板跟壓抑。這些款式很容易聯想。」

我們三個在接下來的三小時仔細看過整個系列。部份是成品，剩下的只有胚布的版型。每次麗迪雅穿上一件襯衫或褲子，咪咪跟我就站遠遠地仔細審視這樣的搭配組合是否合宜。對於她們兩位的專業眼光，我這深陷其中的設計師，覺得獲益良多。畢竟局外人的想法夠客觀。咪咪建議我把裙子改短以增加整體感，裙子過長看起來就像是沒有性生活的老女人，就算是四〇年代的短裙設計，跟現代過於暴露的性感還是有很大的不同。

我趴在地上嘴上含滿大頭針，在麗迪雅身上修改一件件裙子；咪咪也不時彎腰仔細檢閱車縫與做工，長度跟輪廓。麗迪雅就著全身鏡子不斷打量著自己，任由我在她身上的衣裙左右別上大頭針固定。

「在巴黎走秀，一件件都是爆奶裝。」她說著說著把她小罩杯的胸部，用手擠出乳溝來：「在美國他們倒喜歡激凸，我想我應該可以用『維多莉亞的秘密（Victoria's Secret，內衣品牌）』大賺一筆。」

我幾乎躺在地上，向上仔細看著裙子的長度：「賺多少？」

「不確定。但一定比拍《Vogue》的酬勞多。」

咪咪瞇著眼睛看著麗迪雅的造型說：「大部份的工作都比《Vogue》多。」

「我當然知道，真的很奇妙。有時候我第二天就可以拿到兩百五十英鎊的現金酬勞，《Vogue》還問我是否有意為他們拍攝封面。」

「是喔？」

「他們是以天數計酬，而非以雜誌廣告的頁數來計價，還真是可笑！過六點就可以算是隔日了。難怪模特兒下午三點就開始打呵欠，想拖晚一點多拿一點錢。一天賺四萬英鎊還是會想要多少摳一點。然後七點半拍完剛好趕回家看連續劇，這也太明顯了吧。」

「你一天有四萬塊收入嗎，」咪咪忽然有興趣了，她對金錢特別敏感：「那麼好賺的話，那些女星不賺得更多？」

「妳錯了。拍目錄是最好賺的！外人以為我們喜歡拍雜誌，其實我們最喜歡拍服飾目錄，尤其是香水、珠寶之類的，越是長銷商品越好。品牌形象越悠久，越不會任意更改廣告，越俗不可耐、水準低落的珠寶商，砸的廣告費用也越多。」麗迪雅解釋著。

「我知道那邊有些男人很適合做這個工作。」我用目光指向隔壁的辦公室。

「他們賺不了錢的，」咪咪說：「這是地球上唯一女人可以做得比男人好的工作！」

「那拍成人片怎麼說？」

「除此之外。」

「我總覺得AV女優很可憐。」麗迪雅更換了一個姿勢舒展僵硬的身體：「就算我只有目前的三分之一收入，也不會考慮去拍那種片子。模特兒的賞味期極短，那些娘娘腔的設計師對一張臉孔厭倦的時間，更是短得驚人。而大部份男模都非同性戀者，所以他們不懂其中的蹊蹺。」

「永遠都有來自俄羅斯或波蘭那些更新的男模來取代他們。」咪咪準備跟小迷你玩舌吻。

「大都是一群北英格蘭來的怪異又瘦巴巴的男孩，不然就是南歐來的黝黑大隻佬。不管他們打哪來的，走上這條路就註定了一輩子悲慘的命運。」

「必須經常餓肚子。」我說。

「我對那些挨餓的女孩充滿同情。」麗迪雅說：「我是說何必那麼辛苦賺錢？妳看她們身上青一塊、紫一塊的，跟妮可的手臂一樣。這都是刻意節食搞出來的血液循環不良症狀，瘦得跟紙片人一樣，全身瘀傷。為了保暖身體還會長出像沙鼠似的絨毛，營養不良且病態到一種莫名其妙的地步。這些毛茸茸的厭食症女孩，還得用身體彩繪潤色，才能上得了伸展台。每次看了我都很難受。不過如果你只有十七歲，頭一次有三百英鎊的酬勞入帳，就算月經不再來，經常好幾天不能吃飯，那又如何？我每次看了都會一肚子火。幸好美國可以接受大號一點的模特兒，在那邊還可以健康一些的生活；在米蘭，他們要求模特兒都得像牙籤一樣瘦；在巴黎則是比較藝術取向，他們不在意修改設計師的作品，只要求完美的呈現。我聽過一個設計師對我的模特兒朋友說，她沒有嬰兒肥之後，看起來好多了，而她是因為才剛剛腹瀉不止而去住院回來。他聽了只是說不管是什麼原因，妳瘦了變美是事實。氣得我真想痛扁他一頓！」

「這個行業最近很蕭條，不是嗎？」咪咪說。

「超級名模退燒，現在是女星當家。賺大錢的契約已經不會再出現了，現在的女星們除了賺點小錢還要替產品背書，哪像辛蒂．克勞馥替Omega代言，在那個年代，妳可以賺得比幾個小國家的國民生產總額（GDP）還多！」

「我的天啊！」我雖然滿嘴的大頭針，還是忍不住罵出來：「什麼臭味？」

「妳是說我的新香水？」咪咪聞著自己身上的味道。

「不是！是妳的臭狗！」我們一起向著辦公桌底下望過去，地板上一灘尿，小迷你正翹著屁股，弓著身子，用力到發抖地拉屎。

14 除了風格還是風格

離紐約發表會的倒數第二周，壓力已經完全現形。只要想到要去紐約，我就睡不安穩，常常夢到我自己上場走伸展台，一絲不掛。耳邊只聽到一個男人在鼓掌叫好，我了解這是典型的焦慮型惡夢，但完全無助於減輕我緊繃的神經。

把小迷你造成的殘局收拾乾淨，麗迪雅、咪咪和我三個人工作直到深夜。好玩的是，我們一致同意，凡妮莎・泰特那件紫色的首映禮服需要更新，或許是我們頻繁地在不同的雜誌上看到，已經看得有點膩了，也可能那是個從未在紅毯秀過的款式，麗迪雅穿上同款粉紅色系的禮服時，咪咪不禁打了個又長又大聲的呵欠。我趕緊寫下該更動的細節。

「我對這款禮服沒感覺。」她同樣的話最少說了八次，而且還補充說道：「這跟其他系列搭不起來，我感受不到半點壓抑的性愛，或是蘇格蘭風；現在Top Shop正在把奧西・克拉克風格比較冷的東西全面下架，妳實在不必去淌這個混水。」

所以我們決定把裙子抽掉，保留上身的罩衫，下身搭配一件緊身長褲，或是高腰寬擺的格子褲。我們隱約感覺這樣做是一大進步。我必須訂出這次系列作品中最主要的一款，少了那件裙子，整體風格變得一致多了，我決定在前片加上包布的扣子，讓整個系列更加四〇年代。

至於那件粉紅色裙子，多蘿塔和其他波蘭籍的裁縫師，正在趕製黑色和白色系列。

「還好嗎？」亞歷山大在辦公室門口徘徊。

「不好！我又拉肚子又失眠，一臉豆花。」

「那麼妳停手別作了。」

「我需要的是安慰與鼓勵，你知道我每次在發表會前都會這樣。」

「世界末日。」他含著一隻茶匙。

「你吃啥？」對於他絲毫沒半點打氣的口吻，我有點不悅。

「這個啊？嬰兒食品。荷帝（Hedi Slimane）——當今世上最具影響力的男裝設計師，天天吃。」

「我不知道該說什麼，你看起來有點不一樣。」我盯著他。

他興奮的在我面前把臉左右轉著，好讓我看清楚些：「比較亮，精神比較好是嗎？」

「你不是去拉皮了吧？」

「我愛死妳了！不是，我在眼袋下注射了特殊的脂肪。」

「臀部脂肪？」

「妳少沒知識了，隨便妳說，我覺得效果棒極了。」

亞歷山大憤憤不平：「妳高興抽哪補哪都可以，模特兒常用。晚上玩再晚都沒關係，不然妳以為她們總是精神抖擻的臉是怎麼來的。」

「那是遺傳的好體質？」我說。

「才怪。反正你看出來我不一樣了。」

「對於一個只吃有機食物的人而言，你的私生活似乎太放蕩不羈了喔。」

「哼！妳真死板！」他轉身回他的辦公室，沒兩分鐘他又拿了一張紙回來，硬塞給我：「妳參考一下，Mark One想跟我們會面。」

「真好，泰德．尼可斯被Gucci買下，而我們卻要跟Mark One合作喔。」

「別帶偏見，所有流行知名品牌都有符合大眾市場的副牌。」他糾正我。

他是對的。事實上，街頭流行才是維持英國時尚產業的重要元素，除了麥克昆，沒有英國設計師不開自己的直營店。不過他背後有Gucci撐腰，不必開也無所謂，但對像我們這樣的人而言，那樣的小店是我們維生的命脈，用店裡的營業收入去支付所有帳單，讓現金流動更穩定。讓妳就算一年只出兩季新品也可以放心去創作，妳只要在周六下午走到西區（West End），略過設計師名店不看。從人潮去判斷我們有多需要這些小店的支撐，大設計師的店都是門可羅雀，一千五百英鎊一件的純棉解構大衣不是人人負擔得起的。

亞歷山大和我努力協調和Mark One的會面，他們看在凡妮莎．泰特宣傳的份上，終於回了電。我們之間交易的條件沒有不同，就是他們可以從售價中抽取百分之五的利潤。亞歷山大從公關與行銷面著眼覺得不太妥。畢竟我們是剛起步的小公司，受不了他們的欺壓。

FENDI 2012 春夏系列
復古俏皮白色 圓點洋裝

賈斯伯（Jasper）、約翰．羅沙（John Rocha）、朱利安．麥克唐納的大眾路線廣告很密集，但他們出道夠久，對他們的正牌無傷。我們也可以一頭栽下去，任品牌新路線四處曝光，這樣我們很快就可以賺進銀子。但這對品牌形象的損傷是無形且永久的。Debenhams裡有許多設計師現在連主線都沒有了，不過既然已經賺夠，所以也沒有經營主線的必要。

「好吧。他們願意跟我們會面嗎？」

「願意。」亞歷山大說：「他們希望妳準備個簡報說明品牌走向，還有妳認為接下來的潮流趨勢。」

「幫幫忙！誰曉得？有誰知道下一季會流行什麼，潮流帶著我們走向哪裡啊！有人說街頭時尚終究會被取代，也有人說流行會越來越分歧小眾，每個人都喜歡獨特訂製的東西。Burberry去年虧損累累，今年轉虧為盈，有一百二十萬英鎊的利潤；Dior的營業額成長了百分之三十，Chloè跟Cavalli也都在成長當中。」

「Cavalli？」亞歷山大嗤之以鼻：「誰還買他的衣服？」

「高貴辣妹，還有她的朋友。」我說，「我開始沮喪了，我根本不知道該寫什麼。」

「想想那百分之五的損失，其實根本不必動筆。」

跟這類通路商的交易有個好處，便是他們禁止抄襲設計師的款式，所以不會用劣等布料仿造一款七百英鎊的洋裝，然後再以七十英鎊賣出，就像大街小巷許多人身上的那樣。

我最近聽說湯姆．福特的新作法是，設計師連草圖都省了，直接告訴生產

FENDI 2012 春夏系列 白色立體麻花針織衣，條紋長褲

部門，他們喜歡什麼感覺，再直接打樣給客戶核可。

「報告幾時要？」

「今天下班前如何？」他慢慢地踱步回辦公室。

「不可能！」

「把他們當成是在你腳邊團團轉的吉娃娃狗：要餵、要照顧、偶爾還要清大便，而且是立刻要做。」

天哪！我把頭埋進雙手裡。

我現在不想管這件事！發表會的進度嚴重落後，每個設計師都會這樣說，但現在我真的是糟糕透頂了，在紐約展出並不能減輕我的壓力，在新大陸我沒有人脈、親友的支援，也沒有現場師傅幫我作秀前的服裝修改。去紐約之前，我們必須幾乎全數將準備工作完成。

顯然我也必須要找人幫模特兒試裝，不過已經不能像上一季一樣，要求修改銀色的愛諾克外套，或是將整個系列的風格做更動，而且不能奢求瑪莎百貨（Marks & Spencer）對我會有任何寬容的舉措。

「附上幾張照片。」亞歷山大在隔壁房叫著：「就挑一些妳覺得跟未來流行趨勢相關的圖片就好。」

「你可以幫我弄嗎？我的工作太多了。」
「妳認為我很閒？」
「我沒有想法，真的。」我求救著。
「我有電話要打、有契約要簽，還有紐約秀展一堆事要搞定。」
「你最棒了。」
「妳這麼看得起我？」
「拜託！一杯馬丁尼怎麼樣？」
我終於靠聖馬丁街上輕食吧的馬丁尼酒跟亞歷山大達成協議。那是他超愛的，他曾經宣稱為了齋戒月，他要戒掉自己最愛的高級酒和昂貴的乳酪盤，那可是很大的犧牲和自制。不過也只持續了一周，上星期就被發現他在蘇活區的飯店吧台偷喝，他的藉口是說那是新開張的店，總要去試一試，這也等於是開發另一個新據點。他講到最後還是付給我和崔西一人二十英鎊做為打賭輸了的酬金。
亞歷山大在我辦公室的沙發上坐下來，拿著手邊的紙筆開始寫著：
「在我認為，流行的事物變化多端，而時尚的週期極為短暫，為了讓我們的品牌，不！是副品牌更能擁抱大眾，我們要多觀察明星的穿著，再改款成大家都能穿在身上的式樣……。」

「這是比起將正貨上架更快的行銷方式。」我接著說。

「就這樣？」他一副等我同意的眼神。

「減少一點使性子的用詞吧。」我總覺得不太妥。

「我倒認為耍耍脾氣會好玩一點兒！」他露齒微笑，起身回隔壁辦公室。

就在我正準備要心無旁騖地調整裙長時，電話響了：「嘿！線上是《Talter》。」崔西說完就掛上電話。

話筒對面傳來一個高而尖細的嗓音，幾乎聽不懂她在說什麼：「我是《Talter》的菲拉芙．西．傑（Fluff Cee Jay）。」

「嗨。菲拉芙？」

「妳好。我們很想要邀請妳來接受我們的專訪，順便拍幾張照片，可以嗎？」

「是嗎？」我狐疑地說。

「我們的專題是特寫近期的新銳設計師，妳也是其中之一。所以下周可以帶著妳的繆斯女神一起來嗎？」

「哦。」我一時無法回神。

「我們只報導表現最好的設計師，還有在倫敦時尚周發表作品的設計師。

這將在封面上刊出。可以嗎？」

「我不參與這次的倫敦時尚周。」

「不可能參加嗎？」她聽來還搞不清楚狀況，或許她一向都是恍神加上少根筋：「該死！稍等！」

我聽到她手腕一串鐲子叮噹作響遮掩話筒的聲音，她正在要求上司的支援，因為聲音模糊難辨，等她回來跟我對話時，我才聽懂究竟發生了什麼事。

「妳到底有沒有可能來？」

我疲憊地輕嘆了一口氣，隱約覺得如果有個分身該多好。

「跟妳的繆斯，什麼名字來著？麗迪雅．夏普？」

「嗯。」

「如果我們特地去邀約麗迪雅，她來的話妳有沒有可能來呢？」

「唉。」

「好極了，這是我們的榮幸，我們會派車過去接你，還有跟妳的公關人員連絡，他叫什麼名字？」

「我想崔西會負責。」我聽見自己說。

「酷。」她掛上電話。

「亞歷山大！」我叫。

「什麼事？」他在隔壁回叫。

「我發現我剛剛答應了《Talter》的採訪。」

「妳沒事幹嘛答應啊！那應該可以多賣幾件衣服。」

亞歷山大忙到無法去想《Talter》採訪的事，其實我也是。在正常情況下，我們倆都會在發表會前到處看秀，市調其他同行在作些什麼，我們的商品是否符合市場的需求。但最近我們都急於成長想多賺一點，像凱蒂．葛倫（Katie Grand）脫離教會學校的桎梏，還有擔心泰德．尼可斯會不會在背後嘲諷我們。

我們一直有自知之明：《Pop》雜誌不會報導我們，我們也不會受邀去東區（East End）上流社會的派對。但是一直到最近，我們才開始慢慢不再介意這些事情，再說假設Mark One的配合專案談成，紐約秀展也獲得成功，我們根本不會再去想任何與泰德．尼可斯相關的事。

電話又來了。

「嘿呀！」崔西說：「愛瑪．普瑞絲（Emma Price）在樓下。」

「快請她上來。」

愛瑪．普瑞絲是時尚界的怪人之一，也是咪咪的密友。她一直都站在流行的最前線，太過前衛，以致於她根本就是一群暴民的頭頭兒。她以擺酷維生，要用正規行業別來說，她算是廣告業中的時尚觀察者，或是流行產業裡，她是造型師兼配件設計師。一般而言她會每個月來個幾次，告訴我她最近看了什麼新的元素：像是塑膠假花，普普風手鐲、寬髮帶、俄羅斯傳統娃娃、閃亮的校徽或紀念胸章等等。愛瑪身處時尚精英份子之中，與呼風喚雨的馬可·賈考伯斯的配件設計師凱蒂·希里爾（Katie Hillier）共事，上一季凱蒂等於是小機器人吊飾的代名詞，用純金或銀手工打造的娃娃兵，在每個流行指標女的背袋上晃動閃爍。不過這些流行小物汰舊換新的速度極快，一旦退燒就會立刻下架。

「哈囉。」愛瑪進門了。她穿著黑色緊身套頭毛衣搭配黃格子煙管褲，深色頭髮向後盤起，凸顯她清楚的輪廓和塗著鮮紅唇膏的嘴形。

「妳好嗎？」我問候。

「累死了。」她啪地一聲坐下來，把掛滿吊飾的檸檬黃手袋順勢丟在地上：「剛在中國大陸待了十天回來。」

「是喔。」

「我到處看有沒有什麼粗糙俗氣的奧運會相關商品可以用。就跟市面上氾濫成災的Hello Kitty商品一樣，大家都愛得要死。」

「有什麼新發現嗎？」

「有一些我想明年會流行的東西。」

「那不錯。」

「應該是。好，我們來看看妳的作品。」

愛瑪靜默地巡視我辦公室的每個衣架，她不像咪咪每次看衣服時都要重演一次梅格．萊恩在《哈利碰到莎莉》（When Harry Met Sally）裡演的一樣，尖叫頻頻。她不會討好任何人，我帶她到工作室去，看布料還有衣架上其他款式的半成品，她看到奧西．克拉克那款粉紅色絲質的成品，仔細端詳撫摸了半天。

「很優。」

「妳是認真的？」愛瑪簡單一句評語，強過咪咪的尖叫和裝腔作勢的呻吟。

「我喜歡墊肩和開低領的設計，夠騷、夠浪。」她微笑：「娜姐風格，絕對會流行。」

我們下樓回到辦公室，她坐下打開那吊著一串串累贅但時尚必備小配件的包包，拿出髮帶、別針、徽章以及一整套項鍊飾物。

我認為這些跟我的作品風格不符，她之前曾經設計過一款鑲有發光的骷髏和交叉骨頭的背包，附著銀色別針的鑰匙圈，驚世駭俗，現在卻是爆紅又搶手，我的心跳開始加速。

「這很流行。」

「誰說不是。」她露齒笑：「可以掛在背包或夾克上。」

「妳從哪裡拿來的？」

「有個朋友在古羅塞斯特（Gloucester）城外小鎮上的工作室試賣。很奇怪！對不？完全跟時尚扯不上邊的地方，但她那邊有不少超酷的玩意兒。」

她打開另外一個包包，取出幾個用碎玻璃和鏡子製成的胸針項鍊：「這有點安德魯．羅根（Andrew Logan）的味道，妳不覺得嗎？」

「我記得幾年前去他家參加派對：他在起居室裡放了一匹玻璃鑲嵌而成的大型飛馬，我騎了上去。結果我穿的皮褲一路裂開到屁股，害我馬上溜之大吉。」

愛瑪大笑：「妳不會是喝醉了吧？」

「當然是醉啦！」

我們聊了好一會兒有關骷髏頭的點子。她有個朋友以一個大約兩英鎊的成本大量生產，我可以用二十五英鎊賣給批發商：這樣他們可以每個用零售價七十五英鎊賣給消費者，她每個只要抽百分之十即可。她站起來在黑跟粉紅交織的格子外套扣眼上別了一個，效果頗佳。

「有點龐克，帶著新潮風格，別在包包上也可以。」

「我不做這種爆利生意，不過妳今天帶在身上的那個真的很好看。」

「這個？我朋友彼得從米蘭進口的。他在普林羅斯丘（Primrose Hill）的家裡還有五十個左右，正在找機會賣掉，妳可以用在新裝發表上。」

「可以嗎？」

「當然！這些別針比起那些僵硬的配件不是好看多了嗎？」

「他手邊還有些什麼配色？」

「黑色、黃色和白色。妳可以拿六個來搭配看看是否合適。」

「聽起來棒極了。」

亞歷山大倒是有點猶豫不決。愛瑪離開之後，他到我辦公室看到她留在桌上的別針，「樣品？那是什麼鬼東西？」他皺起他那本來就短的鼻子。

「搭配新裝的飾品。你一向不喜歡這類的東西。」

「我是討厭啊，那很恐怖。」他冷冷的說。

「愛瑪從不出錯！」

「她盡出一些怪異的餿主意！」他堅持：「那些上報的東西都是垃圾，奇怪的踝襪肘套，彎腳的手環腳鍊。妳要讓她毀了我們的品牌嗎？」

FENDI 2012 春夏系列 彩色蜂窩鉚釘 B. Fab 包

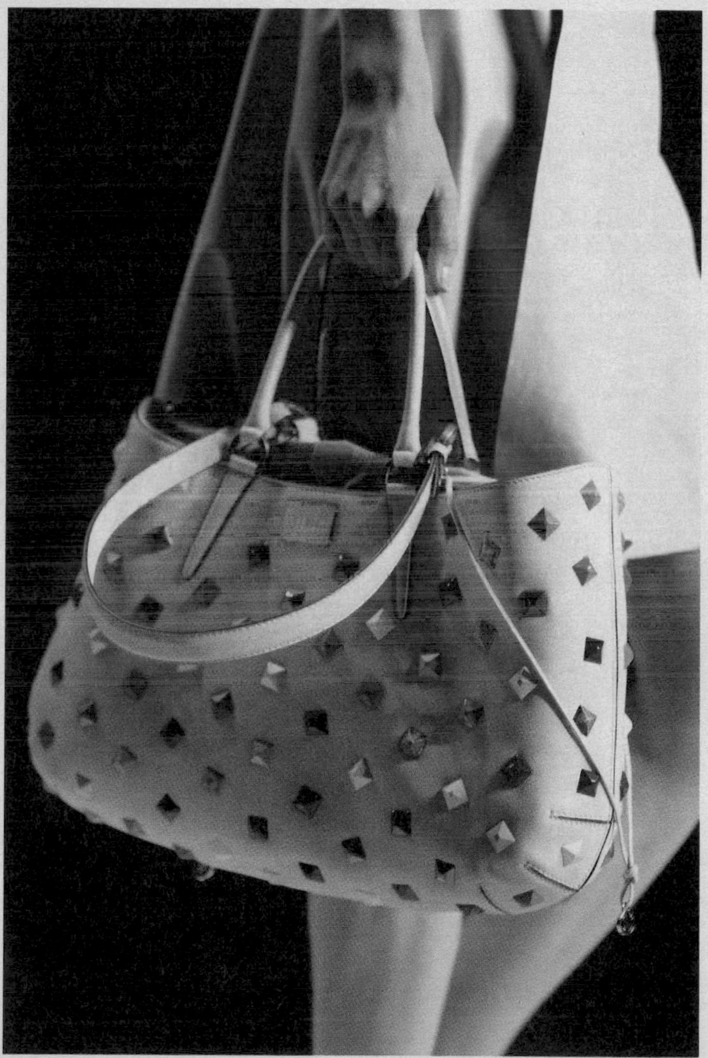

「你不了解，你不是女人。」

「哼！我的品味可比真正的女人好多了。」

崔西走進來，拿著對開的《Grazia》雜誌：「我想妳或許會想看看這個：金．凱特蘿（**Kim Cattrall**）穿著凡妮莎．泰特金球獎的紅毯禮服，出席她舞台劇的首映。」

「她看起來美呆了」，我誠心誠意的說。

崔西順手拿起桌上的骷髏別針，在燈光下細心玩賞：「這真棒！我喜歡。哪裡來的？」

「你看吧！」

「這不代表什麼，妳看，」他指著雜誌旁邊一張照片說：「珍妮佛．安妮絲頓（**Jennifer Aniston**）穿著**Balenciaga**看來很憂傷。妳能不愛死《**Grazia**》的編排嗎？」

下午的時間我都花在工作室裡修改褲子，改短夾克。在與咪咪、麗迪雅的會議之後，我的秋冬系列走向越趨明顯，更亮、更短、更正！

工作室裡的氣氛也越來越緊張。我只要一現身就會引來全體同事共同的嘆氣聲，因為我一上樓就表示有東西要修改，真可謂牽一髮而動全身，大家的工作量也都會因此而增加。

我想在設計裡加上這個，我把別針給多蘿塔看。她正在用剩下的格子布車縫一件蘇格蘭男裙，那是咪咪的點子。

「我不是很確定那個點子是否可行，只是隱約覺得根本帶不上往紐約的飛機，妳覺得呢？」

多蘿塔從裁縫機台上抬起頭：她的臉泛著紫紅，每個毛孔都是開的，感覺她正處於更年期的熱潮紅。她的嘴微張，我一眼瞄到她閃亮的假牙。

「在女裝上別那個？」

「對。」

「是從那個女人那邊來的？」

「對。」

「幹什麼？」

很幸運的，我很習慣多蘿塔這種欠缺同情心的個性，她無法看出事情的重點，尤其是現在這樣的非常時期。

「我想在夾克和背包上面別這個。」我再說明一次。

「幹什麼？」

「因為它們好看又好玩。」

「我不覺得。」

我的信心忽然被打擊到了。

「其他人覺得呢？」

一陣漠不關心的低語席捲整個工作室，十個工作中的女人放下手邊的工作對著我看過來，作出各種各樣的表情。

「沒人喜歡這些別針。」多蘿塔宣佈：「它們很怪又低俗。」

「哦，謝謝妳的高見。」

下樓回到辦公室我發覺自己窮極無聊，在把這骷髏頭別針的點子徹底忘掉之前，我想再跟咪咪討論一下。在正常情況下，我不會把工作間裡師傅們的意見當一回事，不過既然連亞歷山大都完全否決，我真的沒有半點信心了。

「搞定！」亞歷山大在隔壁大叫：「報告已經寫好了，要聽嗎？」

還沒來得及說我想晚點再拜讀大作，他已經大步跨進辦公室，手中拿著列印出來的文件。「Mark One：」他朗讀起來：「我們迫不及待想跟閣下會面，但是目前……點點點，講到有關我們年輕品牌該如何走向大眾，我們有一些建議。我們的品牌形象是設計新穎，一流剪裁，希望這能反應在通路廠商的定位上。我們了解這要求達成的困難度，但是基於成本和諸多限制的考量。我們相信這麼做方能呈現出我們設計品牌的本質。當其他品牌還在張望著要鯨吞全部女裝路線時，我們專心經營線條簡潔俐落，尺寸12號，年齡超過二十五歲的客層市場。無論當下其他品牌如何推陳出新，我們都堅持走出自己單純的路線。」

「……祝好。就這樣！」他抬頭望著我：「妳覺得如何？」

「我不太懂這封信要表達的是什麼？」

「那聽起來不錯吧，言之有物。」

「聽起來，有點……。」我試著表達支持之意。

「好，那麼我會寄出去。」

「很好。」我鬆了口氣，一件事完成了！

「那約好的馬丁尼？」

「沒問題！因為你值得。」我對他甜甜一笑。

15 親愛的媒體，請筆下留情

兩天後我發現自己坐在辦公桌前，用最好寫的筆寫下發表會的人員配置等細節，想著我們是否還有足夠的贈品可以放進贈品包裡。

「亞歷山大，裡面要放骷髏別針、香皂，還有呢？」

「那些加花邊的T恤。」他回答。

「那是上一季的，來參觀的觀眾會發現。」

「妳可以大方點，忘掉過不過季的問題，或是就保持新鮮，相對的表現小氣。我建議我們這次慷慨一點，畢竟整個英國時尚圈的人都會來。」

「那男生要給什麼？」

「派屈克從Versace那裡拿了一些五位數折扣價的領帶，外觀沒那麼Versace。如果我們重新上個標籤，應該可以當贈品送出去。」

「你不可以拿這樣半偷半買的東西送人。」

「那是搶來的，看起來不像設計師的作品。」

我坐著看著心情留言版，離發表會只剩下兩周。我其實沒有太多時間去關心《Dazed and Confused》和《Another Magazine》這些人會不會來，或者會拿到怎樣的贈品包，他們可能根本就不會拿。

我昨天浪費太多時間了，喝著我們的覆盆子馬丁尼直到深夜兩點，宿醉到腦袋一片空白。赴紐約前的排程，只剩下今晚的公關晚餐派對和《Talter》的專訪，但每當我認為前置作業已經大致完成時，咪咪、亞歷山大或多蘿塔就會提醒我，還有什麼瑣事沒做好。

昨天，有件絲質襯衫的皺褶作工實在太差了，讓模特兒穿起來像七〇年代的人型看板，必須拆掉重做。崔西要去布市買布料，我哪來的美國時間去擔心衡量派屈克的贈品領帶？

「就送那個，只要外觀沒那麼Versace。」

還有一小時就要去趕赴媒體的餐會，那個高尚光鮮的諾丁丘（Notting Hill）餐廳E&O幫了我們一個大忙。咪咪是餐廳老闆的朋友，而亞歷山大住在西倫敦區期間認識其中一位主廚，所以這兩位在所剩無幾的時間內搞定了這個餐會。我們只要支付餐點與酒類飲料的成本費用就可以，他們將負責招待英倫時尚界與媒體界最具影響力的人物，提供地下室私密的包廂讓我們使用，省去包下餐廳的麻煩。崔西跟咪咪整個下午都耗在那裡，幫忙佈置餐桌還有室內的陳設。

當我走進入口，她們採用凡妮莎．泰特的金球獎紅毯禮服做為主題，整個房間懸掛著黑色與銀色的布幔、黑色和銀色的餐具墊。每個位置都有個銀色的贈品包，黑色的平底杯和銀色高腳杯互相呼應，黑色亞麻布餐巾還有中間綴有整排銀色星星的桌巾，上百個充了氦氣的銀色氣球在天花板上飄浮著。

「妳們做得真好，我覺得好漂亮！」我由衷地讚美。

「看起來很棒吧？」崔西靠在門邊，用手梳梳她的短髮。

「同意，自從佛萊迪．溫莎（Freddie Windsor）的二十一歲生日派對之後，就再也沒看過佈置得這麼優雅的包廂了。」咪咪說：「這叫做『一路順風紐約行派對』。」

我指出：「現在大家都知道紐約秀展的事情，不如說：『紐約鬥陣行派對』，如何？」

「或者更貼近事實一點：『筆下留情派對』更好。」亞歷山大說。

「你認為他們會那麼做嗎？」我問：「我想我們會被釘在十字架上。」

「他們在醇酒入喉前，會多給我們一季的時間，才會判我們死刑。」他答道。

「那麼我們就灌醉他們！這樣一來，他們比較不設防。日後對妳的報導會

FENDI 2012 春夏系列 綠色立體剪裁洋裝搭配背心皮草

多點真實性，不會灌水。」

「講到酒精——在所有人來之前，我們可有機會喝上一杯。」我想讓自己輕鬆點。

「我要確認座位表。」亞歷山大說。

「我要回家換裝。」咪咪說。

「我也是。」崔西說。

「座位表已經確認了不是嗎？現在才要做前排位置的名單，未免太遲了吧！」

「我做了點調整，這要消息靈通的人才能辦到。無論如何，尼克在路上，他會來幫忙。」

「我無法承受在這邊等待的滋味，我太緊張了！」

「出去走走吧！」亞歷山大建議著。

對於昨晚靠薑茶和普拿疼熬夜工作的我而言，根本沒有和他爭執座位表的權利，或爭辯為什麼我是一個不穿四吋高跟鞋的女人。

鞋子種類繁多：走路健行、雞尾酒會、四處閒晃、還有用餐鞋。用餐鞋讓妳順利下計程車，帶妳走到餐廳，護送妳上洗手間，回到座位，再安全回家。

我今晚穿的就是用餐鞋，加上一件黑色緊身洋裝。所以我並不是很想在倫敦西區閒晃。

我走上人行道，冷風颳得臉有點疼。對今晚的餐會我實在太過緊張，感覺到心快跳出胸腔，手心不斷冒著汗。我點了煙，深深吸了一口，卻更加反胃，但這時我只能嚥下那股欲嘔的感覺。

我幹嘛邀請這些人來？我想要證明什麼？證明自己玩得起、公司夠大、走起路來威風凜凜、可以在紐約辦發表會？要得到他們的支持肯定，不是簡單幾杯香檳或是幾張舒服的沙發椅就可以辦到的。

走了十分鐘，我發現自己在諾丁丘車站的麥當勞前。不記得自己是怎麼走來的，不過我看到自己擠壓變形的臉倒映在玻璃窗上。我坐著玩弄兩隻塑膠吸管，看似等待服務生來點餐。但這時我卻開始哭泣，壓力、緊張、擔憂加上說不完的悲觀想法，讓我不知所措。我有足夠的實力去紐約發展嗎？媒體會對我大加韃伐嗎？我的事業會不會因此被自己給毀了？我能幸運得像泰德．尼可斯一樣被買下嗎？

亞歷山大撥了我手機：問我在哪兒，我像個楚楚可憐的傻子，被亞歷山大罵到不行：「快滾回來！」他大聲叫著：「哈囉！克萊兒。」我聽見他對著我們的一個客戶打招呼，我試著找回信心。我在地下室的馬桶坐了五分鐘。看著自己油膩浮腫的臉倒映在鏡子上，一顆顆雀斑和粉刺在燈光下一覽無遺，就算凱特．摩斯（Kate Moss）站在這裡，也很難不現出原形。

我補好妝，整理好心情重新上路，回到屬於我的餐會餐廳外面。我看到一個《標準日報》的女孩，《You》雜誌的人也來了，一台黑頭車就在路邊停下，幾個優雅的《Vogue》主筆下了車。我用手順順頭髮，深深吸一口氣，大步走了進去。

餐廳包廂內充斥著嗡嗡的交談和低語聲，我和哈洛斯百貨的採購點頭、和Matches的採購微笑、和《Vogue》的助理，還有《Dazed and Confused》、《Another Magazine》來的傢伙一一問候。

我拿了香檳，朝相對熟悉安全多了的咪咪和尼克走去：「所以葛妮絲（Gwyneth Paltrow）在拍攝時已經懷孕，但是我們都當作不知道。她試著擠進那些衣服裡，我們都當著她的面說她看起來很好。但是，她前腳一走，攝影師就大叫說，他知道她懷孕了，但沒想到變得那麼胖，我真不敢相信。」

咪咪睜圓了眼，大口喝下香檳：「你們要那女人怎樣呢？她肚子裡有寶寶。就放她一馬吧！」

「各位，好玩嗎？」

FENDI 2012 春夏系列 珠繡毛邊晚宴包

「好玩。」尼克給我一個溫暖的微笑：「或許她不該受訪拍照。真的是時間點的問題。我去年去伊比薩島拍照，還有個模特兒脹奶哩！她乳頭變得好大，真是噁心極了。」

「無法兼顧家庭與事業。」咪咪說著點燃了煙：「我也想很快生個寶寶！」

「妳想？」我試著加入對話。

「不過妳連個男朋友都沒有！」尼克說。

「那不是問題。」咪咪說：「那不構成生孩子的阻力。」

我決定離開這段有關後現代女性主義的對話，環顧一下整個餐會現場：《標準日報》的女孩跟《Vogue》的助理相談甚歡，我沒膽趨前去插話。

「一切似乎都很順利，」亞歷山大在我耳邊說：「我把座位表略做了調整。」

「是喔？」我對Match的採購微笑。

「要決定誰坐妳旁邊是件大事。」

「嗯。」

「假設安排《標準日報》坐妳右邊、《Vogue》坐妳左邊、《You》或《泰晤士報周日版》就會被摒除在外；更別說《Dazed》或《Wonderland》。所以，我讓咪咪和尼克坐妳旁邊。因為是朋友席，所以我想沒有人會因此而發火。」

「好。」我心中的大石放了下來。我最不想要的就是坐在陌生人的中央，我太疲倦也太緊張，無法說出冠冕堂皇的場面話。對現在的我而言，跟這兩個多話的傢伙坐在一起，再適合不過了。就讓亞歷山大去做招待吧：「那你呢？」

「《Dazed》和《Vogue》。」他的聲音跌到谷底似的。

「《Vogue》應該很有趣。」

「我們有發球權。」他微笑：「妳何不站在入口跟來賓打招呼，還有很多客人還在路上呢！」

「沒問題。」

「妳會認得他們。」他眨眼：「那些都是有上萬價值訂單的買主。」

我站在門邊，臉上帶著僵硬的微笑，感覺像是頭等艙的空服員，我很快點了煙，還喝了第二杯香檳，讓自己看起來忙碌是個隱藏焦慮的好辦法，同時避免跟不熟的客人落入乏味的對談中。

「嘿！你讀過《每日電訊報》對馬可．賈考伯斯的報導嗎？」有個聲音在我背後響起。

「有啊。我從來不曉得他有毒癮。」另外一個聲音答道。

第一個人繼續說：「他有一陣子沈淪在酒精和大麻煙裡，不可自拔，像是要和時尚產業決裂似的。當然現在還是有切不斷的關聯性。」

「這可怪了！」

「是不尋常，他在LV當創意總監時，經常整夜飲酒作樂，然後回辦公室就醉倒在沙發上。」

「真的？」

「當亞諾特（Bernard Arnault）早上進公司準備開會時，他們會用外套把他遮住，當作他根本不存在。」

「真貼心。」

「很令人感動，但他真的是派對動物。我上次在一個派對裡遇到他跟一個好萊塢的女星打招呼，他曾經跟她一起抽過大麻煙。當下卻非常生疏的正式自我介紹，好像兩個人才第一次見面似的。我看得出來她有點不高興。」

「真難以理解為何他會如此成功。聽說去年Marc Jacob International就有四億英鎊的營業額！」

「他已經改過自新六年多了，現在頂多抽煙、喝咖啡。」

「真不容易。」

已經九點多了。香檳也喝得差不多，那兩個俄國客人大概不會來了，亞歷山大決定該是坐下來用餐的時候到了。

並不是大家肚子餓了要吃飯。這類時尚餐點必定看起來賞心悅目，食材高檔加份量迷你，這也是魚子醬為何會大受服裝界人士青睞的主要原因。

當食物送上來，唯一享用的辦法就是，先大大的稱讚這道菜的外觀如何令人食指大動，接著跟周圍的每個人宣佈你自昨天開始什麼都沒吃，你的生活如何忙碌不堪等等，說明這時你餓得可以吞下一頭牛，然後先吃一小口：讚美絕佳的滋味，再用刀叉硬塞所剩不多的菜餚。最後點根煙，為了避免別人懷疑你有厭食症或是食慾不振，起個跟零食和吃過的美食有關的話題，再不著痕跡地把焦點轉移到名牌皮包、鞋子、明星八卦上。

我看著賓客跟桌上的醃漬烏賊和明蝦燒賣等小菜奮戰，忽然希望麗迪雅就在現場，她一定不囉嗦的大嚼三隻蝦球，並且將現場每個人都淺嘗即止的美味豌豆，來個兩大碗。

「妳剛剛說到海蒂．克隆？（Heidi Klum，德國名模，旅遊生活頻道《決戰時裝伸展台》及《德國超級名模生死鬥》的主持人兼評審）」

咪咪問，她的餐點已經用到抽煙的階段了。

「對。」尼克說。

「你不覺得她是全世界最被過度吹捧的模特兒嗎？」

「這個嘛！」

「我認識的模特兒一大半都賺不到她的十分之一，長得卻都比她美不知多少倍。她應該也常常在想，為什麼我會那麼受歡迎？對了！我是德國人，我可以代言鑲鑽的勃肯鞋，或是我的胸部看起來還不錯，我可以賣內衣之類的。天啊！她真是夠了。為什麼英國女孩都接不到這樣的代言機會，凱特．摩斯如果也搞個凱特內衣的品牌，她也可以撈一筆，或是出個雜誌叫凱特的園地之類的，但是她沒有。」

「不是每個女孩都過得起她那種生活，起碼中美洲就沒銷量。」

「我想她什麼都可以賣！」

「這些行為不檢點的模特兒們，還是可以走紅。聽說她們前幾年還更囂張。」

「沒錯。」咪咪一手煙另一手叉著腰：「你沒聽過有個名模在飯店槍殺自己的義大利王族男友，不只因為他和她最好的朋友躺在床上，而且，他們還抽光了她的大麻煙。」

「這些年已經好多了。不過你們聽說過飯店慶生會的故事嗎！有個模特兒躺在四個大男人中間，玩雜交派對，問誰要先上她。」我說。

「她真夠可悲的，沒人會認真地把她當一回事兒。」

「唉！」

咪咪對另一邊的女客說：「妳好嗎？」

「累，身體虛。」她說。

「人工授精？」

「差不多。」

尼克也跟旁邊來自Matches的採購聊開了，我盯著桌面想著，要怎樣才能下決心去做試管嬰兒？亞歷山大在桌子的另一頭，截住我的目光。

「OK？」他唇語。

「OK！」我也無聲地回覆。

當我們進入讀唇對話時，我的俄國客戶愛蓮娜到了。她一身珠光寶氣，對我解釋她因為某個慈善晚會而遲到了。我知道她有充分的時間和多得是的遺產，和她客套一番後就安排她就座。

「這些俄國人的關係都很變態。有個模特兒有個大她四十歲的老公，一天到晚拿著攝影機拍她：前台、後台，穿衣、沒穿衣，有時候還一起入鏡。我覺得這真是病態。」

「很多年輕女孩來到西方發展，都帶個老頭照料她們的生活起居，不過妳知道她們不過就是模特兒跟娼妓的結合，成群結隊的活動。巴黎多得是，時尚周就走走秀，不然就是跟哪個商賈名流，在遊艇還是某個渡假勝地廝混，恰巧被狗仔隊拍到。」

「只有帶著腦袋的模特兒能生存下去。」我說：「麗迪雅不是說，她一眼就能判斷這是不是只紅一季的模特兒，還是在這行跌得很慘，或是跟哪個爛人在不知名的酒吧被拍到，而結束了自己的模特兒生命。這些人仰賴流行生存，時尚世界卻不需要她們，夠精明又自愛的人才能待得長久。她講過史黛拉．泰娜特（Stella Tennant）在Dior秀的後台，被一個討人厭的傢伙吼：『通通站成一排！』把她們當作母牛似的使喚，她用銳利的眼神回敬，並且罵道：『你自己去站吧！』他才閉嘴。」

亞歷山大開始敲擊酒杯，示意大家安靜下來。他起立把該說的話都說了一遍，最後他說：「謝謝你們大家來這一趟，謝謝你們寶貴的時間，希望紐約的旅程能有各位作伴。敬你！敬在座的每一位！」

咪咪對我耳語：「雞皮疙瘩掉滿地。」

我微笑地讚嘆著：他真的該去公關業發展！亞歷山大無疑是個天生的演說

好手，大家起立互相輕擊酒杯。

我對尼克說：「多謝你的餐會提議！」

「不客氣。我是天才！」他笑得好燦爛。

賓客再度就座，甜點巧克力慕斯也端上了桌。

提供時尚人士巧克力，好比將伏特加當醒酒良方，有人會直接張口大嚼、有人會趁喝咖啡之前偷偷吃一口、也有人一開始就否定它、但在貪婪的連吃三口之前，無法專心對話；還有先吃一口過癮，再趕緊把煙按熄在巧克力杯裡，以免失去控制通通把它吃進肚子。

咪咪就是屬於這一類的人。鄰座即將做人工授精的女人還在遲疑著該如何下手，她已經開始四處借煙了。

「不。我敢說他們真的在搞曖昧。」尼克說：「他不是Gay，我確定。」

「誰？」咪咪不想錯過嚼舌根的機會。

「我有個朋友幫Coco的友人設計婚紗。」

「噢！為什麼設計師現在都不設計婚紗禮服了呢？」咪咪轉頭問我。

「我也不知道為什麼。不過顯然他們都過氣了。偶爾應應景也會有人設計怪裡怪氣的婚紗；我上一次在伸展台上看展示的婚紗，那模特兒的兩旁還各站著一個拉裙擺的。因為舞台太窄禮服太蓬，如果裙子拉太高，那模特兒就走光了。」

「真希望我在現場。」尼克開始口舌不清了，他的眼皮沈重，整個人幾乎要趴倒在桌上：「最近毛毛看得不夠多。」

「要看要去Vivienne Westwood的秀場。她一向穿著透明薄紗的衣服，裡面不穿內褲。」即將做人工授精的女人說道。

「現在已經沒得看了。」尼克說。

派對接近尾聲，客人零零落落的離席；我一路走過包廂，看到一些贈品包還放在空無一人的座位上，或是碰撞間掉落在地上。我一一詢問所剩無幾的客人，今晚是否吃得開心，他們去紐約的意願如何？大部份的答覆都是賓主盡歡，他們微醺的雙眼，笑盈盈的神情，紅酡的雙頰。我想今晚氣氛營造得很成功。

我慢慢走回座位看到咪咪和尼克抱著蜷縮在一起。還有哈洛斯百貨的採購正要離開，我迎上去跟他們討論最近的銷售情況，特別是凡妮莎．泰特的金球獎禮服款，銀白色一直在缺貨中，我保證下一季會改進，並且向她說明，我們正考慮要請一個有經驗的生產部經理來做控管。

我目送他們離開，對幾個剛好要走的客人微笑。回到位置上看到咪咪抱著隔壁的女人，後者正在痛哭。

「發生了什麼事了？」

「誰曉得？」尼克聳肩說：「一分鐘前她們還在討論Lily Cole跟Lily Donaldson，她就忽然大哭了起來，我猜她應該把最後一瓶香檳給幹掉了。」

我看著咪咪扶著她走出餐廳，送上計程車後咪咪回座說：「真受不了。不過，對於紐約的秀展，她應該起碼不會寫得太殘忍。」

「妳是對的，今天晚上辦得很成功，不過，有誰知道她是那家雜誌的啊？」尼克說。

16 專訪背後的瘋狂

現在是早上九點半，娜姐的音樂正在全力放送。外面又濕、又冷、又暗，在室內麗迪雅穿著白色熱褲坐在椅子上，讓一個自稱叫黛姿的女孩幫她在腿上抹油，我則是坐在角落抽著第七根煙，等著化妝。

我們八點就到了，早餐我一共吃了三個可頌麵包、半個巧克力麵包，同時馬克斯．戴維斯（Max Davies）——那個攝影師喊了我六次寶貝，五次美人兒，用他那神奇的手指按著快門，拍了我兩次，還用他那抓過皮褲褲檔的手拍拍麗迪雅的肩膀。

我一直對拍照這檔事最冷感了。坐在這裡枯等，身邊都是咖啡、外燴的酥餅點心和尼古丁。

我的造型師是二十幾歲銜著金湯匙出世的年輕人，她想說服我穿上根本不適合我的衣服，讓我顯得又胖又呆，完全是默劇演員的翻版。

我坐著等馬克斯調整燈光，再等著助理把相機架設好，之後就可以用拍立得相機進行拍照了。有些傻蛋把機器放在腿上摩擦暖機，幫忙拿著反光板以加速整個拍攝過程。麗迪雅或是我必須一再換掉衣服、鞋子、變換髮型等等，因為味道不對。

我覺得煩、無聊，簡單來說：累斃了。感激咪咪、崔西和亞歷山大，昨晚的餐會空前地成功。手機每個小時響一次，收信匣塞滿感謝的簡訊，亞歷山大自辦公室打電話來，說他已經快被花束、蠟燭等禮物給淹沒了。他建議我送點什麼給尼克，我認為沒什麼不妥，他的點子幫了我一個大忙，甚至可能幫我們在美國的發展，形成完全不同的局面。

「如果昨晚所有與會的重點人物都去了紐約，那麼就算我們被style.com打進十八層地獄，或是安娜．溫杜爾女士不克前來，我也不再在意了，我相信昨晚幾加侖的酩悅（Moët）效果一定可以奏效。」

「妳還好嗎？」麗迪雅伸長了腿：「我感覺自己像名模娜歐蜜。」她格格地笑著：「她在上伸展台前總是全裸站著，讓自己像沙拉般被淋上油。」

「這就是她為什麼總像隻豹子般精瘦閃亮。」馬克斯在工作室另一頭喊話：「她真是性感到不行。」

馬克斯很討人厭，我跟他配合過三次，每次他都可以講些廢話來讓我氣得半死。不知道是因為他刻意講話的音調，還是愛裝熟，或是老喜歡洩那個合作夥伴的底。總之我們都知道他是索利哈爾（Solihull）出身的，也知道他試著裝做自己出身於新大陸。

娜姐那橫掃全球二十八國排行冠軍的全新專輯《Confession On A Dance Floor》重播了第三次，每個人都手舞足蹈、互相打氣，嘴裡念著要堅持下去，等著造型師和編輯過來。

「我跟菲拉芙談過，」那個骨瘦如柴皮膚帶著絨毛的造型師，帶著大舌頭說：「我們希望妳穿上這套銀白色禮『胡』，一定『渾』好看！」

我把雜誌放下來，把煙掐熄在第三杯微溫的咖啡裡，感覺有點偏頭痛：「問題是我的身材不對！」

「問題是，那是妳的招牌設計！」菲拉芙說，她是我現在最不想見到的人，她本人大腿粗到快併不起來，臀部像拖拉機般巨大。

「請麗迪雅穿不行嗎？」我的幽默感正在消失中，不耐與微慍正在上升中。

「她有『混』多件要穿耶！沒辦『化』再穿這件。」

「我不想穿。」

「妳可以試一下嗎？」

「不行！我太老、太胖，不可能擠進那根本不適合我的衣服裡。你們再這麼堅持，我就走人了！」我怒喊著。

「美人兒，別耍脾氣嘛！」馬克斯大步靠近我好聲好氣的勸說。

「我不是模特兒，我需要的是能修飾身材的衣服！這樣清楚嗎？」

「那麼穿妳想穿的、做妳自己。我希望妳舒服自在，這是妳的專訪。」他作假的說話方式和猥褻的皮褲，現在看來沒那麼討厭了。

麗迪雅聽到自己要穿那套銀白禮服，放大音量說：「你是說，我身上的油白上了？」

「抱歉。」我說。

「沒關係，我愛那一款。趁現在上眼妝，妳過來陪我聊聊！」

她完美無瑕的臉蛋上妝後，更加閃亮。頭髮整齊地梳成一個馬尾，她絕對穿得出那味道，而我只會像一條大肥腸。

「妳最近好嗎？好一陣子沒見面了。」

「也沒那麼久啦！」

成功的模特兒自有一套處世準則：她們經常獨自一人去旅行。沒有所謂的總公司，四處為家，她們容易交上朋友，但友誼無法維繫長久。難怪她們一概稱呼他人為親愛的，因為根本記不住別人的名字。

「妳看好巴黎的房子了嗎？」

「我不確定是否要出手，剛接了一場高級訂製服的秀，簡直是惡夢一場！」

「怎麼了？」

「我穿不下任何一件Armani的衣服。就算我斷食好幾天，」她任化妝師在她臉上忙碌著，不牽動一條肌肉說著話，她輕拍平坦的小腹：「還遇到一個熟面孔，長得像殺人魔佛萊迪．克魯格（Freddie Kruger），總是一身皮衣皮褲、貂皮圍巾、牛仔帽，自以為帥氣，他在飯店半強迫幾個年輕模特兒跟他坐在一起，我真想掉頭就走。」

「我一直以為妳喜歡高級訂製服大過於成衣？」

「我只是覺得身上那套六萬英鎊的衣服不合時宜，我是為藝術而穿，但還得把衣服背後割開來，我才穿得上身。我真受不了從伸展台看下去，前排那些波斯灣來的女客，錢多得花不完，買了沒人穿得下的尺寸樣衣，一輩子掛在家裡不去碰，純觀賞。」她睜開眼，在刺眼發燙的燈泡下審視自己的妝容：「天哪！我皮膚看來糟透了。」

「別看鏡子！那照起來都是不能看的。這工作室真讓人討厭，連餐點也是，那些乾巴巴的鮭魚西點，和油得離譜的酥餅。我不在乎辛苦工作，但總該給點好吃的吧！」黛姿乾瘦的身材，一個舌環加唇邊兩個銀環，我懷疑她除了湯還能吃什麼。

馬克斯叫：「你們那邊好了沒？」他已經搞定背景，子彈已經上膛。又過了十五分鐘，我終於坐上高腳椅，任化妝師幫我上妝。麗迪雅在我旁邊講著手機，和吹風機的噪音抗衡般地叫著。

頂著美麗絕倫的妝容和髮型，麗迪雅走到簡單的更衣室。我透過鏡子瞻仰女神整個換衣的過程，環顧整個攝影工作室，我顯然是唯一偷偷摸摸看著她的人。想起那位以世界最長腿的模特兒聞名的南吉・奧爾曼（Nadja Auermann），曾經在某個拍攝現場全裸，只穿著一雙高跟鞋，大方地敞著毛毛和屁股一個多小時，只為了讓美容師在她身上作造型，據說當時全場沒有半個男人認真地看她一眼。因為他們全是Gay，忙著互相眉來眼去的調情，直到現在我才肯定這傳聞的真實性。

但馬克斯不幸地，我想他應該是正常的男人。還好當他走近時，麗迪雅已經著裝完畢。「我希望你會做噴霧處理和修片。」麗迪雅說。她的禮服後面有幾個別針插著，讓整件禮服更合身服貼，她還擔心自己的皮膚今天狀況不佳。

「別擔心！妳看起來棒極了。絕對會完美無瑕，現在幾乎都要靠電腦軟體的幫忙，讓妳的眼睛更亮，嘴唇更飽滿，膚色更雪白，一個斑或一個毛孔都看不到。」

「不必太過火。搞得跟一個假人似的，不如乾脆用電腦合成算了，到時候我們都沒飯吃了，我可不覺得那樣有什麼好。」

「弄好了，妳真漂亮。」造型師把她的金髮順勢披在肩膀上。

我站在高於六呎的麗迪雅身旁。她一身光鮮，美的出塵，而我則是綁香腸似的擠進一件背後拉不上的裙子裡，套上我自己設計的緊身外套，汗流浹背。

馬克斯啪地點亮所有的燈，我被安排站在麗迪雅之後，她擺出種種專業的姿勢，更加凸顯禮服的感覺。我則是笨拙地雙臂在胸前交叉互抱，讓已經夠胖的體型更顯龐大。我真心希望不要有人注意到我。有個金髮長腿的美女在前面，相形見絀的我還能想些什麼呢？

除了我們和攝影師，其他人坐在角落的沙發上聊著天。像一隻隻動物般坐在那裡，悠哉地大嚼外燴送來止饑的芹菜和紅蘿蔔棒，這些人已經完成份內的工作：化妝、吹整頭髮、招呼茶水、跑腿等雜務。除了講講時尚界的醜聞八卦，他們也沒什麼事好做。

「他是凱特（Kate Moss）的密友之一，上次我看到她帶了自家花園的鮮花來送他。」

「那的確是她會做的事。」

「我知道。你聽說過有幾個年輕女生在牛津街的路上遇到她，問她身為時尚指標的感覺如何。」

「她怎麼說？」

「幫這些粉絲簽名，還帶她們去H&M買了好些衣服送她們。」

「她人真好。為什麼我們就聽不到娜歐蜜做這類的事。」

馬克斯宣佈中午休息片刻時，我們倆已經搭配著更換了至少二十分鐘的不同姿勢。鮭魚、馬鈴薯沙拉等等料理跟幾瓶白酒一併送上來。菲拉芙上前來開酒，斟滿幾個空杯。我留意到麗迪雅僅僅啜了一小口，便擱下酒杯再也沒舉起來過。其他造型師牛飲般地灌了好幾杯，雙頰立刻開出燦紅的花。馬克斯已經無法掩飾自己對麗迪雅的好感，在她上過油滑潤的大腿上下其手，涎著臉說她是他配合過最美麗的模特兒等等肉麻的話。這像是時尚產業的定律：攝影師總和模特兒產生情愫或者關係曖昧。我該告訴他：不要白費工夫了嗎？但如果這是郎有情、妹有意呢？許多模特兒都有評價不佳的男友，這些男人控制這些女人，並對她們進行種種凌遲，說不定他正是她的型。

麗迪雅起身去上洗手間，我尾隨在後。

「一切都好嗎？」我在洗手檯前洗手。「他真不規矩，對妳摸來摸去的！」

「哎，那不算什麼。比他更離譜的多得是！我接過一個通告剛好碰到生理期，於是我頻繁進出廁所，有個攝影師趁我不在，把我放在提袋裡的內褲拿出來，戴在頭上扮假面超人，他伸舌頭裝模作樣，還用拍立得拍下照片。等我回家看到照片和被玩過的內褲時，真想殺人！所以像這樣吃吃豆腐的等級，我還應付得來。」

「簡直是色情狂，太過分了！」

午休過後立刻開工，大夥在酒精發酵的暈眩中和娜姐持續在音響放送的音樂裡幹活。一直到下午四點，馬克斯果然如口碑般專業且有效率，古柯鹼裝在袋子裡送來了。他和助理們通通到廁所集合去。一會兒，他口齒不清地走出來，流著鼻水把音樂的音量放大，開始像是在自家派對般跳起舞來。麗迪雅不感興趣，造型師跟助理也都見怪不怪，照樣聊著天。菲拉芙和雜誌的人不自然地吃吃的笑了起來，她們想放鬆一下的同時，卻又不想玩得太過火。

又過了一個鐘頭，一大盤三明治送到了。馬克斯一邊更換底片，一邊瞎扯些沒營養的話。我走到沙發旁為自己的肚子塞些鮪魚點心，順便想一次獲知完整的八卦情報：「各位，我們還要拍多久？」

「我不確定，不過他大概撐不了太久了。」

我給自己倒了一杯酒，真是夠了。我笑了一下午：累壞了，胃一直在緊縮著。我是個設計師，不是模特兒，但也感覺該是告一段落了。正當我想著要離開的時候，馬克斯忽然宣佈他已經拍完了，大夥可以休息了。那就像導演宣布戲已然殺青般，音樂可以轉大聲一點，工作人員也可以抽根煙，坐下來看助理們收拾殘局。黛姿趁午餐時間已經把他們空服員似的箱子收拾好，所以現在正悠哉地聊天著，菲拉芙跟造型師在麗迪雅身邊忙著。有人放話說要一起去轉角的酒吧喝一杯。麥斯正想邀大家加入的時候，還好我的手機響了，是亞歷山大。

「你猜怎麼著？」

「什麼？」

「你一定猜不到！」

「什麼啦！」

「凡妮莎剛被宣佈入圍奧斯卡獎。凱西剛打電話來說，她們要妳的設計啦。」

17

緊鑼密鼓地籌備中

紐約展的前兩天，我和亞歷山大已被壓力逼得喘不過氣來。我們兩天前到，時差還有點調不過來，到了凌晨四點還睡不著覺，但是下午兩點卻又昏昏欲睡。因為各種理由到過紐約許多次，這城市的擁擠繁忙在記憶裡總是模糊不清。路上永遠擠著滿滿的人群，和緩慢移動的車陣。視線所及之處儘是刺激、緊湊、極度興奮的城市縮影。行程最後幾天的天氣，似乎總是陽光普照，晴空萬里，乾冷的空氣讓你每次呼吸時，胸口都會疼起來。

亞歷山大和我暫居在肉品市場（Meat Packing District）的Soho House裡，那是個時髦地段酷炫的摩登建築，也是紐約最藏不住祕密的地區。每當《慾望城市》（Sex and the City）的班底在這裡拍攝影片時，粉絲們總會把街道擠得水洩不通。

要在這裡辦一場秀也不是件簡單的事，我們要填寫商會規定的一堆發票文件，證明這些展示用的服飾都是非賣品，所有展出的款式一共有三十五款，還包括所有的相關配件。我們大費周章地把貨品打包運出英國，還要順利地進口到美國。當好不容易清關提貨，亞歷山大和我還得擔心要怎樣把這一堆行李運到飯店去。就算順利地找到可以裝載所有貨物的租車公司，還得小心翼翼地跟車，以防有人把貨載了就跑，那可就糟了。

在房間欣賞完哈德遜河的夜景之後，我們到Jerry's store去看我們的衣服賣得如何。不過看到一架子沒賣出去的白襯衫，我轉身就走，不想在這個時候打擊自己的士氣。回到飯店的酒吧，我坐在皮質的扶手椅上，狠狠喝了兩杯血腥瑪莉。然後躲在角落舒服地看報紙，窺探完倫敦時尚界名人的八卦消息之後，我又喝了一杯雞尾酒，然後捧著一碗堅果一路嚼著回房間去。

早晨，飯店服務生剛取走我們的早點餐盤，等待亞登前來的同時，我們也開始著手打點房間。亞登是這裡的最佳藝術經紀人之一，是個紐約的在地人。要不是靠著和亞歷山大幾年的好交情，他可能不會接我們的案子；我猜想他們之間一定有過一段情。但無論如何，他們現在還是很熟稔的好朋友，亞歷山大幾周前才跟他聯絡上。之後從頻繁往來的信件中，一一敲定了模特兒的數量、展期的時間，還有我們的預算等等。

我們的發表會並非冠蓋雲集、群星閃耀那麼盛大，坦白說願意來的名模沒有幾個，亞登願意用他的人脈去邀請，只要付一點基本的車馬費即可。模特兒為了拿到亞登其他大型秀展的通告，偶爾也必須走走像我這種獨立設計師的秀，這情況舉世皆然，不限紐約此地。她們勉為其難地點了頭，不是為了那微不足道的一場五百美金的酬勞，而是有機會在米蘭、巴黎的Gucci或McQueen秀展中露臉。

有個超級名模曾經說過沒有一萬美金休想叫我起床，那麼可以想見酬勞一百英鎊的秀，根本沒人願意前來。為了幫助處境艱苦的的英國設計師，模特兒在倫敦走秀的酬勞是順應設計師辦秀的次數：第一場秀是一百，第二場一百四十，之後二百八十，最後是三百二十元；這些行情價還包含經紀人抽走的百分之二十的佣金。

這個計算公式在競爭的紐約是不合用的，要不是亞登擺明了要幫我們的忙，我們怎麼付得起七千美金的佣金？

他出現在門口時，亞歷山大表現得有點過份熱情，非常不像他。亞登的皮膚黝黑，穿著Polo衫搭配牛仔褲，還穿了一件長到地上的皮大衣。他穿著騎士靴的雙腳踩得木地板碰碰響，不斷地強調外面有多冷。他把昂貴的太陽眼鏡推到頭頂上，拿出一個黑色檔案夾：「你們好啊，」他拍拍亞歷山大的背、吻了我的雙耳：「歡迎來到大蘋果！你們的房間不錯，我喜歡。」他有著大西洋岸的口音，可以隨談話對象而變化。跟我們講話時，他帶著英國腔；但在安排事務時，他則用純正的紐約口音接洽。

亞歷山大點了一壺熱咖啡和一些餡餅派，而亞登則提供最新的資訊為我們打氣：

「芭黎絲・希爾頓（Paris Hilton）應該會來，妮可・李奇（Nicole Richie）很難講。史嘉蕾・嬌韓森（Scarlett Johansson）會在開幕時走秀。」

「她還是克洛依・塞維妮（Chloe Sevigny）的繆斯女神嗎？」

「不清楚，不過她還是很酷。」他拉開檔案夾的拉鏈。

「來看看你為我們安排了哪些人，好嗎？」我搓了搓雙手，偽裝出一臉的熱忱樣。

這是時裝秀籌備中我最討厭的部分。模特兒煩人、難搞又討人厭，而且又貴得要命。雖然我很愛麗迪雅，但我總覺得不過是要妳保持削瘦、走台步，就要我付妳那麼多錢，是件厚顏無恥的事。更令人傻眼的是，有很多模特兒連台步都走不好。上一季就發生過，有個模特兒原本安排她穿三套服裝，當我看到她的彩排情形後，立刻改成上場一次即可。

「現在溫和一派當道。」亞登講出了第一個重點，溫和不刺激的模特兒比較受歡迎。

「我以為要長得美才行。」亞歷山大說。

「太有個性可不行！盡可能簡單、純淨無瑕和不引人注意。」

「感覺有點悲哀。」我說。

「噢。這是現在模特兒界的趨勢。」

自從超級名模退燒，加上美女名模如海蓮娜・克莉絲汀森（Helena Christensen）、安柏・瓦雷塔（Amber Valletta）退位之後，要在這個行業大紅大紫只剩下兩個方法：要不是被安娜・溫杜爾女神挖掘，在美國版《Vogue》的編輯評論上露臉；要不就是上如YSL、Prada、Louis Vuitton或Cucci這些重量級名牌的行銷活動。廣告客戶偏愛新面孔，他們不要家喻戶曉的老屁股。

假設Prada簽下一個烏克蘭來的十六歲瘦女孩，她立刻就可以秀約滿檔，就算活動尚未揭幕，這名少女還沒沒無名，每個名牌還是會搶著用她來證明自己貼近時尚脈動，順應主流。亞登的工作就是要查出這些莫名其妙爆紅的女孩的底細，還有那些參與大牌活動的新臉孔是否具有潛力。

有時我不禁懷疑，說不定這些時尚總監在看秀時，完全分辨不出這些新鮮人是誰。而我們請這些新人走秀，也只不過表示我們跟那些名牌的看法一致。這一大票無名小卒哪天真的飛上枝頭，誰又記得她們曾經幫我們這樣的小品牌走過開幕秀呢？

「她毫不起眼。」我忍不住對亞登提供的照片發出評語。

「但是她溫吞無害。」亞登一臉熱切的表情。

「真夠溫吞！」亞歷山大說。

「她剛簽了一紙香水合約。」亞登補充。

「就用她。」我說，做了個老天保佑的表情。

「好。」亞登抽出另外一張檔案照：「這是娜塔夏。十七歲，海參崴來的。」

「老天！她長的真像麋鹿！」亞歷山大衝口而出。

「還是愛國品種的麋鹿。」我補充。

「她最近秀約不少。」亞登說。

「沒搞錯吧？」

「Zac Posen、Marc Jacob。」

「天啊……真……，」亞歷山大忍住即將飆出口的髒話：「算了，她台步還可以吧！」

「走得好極了。」亞登微笑。

「用了吧！」我嘆了口氣。

就這樣反覆一個多小時，亞登讓我們看了許多東歐不知名國家來的怪物，並且說服我們說：她們可堪使用。最後我們只能無奈兼無力地點著頭。

一場秀開閉幕的走秀模特兒可用來判定設計師的良窳，就像演員極力爭取演出酬勞一樣，模特兒也以走秀出場順序來分走紅程度。

對於設計師而言，發表會的走秀模特兒可不能隨便。水準低落的模特兒會毀了一場秀，時尚人士總有辦法挑出毛病來。當雜誌的時尚總監進入秀場，她們的流行觸角就張開了：秀在何處、何時舉辦、會場營造的氛圍、準備的贈品包、與會的社交名流、配合的燈光、音樂等等，無一不是這些毒舌派權威人士們評分的項目。

坦白說，伸展台上展示的第一套服飾，就已經為整場秀打了分數。

幸好，亞歷山大替我一一打點所有的細節。他已經找好馬克——一個著名的秀導，擁有七年的豐富經驗，在米蘭、巴黎、倫敦導過無數次的時尚秀。一個好的秀導是不可或缺卻又所費不貲的必要開銷。

在紐約一場秀除了必須花費平均一萬到一萬五美金的場地費之外，你還要支付所有預算的百分之十給秀導；換句話說，如果加上音樂、燈光、技術人員等等總共費用要七萬七千元美金，那麼我還要另外支付七千七百美元給馬克。不過由於這是我們第一次在紐約展出，他希望我們下次來能再找他幫忙，所以他的費用就含在整個團隊的場地費一萬五千元美金裡面。這倒是幫了我一個大忙。

在化妝髮型的造型費用上，亞歷山大也想盡辦法再多要一些折扣，第一次在紐約辦展的藉口很好用。他找到Mac贊助彩妝師和化妝品等，這樣著實省下不少經費。畢竟一場秀辦下來，花個二、三萬元的造型費用是跑不掉的，其實大部份的錢都被造型師拿走了，剩下的再由助理團隊平分，一個人大約分到一百元到一百五十元左右。

「好啦，選秀結束。」亞登開始整理他的檔案夾。

「終於結束了。」亞歷山大翻了個白眼。

「希望這一萬元花得值得。」我點點頭。

「那麼，麗迪雅會幫妳走開幕。」

「但願如此。」

因為如果她不願意，我們就要討論一下模特兒的走秀順序，有時候模特兒們自己對於排序也有意見。

「那麼重要嗎？」我說：「我不認為有誰那麼在乎。」

「她們在乎。妳沒聽過娜歐蜜為了走Valentino的閉幕秀是飛去現場搶的嗎？」

「我們還沒決定由哪一位來擔當，或許應該再參考一下照片。」亞歷山大說著。

「稍後翻翻照片和身高體重等等數據資料就行。」我說。

此時，亞登的手機響了，亞歷山大送他出門，他邊走邊對我們做了個告別的手勢：

「剛剛他說麥克昆下一季也會有格紋布的設計。」

「他怎麼知道？」我的心臟狂跳。

「麥克昆已經四個禮拜沒展出了，或許他是從某個模特兒那邊聽到的吧！」

「完了。」

「沒關係吧？」

「完了、完了、完了，怎麼會沒關係呢？我們有一樣的點子，這樣我的原創性就會因此而喪失，人們會說是我抄襲他的！」我深感絕望。

「妳忘了，我們的秀比較早辦嗎？」

「我知道，他的設計一定比我優！」我真的有些亂了方寸。

「不會的，你們的設計是不一樣的。」

「一定比我的優！必定、鐵定！」

「妳冷靜一點。」

「你看我的手開始發抖了。」

「或許這樣看：妳可以想大家搶購他的衣服的同時，也極有可能會考慮到我們的店來。」

「那倒是，《Vogue》或許會有這樣的專欄：『格紋風潮再現』。然後我和麥克昆的設計就會並列佔據篇幅，然後馬上就流行了起來，店裡的衣服就會搶購一空。」

我抱著他大叫著：「你真好！」

「嗯！想想美國版《Vogue》上的頁數吧！」

「有人敲門了。」是造型師。

我和亞歷山大對彩妝方面算冷感，每個配合的化妝師對目前流行的妝容都有自己一套全面性的看法，這一季是煙燻眼妝，下一季就來個復古夢露紅唇。

貝佛莉拉著一個帶輪子的化妝箱進來，身後跟著一個約莫十五歲的模特兒。

「哈囉。」她掃視一下整個房間，豐滿厚實的前胸加後臀。她看起來不像是個享有盛名的國際彩妝師，倒像是一張舒服的沙發。

她介紹那個示範妝容的年輕女孩拉塔雅給我們認識，之後就開始一件件仔細端詳架上的設計款式，並且不斷發出讚嘆聲。我簡單地跟她說明整個系列的四〇年代風格。

她點點頭說：「粉紅色很漂亮。這一季是粉紅色的唇加眼妝，裸色頰彩也正當道：桃紅或粉紅，標榜健康美。」她喃喃地唸著，開始準備在拉塔雅臉上作起畫來。她展開Mac最新一季的彩妝產品：保持濕潤的唇蜜、能呈現立體與光澤感底妝的粉底霜、細緻的蜜粉；這些都是她負責要促銷的新貨。她的手指飛快，俐落而準確：「你們的秀是早上開始嗎？」她專注著上妝。

亞歷山大點點頭。

「這些神奇的產品可以助你們一臂之力。有些女孩很晚睡、甚至整晚沒睡，有的前一晚喝了酒或什麼之類的，這個遮瑕膏也很好用，可以蓋斑和黑眼圈，讓她們很快煥然一新，可以馬上出場。髮型師是哪位呢？」她頭也沒抬地說著。

「詹姆士．卡爾。」亞歷山大說。

「他很棒，他是葛瑞（Garren）帶出來的。」

葛瑞是史上最棒的髮型師之一。他創造出不少名模的造型：譬如：凱琳．艾森（Karen Elson）的爆炸紅髮，被他改造成沙宣型直髮加上厚瀏海，外加剃去眉毛，這變成她的註冊商標。他說服艾瑞．歐卡尼爾（Erin O'Connor）剪掉一頭長棕髮，修成貼頭的黑髮。他是時尚產業這三十年來的傳說、神話般的人物。

「我不認為是。」

「好了！你們看。」她把拉塔雅的頭轉向我們。這女孩像是剛跑完馬拉松一樣，臉龐像是汗濕般紅潤，氣色絕佳。

「好棒。」亞歷山大說。

「底妝和腮紅的顏色，可能稍微還要再淺一點？」我試著主導情況。

「可以。」她臉上帶著遲疑。

亞歷山大給我一個「任她去吧！我們畢竟是外行！」的眼神。

「還是照妳想的去做吧。」我說。

幾分鐘之後，貝佛莉拖著笨重的身軀和工具箱，帶著模特兒一起離開了。

「我們就信任專業吧。」亞歷山大關上門：「我們是買她的名聲和這些專業彩妝，我們懂得太少了。」

門鈴又響了，這回是髮型師。

詹姆士．卡爾從頭到腳一身黑，Gucci太陽眼鏡，過大的帽子，一樣拖著專業的工具箱。對於一個成天和頭髮打混的人，他自己倒是沒有太多頂上之物。

他有拖長音調講話和吞雲吐霧的習慣，在切入主題之前已經抽了三根煙。他向我們說明滑順的捲髮最近很紅，中旁分的髮型也很時尚，還有一種看似自然未經整理的髮型，類似剛起床的樣子，其實是經過特殊造型。

他拉拉雜雜說了二十多分鐘，亞歷山大忍不住告訴他，我們不希望弄得太複雜。而我也在一旁幫腔地說明，那是因為一大早開場，我們很擔心在開幕一個半小時之前，不會有半個模特兒到場，所以與其花心思在造型設計上，不如直接了當，全部統一綁個整齊的馬尾。他有許多造型假髮可供短髮的女孩使用，簡潔有力。我們達成一致的看法，討論終於結束。今天實在太累了。

詹姆接著趕赴下一個約會去了，我們馬上打開迷你吧開了瓶威士忌喝了起來。

「我們剛剛敲定讓全部模特兒像髮禁一樣戴著假髮出場嗎？」亞歷山大咬著杯緣疲憊地說。

「聽來沒錯。」

「天啊！然後會有一長列長得像外星人的醜女會來幫妳走秀？」他笑了：

「真是難忘的經驗！」

三個小時之後我們倆都喝得醉醺醺的無法外出，待辦事項雖多，但我們也一一完成了。亞歷山大在格子褲的內摺裡夾帶大麻，我很高興他沒事先告訴我。因為我肯定會阻止他，但是時差加上疲倦以及酒精，他還真是帶對了！

兩口就夠讓我們保持清醒到十點，不過再也撐不下去了。我們決定早點就寢：明天要試裝、有秀要排、還有模特兒部隊要編組，忙得很。

「你知道嗎？」亞歷山大穿著毫無吸引力的條紋睡衣刷著牙說。

「不知道？」我無力的躺在床上吮吸伏特加酒。

「我總覺得一場完美的服裝秀應該是靠一台衣服乾洗機就能搞定。讓這些秀服乾淨俐落地掛著由輸送帶依次送出場，這樣每個款式會間隔得好好的。」他口齒不清地說：「沒有笨蛋會摔跤、也不會有一大堆焦頭爛額的事情要做，一切都會簡單得多！」

「沒錯。」我同意：「而且也他媽的便宜多了！」

18 臨危不亂的自信

時裝秀的前一天。亞歷山大、咪咪和我從一早八點就處於備戰狀態中，我和亞歷山大有點緊張但很興奮；咪咪則是宿醉加上脾氣不穩，情緒暴躁得很。她昨晚在羅蘭·莫瑞特（Roland Mouret）、傑佛森·哈克（Jefferson Hack）、凱蒂·葛倫（Katie Grand）與露拉·巴特萊（Luella Bartley）的秀場忙到凌晨三點才睡覺。還去了馬可·賈考伯斯的秀後慶功宴，期待能見到凱特·摩斯一面，但可惜的是她已經被媒體制約要在人前守規矩，所以乾脆不來了。

我必須承認，我真恨咪咪這樣。明天就是我這輩子最重要的日子，而我的造型師現在竟是一副要死不活的樣子。

早上的時間應該都花在試裝上，之後我要跟時裝秀的製作人開會，要排定座位表，還可能要跟安娜·溫杜爾女神來個預演。她底下的人已經通知我們，她下午三到四點之間可能駕到，為了讓女皇的預先審查一切順利，我們被告知要準備好溫熱的星巴克拿鐵，她到房間之前嚴禁問話打擾，她偏好在大廳接待處碰面，有人顧好電梯以確保淨空且無閒雜人等進出，然後一路護送她到房裡。

我們對於這些善意的要求，一律只有遵循的份兒沒有第二句話。能有她在秀前來檢視，對設計師而言是多麼大的鼓勵和肯定。

除了太后要來之外，我們還要接待《Harper's Bazaar》的總編輯葛蓮妲·貝利（Glenda Bailey）還有《Elle》的服裝編輯，她們一般都迅速地掃過每件衣服款式，再掃過秀模卡司的即可拍照片，確認是否有叫得出名號的模特兒。她們會喝點香檳，肯定會說個十五分鐘言不及義的廢話，然後留下客氣的讚美和親吻後離去。

如果秀辦得成功——表示她們的預先檢視眼光沒出差錯，也是對設計師相對程度的背書；反之如果這場秀辦得很爛，對後台這一切她們連吭都不會吭一聲。

咪咪開始對衣服細部剪裁發表意見，我趕緊說：「已經請了裁縫師！一天四百美金，要好好利用。」亞歷山大坐在角落的電腦桌，和公關公司的詹森一起對觀眾名單做最後的確認。同時他們還負責在門口招待來客、帶位、致送贈品包，這樣的服務要七千五百美金，還真好賺！他們一般還負責包裝贈品包的內容，不過Mac彩妝公司已經貼心的準備了：台上秀模用的粉紅色炫亮唇膏搭配指甲油和腮紅刷當贈品。本來我還想再加點東西，但想到之前拿過一個很爛的贈品包，裡面是比我的尺寸還小三號的可怕亮橘色比基尼泳裝，我就作罷了。

我和咪咪正在進行謀殺腦細胞的工作：決定模特兒的出場順序。

大致的氣氛和造型是在詮釋四〇年代蘇格蘭家庭派對，奢華帶點頹廢、性感混合龐克配件的整體印象，我現在差不多該決定開場和謝幕的款式了，那將是聚焦度最高的造型。剩餘的設計或多或少都是自這兩個搶眼的款式中延伸的，而且也是希望你在那些編輯總監腦海裡，對這場秀留存最顯著的視覺印象。我有件黑色剪裁講究的設計挺適合最後穿。最頭痛的就是第一套了，咪咪認為粉紅色緞布襯衫和黑色緊身窄裙不錯，還指定優莉亞穿：「理由是她一臉欠打，看她就想打她屁股！」咪咪說：「站好！」她拿出一個黃色手袋，上面有五到六個骷髏圖案還有骨頭的吊飾，「拿著，邊走邊晃看看。」

模特兒說：「這樣嗎？她走起來像是要把這包包甩出窗外似的。」

「輕、一、點！」咪咪用對外國人的方式說話，好像深怕她不懂英文似的。

她擺了幾個姿勢：或拿或不拿背包，繃著臉讓我們拍了幾張照片。這樣無法協調手腳動作一致性的模特兒，真難以置信她手上會有價值五十萬英鎊的香水活動契約！

「我不否認她欠打。但我一向是讓麗迪雅打頭陣和壓軸的。」

「讓她走最後一個就好。優莉亞有大合約在手，她的潛力足以為你開場。」咪咪推波助瀾的煽動著。

「可是，我已經跟她說好了。」

「天殺的！安娜．溫杜爾知道麗迪雅是誰嗎？」

「當然！」我說。

「但麗迪雅已經是上一季，不！上一年的臉孔了。」

「她很親切。」我說。

「我媽也很親切，但我們不會用她走秀吧？」

「這是兩回事。」我說。

「我們都知道麗迪雅是老面孔，她是妳的朋友、妳的繆斯女神，但妳如果讓她開場，她還沒走到伸展台底，妳就全軍覆沒了。」

我和亞歷山大一陣靜默，我們都知道咪咪說得沒錯，只是不願意承認罷了。我想了一會兒，打破沈默吐出二個字：「好吧。」

亞歷山大點頭稱讚我：「正確的決定。」

「有捨就有得，你要征服紐約，就要不斷地往前進。她會諒解的。」咪咪假道學的說。

我想罵人，但我們沒時間鬥嘴，因為一大票東歐來的瘦皮猴女孩正紛紛進門來。

早上的時間就消耗在不斷試裝、造型和拍照上，出場順序已經底定。我們把衣服和裙子、配件一一掛好，這樣一來女孩們才知道自己在幹嘛，桌上待改的服裝堆積如山，還好裁縫師馬上就可以接手。

我們一個早上一共幫最少十位模特兒拍造型照片，我跟咪咪一邊挑選誰適合那些款式，以及出場的順序等等繁雜的事情，這真是傷透腦筋的工作。

在倫敦時，多少可以信任後台的穿衣員，她們是一群可愛的老女人，大部分六十多歲，來自倫敦東區，我們配合過至少六季了。她們一場秀只要七十鎊，一天可以跑四到五場秀，她們大多是資深的裁縫師，對布料和裁剪相當熟稔。她們幫模特兒迅速換裝、照顧妥當，效率絕佳得跟保母一樣。在紐約根本沒這樣的機制，協助穿衣的服裝員多是當地設計學院的學生，他們靠此打工賺取微薄的報酬，也順便感受時裝秀慌亂的氛圍。想到這點我就不太能放心。

我喝著今天的第六杯咖啡，亞歷山大正在Style.com上瀏覽馬可．賈考伯斯最新一季的全系列造型：他成功的混合黑暗頹廢的九〇年代初期和四〇年代，這絕對是另一個風潮的開始。我們垂涎地觀賞他的每一款創意，感覺身在紐約很怪，平時崔西會立即把最新的流行資訊存檔，以便日後仿造或進行設計說明時的參考。現在我們面對這麼棒的設計，卻無力將只要有一丁點沾邊的類似款，推上明日的伸展台。

「我們也來些手套，或皮草怎麼樣？」亞歷山大眼睛盯著螢幕說著。

「我們的店不會進這些貨，還有美國有保護動物法的限制。」

「那大包包怎麼樣？」亞歷山大不放棄的拿著滑鼠選取。

「他的顏色不怎麼精彩。」咪咪丟出評語。

「夠了、夠了。你們別看了！我已經夠緊張了。」

「講到緊張，我們要不要再對一次座位表，趁現在我這邊有一張詹森認為OK的賓客名單。」

亞歷山大已經花了十幾天功夫在座位表上，他手上那張錯綜複雜的座位表上面用不同顏色的筆框出區域：黃色是歐洲媒體團、粉紅色是美國當地的記者和編輯們、演藝人員用的是綠色、橘色當然是給我們的衣食父母零售商們。

我們希望綺拉．奈特莉（Keira Knightley）會來，她正在這裡做新片宣傳，凡妮莎．泰特已經承諾會到，咪咪也安排了一些她的朋友到場，至於其他藝人，我管不了這麼多了。但基本上，媒體是不會讓不入流的明星佔據前排座位的，那些人習慣晚到好引起注意。

在時尚界越是重量級人物，位置就越接近伸展台。編輯和時尚總監坐定前排，助理跟採購坐第二排，有價值五萬到十萬鎊訂單的採購坐第三排，至於學生、朋友和助理等等有位置坐就該偷笑了。

「如果安娜．溫杜爾不來怎麼辦？」

「我會安排遞補的人去坐，妳別擔心這個！」亞歷山大嚴肅地說。

「只要告訴我，她們坐在哪兒，我好看看她們的反應。」

有的設計師對媒體的反應在意到近乎像個偏執狂，在走秀時他們會躲在角落拍記者和編輯的表情（或許這也是溫杜爾女王為何總帶墨鏡看秀的原因），如果看到有人膽敢打呵欠，他們會後將通知這些不長眼的人不必再來了。

但有時候媒體群也會反擊的。有一次伯納德．亞諾特（Bernard Arnault）禁止舒茲．孟吉斯（Suzy Menkes）參加LVMH在巴黎的時裝秀，只因她評論加里安諾在911餘波後辦的時裝秀有鼓吹戰爭之議。之後所有媒體團結一致，他們通通不出席加里安諾的任何一場秀。五天後抗議奏效，伯納德只能讓步，對舒茲俯首稱臣。但這是特例，相對的，舒茲如果只是個無名小卒，那麼在她學會如何在報導上斟酌字句之前，她一樣收不到任何一張時裝秀的邀請函。

關於這點，我只是個區區小公司的設計師，對媒體我只能盡可能的討好，並且希望他們不要對我太殘忍。

午餐後，裁縫師羅莎出現了，她是個矮個兒，有著酒桶般身形的中年婦女，帶著自己的裁縫機，在角落找到位置很迅捷地工作了起來。

十分鐘後服裝秀製作人馬克出現了，高瘦蓄著山羊鬍戴著黑框眼鏡。看起來緊繃又焦躁，頻頻交換翹腳，幾乎靜不下來。這次時尚周，他已經製作了十場秀，隨時蓄勢待發的樣子。

「我很驚訝像你們這樣年輕的新興品牌，」他用甘草紙捲煙：「居然在帳篷裡走秀，那是成熟品牌的專利。」

「這是我們唯一找得到的地方，下一次會找到適合我們的地方。」我解釋。

亞歷山大拿出一張達米諾為走秀燒錄好的音樂CD，這幾天已經聽到爛了。他解釋我們對編舞沒有特別想法，不要安排太複雜的事給模特兒們做，反正她們也做不來。「聽來不錯，越簡單越好。」馬克說：「有些女孩笨到你無法想像。」

飯店服務生送來我們點的香檳和零食。亞歷山大批評我說點這些東西簡直是昏頭了，點的那些東西在場的女人根本不會吃。我知道自己只是不想看起來很緊張罷了！

亞歷山大跟馬克一一順過整場秀的細節：從燈光到整個技術團隊該幾時到場準備等等小細節。

握手道別送走馬克之後，咪咪陷入歇斯底里的狀態，拿著她的高級香水四處噴：離安娜．溫杜爾女神約定好的時間只剩三十分鐘，而我們的房間聞起來像個夜店。

門鈴響了。

這不可能是她！我們應該在大廳迎接她的，我開了門。是葛蓮妲．貝利！她早到了。亞歷山大的臉是綠的，但我不能請她滾開晚一點再來。這時尚界的兩大天后，不可能同時在一個房間裡出現！

葛蓮妲道歉說有人告訴她會塞車，所以她提早到了。她一身時尚黑裝，紅髮蓬鬆，墨鏡戴在頭頂。她把價值三千美元的皮包隨意地放下，接過香檳，直接走到衣架展示區。

我把話說得飛快、拚命陪笑，我猜她可能懷疑我可能嗑了藥。最好是這樣，隨便嗑什麼都好，只要能讓接下來的半小時快快結束。她問了我許多問題，而我也以連珠炮似地的速度回答她，連自己說了什麼都不知道，而亞歷山大也扯了一些時尚周的廢話，他問馬可．賈考伯斯的派對辦得如何？她說很

FENDI 2012 春夏系列 黑色露肩小洋裝

棒，我們的秋冬系列也很棒，她很喜歡格紋褲和絨布襯衫。之後，她放下杯子，吻了我的雙頰告辭。

像打完仗般一陣寂靜，我們三個傻傻地站著。

「她待了十五分鐘。」咪咪說。

「是嗎？」

「妳根本不給她插話的機會。」亞歷山大說。

「是嗎？我真差勁。」

亞歷山大手機響了！我們三個瞪著手機：「來了。這次不會錯了，快接！」

「哈囉⋯，」亞歷山大開口說。她在樓下，他對我們使著眼色。

他下樓迎接女皇，而我和咪咪在房間裡焦慮地走來走去，想著歡迎辭。

「糟！」我說。

「怎麼？」

「溫拿鐵！」我說。

「天殺的！」

「對！該死的！」我說。

「沒關係！我現在下樓去買回來。」咪咪說著。

「快、去！衝啊——」

當安娜和她的五個隨從進房時，咪咪正全速衝下樓去。她冰冷的手跟我互握時，我在腦海做了個對女皇的屈膝禮。她穿著合身黑套裝，天天吹整的短髮整齊光亮。不過她比我想像要矮得多，或許是因為她的地位和影響力，我總以為她應該和巨型雕像一樣高。

她對我遞過去的香檳和可憐兮兮的點心視而不見，直接走向衣架。

她對我的設計頗有好感，問了幾個問題。亞歷山大一一替我回答，我就像個白痴兼啞巴一樣講不出半句話來。直到她看過每一款即可拍的照片，說很喜歡格紋布的款式，我突然機關槍般嘎嘎地爆笑開來，她和亞歷山大轉過頭來看著我，這時咪咪衝回來了，「安娜！」她的雙頰通紅，鼻子凍的流鼻水：「妳的咖啡。」

「很好。」太后站著，沒伸出手的意思。

「我想會有點燙。」咪咪把咖啡放在桌上。

「謝謝。」女神說。沒碰咖啡一下。

她輕輕按了我的手臂，祝我明天時裝秀一切順利，亞歷山大走向前護送她下樓。她舉手搖了搖，示意不必了。門剛關上，亞歷山大馬上開了一瓶伏特加。

「沒想到那麼順利。」我說。

「我們真走運。」亞歷山大說。

晚上十點半，《Elle》和《W》雜誌的服裝編輯沒出現，我請裁縫師蘿莎回去休息。亞歷山大、咪咪和我已經累癱了，我們已經連續工作了十四個小時。離開幕只剩下十二小時。我們還剩兩個模特兒還沒造型完成：麗迪雅和梵倫緹娜。麗迪雅的問題不大，因為我的設計幾乎是繞著她的身材而走，至於梵倫緹娜兩天前已經先來試過裝了。她是個高瘦金髮的德國女孩，是這堆秀模中少數我還叫得出名字的。她到的時候剛從一場派對離開，喝得半醉。那件我們幫她改過的格紋褲像是掛在她身上似的，原本合身的襯衫也顯得鬆垮垮的。

她格格笑著：「對不起，我為了這場秀吃了瀉藥，效果好像強了點。」

「妳很用心。」我咬牙切齒，哭笑不得的說。

咪咪用別針幫她把衣服褲子別好，她站著搔鼻頭：「這房裡有酒嗎？」

亞歷山大說：「伏特加可以嗎？」

「省了杯子！」她接過瓶子直接喝了起來。

梵倫緹娜試完裝帶著酒走人，把手工改衣服的任務留給我們。咪咪嘴裡一邊念、一邊罵：「自私鬼，製造麻煩！」

「妳在唸什麼？」麗迪雅從門口晃進來。

「嗨。」我對即將出口的話感到一陣罪惡感：「我有話要說。」咪咪和亞歷山大看著她。

「你們三個幹什麼這樣盯著我？」

麗迪雅不愧是在時尚圈打滾已久，情緒管理得極好的人，聽完我的話，冷靜地說她可以諒解。

她越是刻意正經，我心中就更是五味雜陳。她試完閉幕的禮服後很快就說要走了，理由是要早點回飯店休息。但她一向都和我們一起喝酒聊天，直到秀開幕前一天清晨三點我們打包好所有展品為止。顯然她是很在意的！我不禁想著自己是不是錯了，我們的友誼就這樣完了嗎？我真有說不出的難過。

「我看她反應還好嘛！妳想太多了。」咪咪嘴裡咬著鈕扣一邊改衣服、一邊含糊的說。

我和亞歷山大都沒有作聲。

FENDI 2012 春夏系列
彩色刺繡連身裙

19 下一季

清晨五點，只睡兩小時。實在是因為太緊張，我一起床就已經吐了兩次。今天是我這輩子最重要的日子，是死、是活就看今天了。我所能做的，就是不停地抽煙、灌咖啡，然後提醒自己深呼吸，免得暈倒。

我不是唯一緊張的那個人。亞歷山大早上已經拉了兩次肚子，每次他用完馬桶，廁所就得淨空個十五分鐘，誰說時尚產業的人總是光鮮亮麗？

就算是早上六點。從計程車窗向外看，灰濛濛的布揚公園階梯鋪著黑毯，還是有一定程度的魅力。平常這裡總聚集了學生、影迷們、安全人員、守衛、拿著拍紙簿的公關人員等等，但今天只看到幾個日本攝影師，當肥胖的守衛檢查我們的證件時，對著一臉倦容的我們拍了照。這一個星期以來，這裡有數不清的黑頭車，在這裡吞吐著時尚名媛，她們款擺腰肢走上階梯去看秀。我站在這裡看著自己的作品跟著其他的設備，一起堆在入口處。我的事業成敗與否就看這一次了！

一些穿著黑制服的女性工作人員，帶著我們走過那個寬大，由帳棚搭成的迎賓處。那裡有滿滿的香檳和簡易的咖啡檯。今天的天氣不是普通的冷，而現在寂靜且空無一人，由黑地氈、白簾幕搭建而成的後台，此刻更顯得寂寥冷清。我看著一整排梳妝鏡、椅子、大燈、吊掛的衣架、幾個稍後會裝滿冰塊和香檳還有用過的紙杯的鐵桶，感覺就像是暴風雨前的寧靜。

我從後台走上鋪著黑色塑膠袋的伸展台，看到技術人員已經開工；圍著伸展台有三大排座椅，還有上百個疊起來放在後頭的備用椅。馬克指揮幾個穿著黑T恤和牛仔褲的胖子在伸展台的牆上，仔細地把我的名字排好。我聽說Givenchy有場秀在開幕前發現有個e字母不見了，那場秀變成了一場大災難。

六點四十五分。負責宴會服務的人到了，他們迅速的煮了一大壺咖啡、可頌麵包、水果、糖果和巧克力盅、一整排三明治。健怡可樂、礦泉水，一個年輕的西班牙男孩把一整袋冰塊倒入桶裡，整個攤位的陳列專業而美觀。我衷心希望這些服務都包含在攤位費用裡。

七點整。咪咪一陣風般趕到：「抱歉！我的morning Call沒派上用場。」

「算了。我們剛剛好要開始，妳幫忙把衣服按順序掛上。」

「好、好、好，還有鞋子、配件、項鍊、耳環等等。」

「那麼，」亞歷山大走過來，帶著煙、咖啡和體香劑混合而成的臭味：「我去排座位表的名牌。」

「急著現在弄嗎？」

「我已經喝不下咖啡！也抽不下煙！我還能幹什麼？」他夾著一大疊名牌，頭也不回地走了。

不久，詹姆斯和化妝師貝佛莉都到了，同行的還有十五個人左右的團隊。貝佛莉的團隊都穿著黑色的工作服，上面有Mac Professional的鮮艷字樣；詹姆斯的人就比較個別化，不過，能在狹窄的後台你推我擠，擁擠不堪地吹整頭髮，他們必定是相當要好的朋友群。

還剩兩個半小時。模特兒三三兩兩的到達，咪咪和她們道早安的方式，像是已經認識她們許多年了。其實，「裝熟」是時尚業的通病，她們一個個都穿著套頭毛衣、緊身牛仔褲，素顏平凡而且邋遢。有的看起來通宵都在鬼混，有的看來根本沒睡過覺，有的則在角落裡縮成了一團，不知是冷還是毒癮犯了。

這裡是紐約，我們只能在帳棚外抽煙，所以大夥兒就這麼來來去去；就在我第七次快步走向吸煙區時，我看到貝佛和幾個女孩擠在室外的暖器旁：

「嗨！一切都好嗎？」

FENDI 2012 春夏系列 裁條縫飾黑色上衣，條紋裙

「還好。」

我現在只想聽到這類的答案，有任何不是「好」的答案都會讓我崩潰。

「我跟妳介紹我的人生導師史黛西，我不能沒有她，現代人身邊都應該有一位這樣的指導。」一貝佛擁抱她肩膀的方式，讓我懷疑她是個女同性戀。那是什麼玩意？我腦中充滿問號，但這時我只是微笑以對。

史老師對我假情假意的微笑著，握住我的手。讓我一時有種來到直銷大會還是佈道會之類的錯覺。

很可悲的是，現在已經不常在這產業聽到女同性戀了，我們已經過了那個女孩之間亂搞關係的時代。現在當道的是寵物、寶寶、和針織品。

講到寵物，我看到後台有兩個蠢蛋——那是咪咪和一個大腿上坐著隻小狗的模特兒，她們邊聊著天，邊用嘴餵狗吃奶油可頌。唉！至少食物沒被浪費掉。

已經八點了。到處都有模特兒晃來晃去，她們有的已經穿好衣服、有的只穿著T恤和人字拖、有的乾脆只穿著人字拖。差不多所有的女孩都到了，後台慢慢形成一個臨時的美髮沙龍店，好幾支吹風機馬力全開，空氣中有定型液和髮雕化成的薄霧。我看到詹姆斯正在吹整優莉亞的頭髮，我的開場女孩已經到了，那麼麗迪雅呢？我到處尋找，沒見到她的人。最令我不安的是，她一向習慣早到：第一個吃飽早餐、第一個化好妝、第一個準備妥當、當我受訪時還可以過來插花的重要人物。

一個高瘦的金髮女孩湊了過來：「妳好。我是凱莉，JJW公關公司的。」

「有什麼事？」我的手心開始冒汗，整個人開始發抖，不堪一擊。

「我們有幾個記者朋友想採訪你。」

「喔喔，是這樣，沒問題。」

「妳還好吧？我們是否打擾到妳了？」

「沒有。沒事，我閒得很！」見鬼的假話！

「這是《流行線上》，《女人妳最大》和CNN。等下還有《Elle》、《Vogue》等等。」

在我還沒來得及做任何解釋，這時已經被鎂光燈團團包圍住了。

亞歷山大過來對我耳語：「緊急情況！妳來一下！」記者在我背後喊著：「最後一個問題！最後一個問題！」

「怎麼了？音樂出問題？燈光有毛病？安娜不來了？」

「那些都還好。」亞歷山大一臉急迫地對著我。「贈品包發完了！怎麼辦？」

「這就是你所謂十萬火急的事嗎？」

「是。」他堅持。

「我建議你遠離入口處那些公關人員，我需要你在後台陪我！」

「但是，我還沒搞定座位表。」

「那你剛才一直在忙些什麼！」我倒抽一口氣。

「擔心贈品包。」

「唉！我們一起來搞定吧！」我們找了幾個公關公司的女孩幫忙，把名字黏在座位後面。

至於贈品包不足的問題，我們決定選擇性地只給媒體團和美國的買主。英國的採購人員坐在伸展台的另一邊，我們祈禱他們不會注意到。名條只會貼在前兩排座位上，其他人的名字只在名單上，他們可以任意坐在附近的位置上。

測試擴音器的音樂刺耳的響起，燈光也通通打亮了。

舞台的一邊響起一個問句：「我們有兩位安娜．溫杜爾嗎？」

「當然只有一位！」我直覺反應。

「搞什麼？另外一個安娜．溫杜爾在哪兒？」亞歷山大用吼的。

「好像在第二排有一張。」年輕的工作人員囁嚅著。

「好像？第二排？妳幾歲啊？妳是哪來的？妳不知道安娜．溫杜爾是誰嗎？妳老闆是誰？」亞歷山大爆青筋地痛罵。

「找到了、找到了。在這裡！我撕掉、我撕掉了，對不起、對不起！」那女孩嚇壞了。

「不准再出錯！」

緊張的氣氛繼續蔓延，亞歷山大不斷叨叨斥責著公關公司；馬克也對工程師怒氣沖沖，而我需要再來一根煙。

只剩一個小時。穿衣員也到了。她們正在清點全套的用品，咪咪也一起檢查第三次搭配的飾品，馬克在後台盤旋大聲唱名：確定每個女孩都到了，也知道自己出場順序。麗迪雅還是沒到！

「或許她在生我的氣，但她如果真的沒出現，這招會狠狠地傷了我！」

「我們缺兩個模特兒。」馬克說：「麗迪雅在路上了，塞車。」

我的心恢復跳動！她沒生氣！

「梵倫缇娜問題比較大，剛在電話裡說她被困住了。」

「什麼？」亞歷山大大叫：「困住了？」

「她只說她不能動了，好像是有什麼尷尬的事，你快點去轉角的飯店裡救她！」

亞歷山大箭步飛去，麗迪雅到了。她冷冷地看我一眼，直接走到詹姆斯面前的高腳化妝椅坐下。

我穿過美髮區，看到幾個女孩頭髮已經綁成馬尾，準備變裝為時尚界奢華高貴的如花部隊。

我跟其中幾個聊天，她們有的英語還破到無法交談，當我想轉頭跟麗迪雅問候幾句話時，她順手拿起手機撥打電話。

忽然一個模特兒髒話連連暴跳如雷，從椅子上彈了起來：「妳他媽的想烤熟我的耳朵啊？」其他美髮師多少放低手邊工作的音量，想知道發生什麼事了。

馬克大步走來問清楚發生什麼事：「妳燙傷她的耳朵嗎？」

「哪有？」髮型師拿著梳子和吹風機，一臉驚愕。

「好，那妳滾！」他對那氣得跳腳的模特兒比了個「出去」的手勢。

「我？你沒搞錯吧！我可是這邊所有人賺最多的！」她張牙舞爪。

「管你是誰！從妳一來就故意惹事，大家全力以赴，你卻像絆腳石一樣，滾吧！」

那模特兒帶著私人物品，留下一串髒話離開。

「好吧！我們發生意外了，現在誰要頂替她的位置？」馬克拿著名單搜尋可能的人選：「麗迪雅。妳是唯一配合得上的，可以嗎？」

我看著她，她看著我。如果她拒絕，我不怪她！但她對馬克微笑說：「當然！只要我幫得上忙。」我的胸口一緊，更深的罪惡感又升了起來。

只剩四十五分鐘。那個缺席的人還沒到，我實在焦慮緊張，疲乏無力到了極點，以至於聽到有兩個模特兒在挑剔我設計的衣服時，真的很想衝上去扁人，但人數已經不足，總不能推咪咪上場吧？

只剩半小時。亞歷山大和梵倫緹娜終於來了！她看來頭髮蓬亂，但睡眠充足的樣子，一到就直奔化妝桌。我問亞歷山大究竟是怎麼一回事。

「不敢相信！她被銬在電暖器旁，還有兩根按摩棒一前一後頂著她。」

「兩根？」

「對！還好電池都沒電了。」

「這真是……。」我說不出話來。

「沒錯，貪玩的女孩！」

我走向她：「還來得及吧？」

一個造型師在整頓她的亂髮：兩個忙著化妝、其中一個在腿上撲粉，企圖掩飾瘀傷。

「她背上還有鞭痕哩！」我說。

「多久可以好？」

「再十分鐘。」

而事故的女主角眼神呆滯，不發一語。

一個公關人員對我報告，後台已經開了，許多帶著攝影機和相機的記者蜂擁而入。咪咪忙著幫模特兒上飾品配件，而我則一一檢視著她們的整體造型。優莉雅一邊嚼著口香糖，一邊任我調整她身上的粉紅襯衫和裙子，我開始熱得冒汗了。後台的媒體群一陣鼓譟，然後像紅海般讓出一條路來：是凡妮莎．泰特和凱西。前者穿著亞歷山大借給她的衣服，一身俄羅斯風情。我們互相吻頰問好，我很高興看到她們。

倒數五分鐘！馬克吼著。我看到幾個女孩還沒準備好。

「好！排成列！」馬克下命令。他拿著名單按順序點名，我看迎賓處已經淨空了。因為大家都已陸續入座，等著好戲上場。我的天！觀眾席全滿不算，人多到站都沒地方站，我在人群中看到許多時尚雜誌編輯的熟面孔，心中稍感寬慰。然後我瞄到一個太陽眼鏡：老天！安娜來了！溫杜爾女神來了！我的腎上腺素強烈分泌：我做到了！我做到了！

我有奧斯卡獎入圍的女星在前排，還有時尚界的天后溫杜爾在場，我想大叫：有什麼比這更棒的呢！

音樂漸漸自擴音器流瀉出來，我們整整晚了十五分鐘。

秀馬上開始了，我轉頭一看所有模特兒都造型完成，準備上場。背景燈一亮：天啊！她們的底褲一覽無遺！該死的，快把妳們的褲子給我脫下來！

音樂開始：我站在前台入口把優莉亞的丁字褲一把抓下，她頭抬高，大步跨出上台，迎向伸展台尾的攝影師和記者群；接下來是娜塔莎、梵倫緹娜、麗迪雅、吉瑪和莉莉。

我按順序在她們上台前，伸手幫她們脫去褲子；詹姆斯在上台前替她們噴上定型液，我脫褲子，然後出場。她們昂首闊步，全然不在意。

她們沒一會兒就回到後台，為下一個造型陷入一陣忙亂。兼職的穿衣員或扶或撐，穩住她們，然後套上下一套服裝。也許加點蜜粉，也許綴點飾物，旋風式地再度上場。觀眾群突然傳出一個爆笑聲，我馬上衝到入口隔著布幕，看發生啥事？

「黛博拉摔跤了！」馬克說。我看她用單腳一跛一跛走回來。她說：「我的老天！」穿衣員沒應她，哪有空聊天啊？匆匆幫她換上金色高跟涼鞋，穿上下一套緞布洋裝，拉上拉鏈推她出場：只花了二十五秒。

就在倉皇之間，一切都結束了。

麗迪雅穿著一身及地緊身的黑禮服轉身回到後台，亞歷山大馬上將我推上伸展台：半瞇著眼睛，我驚魂甫定。僵硬地走到伸展台中間鞠了躬，麗迪雅獻上了大大的花束。

觀眾鼓掌，模特兒一字排開輕輕拍手自後台走出來。她們繞伸展台走了一圈，麗迪雅親了我的雙頰，我尾隨她們退到幕後。

五個多月辛苦的工作籌劃，就在八分半鐘之內結束。十點半不到，四處都有香檳開啟的聲音，模特兒們已經在後台喝開了。CNN的攝影機對著我的臉，記者開始問我對這場秀的評價，一群人蜂擁而至。每個都想拍拍我的背，告訴我這場秀辦得很成功。我到處找著是否有可以擋住臉的墨鏡，可惜一個都沒有，溫杜爾女士果然是個先知。

化妝師和助理已經在收拾工具，美髮師已經收好走人，我的秀服全像抹布般披掛在衣架上，有的上面還釘著即可拍的照片。咪咪喝得有點欠節制，亞歷山大嘴邊和杯緣像黏上似的，我不斷地對著不同的攝影機講著第N遍的自我介紹，麗迪雅對我擺手告別，我卻連回她一個微笑都沒空。

「就是這樣。」亞歷山大說：「這一季一定熱賣！」

「你確定？」

「當然。剛剛已經有採購下單了。」

「讚！」

「我們明天還有買家要來看衣服。」亞歷山大說。

「真酷！」一個記者接話。

眾多相機、攝影機還是對著我的臉，鎂光燈照得我睜不開眼睛，我的心臟不斷撞擊著胸膛，我口乾舌燥，幾近要昏厥，臉上勉強擠出微笑。

隱約有個聲音在問：

「那麼……，請問——妳下一季的設計主題是什麼？」

國家圖書館出版品預行編目資料

華麗的偷竊 / 伊茉琴.愛德華.瓊斯(Imogen Edward-Jones)等著；
嚴洋洋譯. - 初版. -- 臺北市：信實文化行銷，2012.05
面； 公分. -- (What's fashion；11)
譯自：Fashion Babylon
ISBN 978-986-6620-54-6(平裝)

873.57 101007905

What's Fashion 011
華麗的偷竊——其實流行是「偷」來的（*Fashion Babylon*）

作　　者：伊茉琴・愛德華・瓊斯（Imogen Edward-Jones）及一群匿名者
譯　　者：嚴洋洋
總 編 輯：許汝紘
副總編輯：楊文玄
美術編輯：楊詠棠
行銷經理：吳京霖
發　　行：楊伯江、許麗雪
出　　版：信實文化行銷有限公司
地　　址：台北市大安區忠孝東路四段 341 號 11 樓之三
電　　話：（02）2740-3939
傳　　真：（02）2777-1413
www.wretch.cc/ blog/ cultuspeak
http://www. cultuspeak.com.tw
E-Mail：cultuspeak@cultuspeak.com.tw
劃撥帳號：50040687 信實文化行銷有限公司

印　　刷：久裕印刷事業股份有限公司
地　　址：新北市五股區五股工業區五權路 69 號
電　　話：（02）2299-2060

總 經 銷：高見文化行銷股份有限公司
地　　址：新北市樹林區西圳街一段117號
電　　話：（02）3501-9778

2012 年 5 月 初版
定價：新台幣 360 元